AF301273

Meiner Familie
und meinem Heimatdorf gewidmet

Was in dieser Geschichte nicht erfunden ist, könnte wahr sein – oder auch nicht. In der finnischen Region Savo, in der sich die Abenteuer des Lavaprinzen größtenteils abspielen, liegt die Interpretation im Ermessen der Leserinnen und Leser.

Diese deutsche Ausgabe basiert auf dem finnischen Original *Laavaprinssi ja ihmeskivi*. Die Übersetzung ins Deutsche entstand in enger Zusammenarbeit mit meinem Mann Fritz.

Ähnlichkeiten mit lebenden Personen, Firmen oder Institutionen sind rein zufällig. Besonders die Figur der Gutsfrau Irma Arkko ist frei erfunden und bildet einen Gegenpol zur gutherzigen Magd Alma. Tatsächlich waren die Gutsfrauen bewundernswerte, fleißige und gütige Frauen.

Arvola ist ein kleines, ländliches Dorf im Süden Finnlands. Auf den ersten Blick erscheint es ganz gewöhnlich – ebenso wie der Halbwaise Tuomas, der auf dem Gut Arkko lebt. Doch seine unheimliche Vergangenheit lässt ihn nicht los und hindert ihn daran, ein normaler Schuljunge zu sein.

Die Autorin widmet diese Geschichte ihrem Heimatdorf, dem sie eine erfolgreichere und unabhängigere Zukunft gewünscht hätte.

Leena Pulfer

Leena Pulfer

Der Lavaprinz und der Wunderstein

2. Band

Bibliografische Information der Deutschen Nationalbibliothek:
Die Deutsche Nationalbibliothek verzeichnet diese Publikation
in der Deutschen Nationalbibliografie; detaillierte bibliografische Daten sind im Internet über dnb.dnb.de abrufbar.

Die automatisierte Analyse des
Werkes, um daraus Informationen insbesondere über
Muster, Trends und Korrelationen gemäß §44b UrhG («Tettt
und Data Mining») zu gewinnen, ist untersagt.

Einband: Dahlia D'Agosta

ISBN: 978-3-8192-8007-8

Verlag: BoD · Books on Demand GmbH,
Überseering 33, 22297 Hamburg,
bod@bod.de

Druck: Libri Plureos GmbH,
Friedensallee 273, 22763 Hamburg

Inhaltsverzeichnis

Schliesslich sprach der
Herscher der Lava-Ströme:

*Wähle mit Bedacht, junger Prinz:
Willst du zu den Menschen gehören, zu jener niederen Gattung, die ein kurzes, bedeutungsloses Leben auf Erden verbringt, durch ihre eigene Dummheit alles um sich herum zerstört und nach ihrem Tod zu Staub zerfällt?
Oder du schließt dich deinem eigenen Lava-Volk an, das seit Anbeginn der Zeit ettistiert und durch nichts zerstört werden kann.
Wir können auf der Erde und in ihren Tiefen leben. Wir können jede Form annehmen, die wir wollen. Wir haben unendliche Kräfte.
Wähle mit Bedacht.*

1.

Auf dem Rückflug nach Finnland schlief Tuomas die meiste Zeit. Die Beruhigungsmittel, die er in der Nacht zuvor im Krankenhaus erhalten hatte, wirkten noch nach.

Als das Flugzeug am Nachmittag in Helsinki landete, war glücklicherweise keine Presse vor Ort. Die Ereignisse im fernen Sizilien interessierten Finnland und den Rest der Welt kaum. Schließlich war die Entführung nicht einmal geglückt. Wären alle Passagiere beim Absturz des Flugzeugs ums Leben gekommen, wäre das eine Nachricht wert gewesen.

Olli hatte als Angestellter der Fluggesellschaft einen reservierten Parkplatz im Parkhaus. Sie verließen den Flughafen und fuhren ins Landesinnere, in Richtung des Dorfes Arvola.

«Alma weiß nichts von unserer Ankunft. Sie hat uns nichts zu essen gemacht. Wir sollten unterwegs etwas essen», sagte der Vater und bog von der Autobahn ab, als er das Schild eines Restaurants sah. Der große Parkplatz lag halb leer in der Nachmittagssonne. Für das Maiwetter war es fast zu heiß. Sportlich stieg Papa aus dem Auto, verriegelte die Türen, nachdem Tuomas ausgestiegen war, und ging mit großen Schritten auf den Eingang des Restaurants zu. Tuomas musste rennen, um mit seinem Vater mithalten zu können.

Plötzlich überkam ihn das seltsame Gefühl, dass etwas nicht stimmte. Er blieb stehen, hielt den Atem an und versuchte zu erspüren, woher dieses diffuse Signal kam. Es war ... Schmerz. Angst. Dunkelheit. Panik. Erstickungsgefahr. Tuomas sah sich auf dem halb leeren Parkplatz um.

Keine Menschen, kaum Autos. Doch ein Fahrzeug ganz am Ende des Parkplatzes fiel ihm auf – nicht, weil es besonders auffällig war, sondern wegen seines ausländischen Nummernschildes. Ein ungutes Gefühl machte sich in ihm breit, je näher er dem Auto kam. Er spähte durch die Fenster, doch der Wagen war leer. Dann hörte er etwas. Seine Ohren, scharf wie die einer Eule, nahmen ein ungewöhnliches Geräusch wahr: ein leises Quietschen. Ein Stöhnen. Ein Kratzen! Es kam aus dem verriegelten Kofferraum. Tuomas zog an der Heckklappe – sie war verschlossen.

«Der Lava-Opa hat doch gesagt, dass ich Riesenkräfte habe. Warum soll ich mich dann nicht trauen, sie hier einzusetzen?», fragte sich Tuomas.

Er dachte an Pippi Langstrumpf, das stärkste Mädchen der Welt. Natürlich war sie nur eine erfundene Figur. Aber wenn er Pippi wäre, könnte er das ganze Auto anheben! Gesagt, getan. Er griff nach der Kofferraumklappe – und mit einem Ruck flog sie nicht nur auf, sondern auch meterweit über den Parkplatz.

Ein widerlicher, beißender Gestank schlug ihm entgegen. Im Inneren des Wagens lag eine alte Decke über mehreren Taschen. Die Reißverschlüsse waren fast alle geschlossen – doch darunter regte sich etwas. Ein leises Rascheln. Tuomas öffnete die nächste Tasche – und erstarrte. Darin lagen winzige schwarz-weiße Welpen, kaum älter als ein paar Tage, die Augen noch geschlossen. Sie drängten sich aneinander, winselten leise und reckten ihre rosa Schnäuzchen in die frische Luft. Er öffnete weitere Säcke – überall das gleiche Bild. Plötzlich begriff er: Diese Welpen waren irgendwo im Ausland illegal gezüchtet und nach Finnland geschmuggelt worden, um sie teuer zu verkaufen. Zumindest diejenigen, die überlebten.

Mit klopfendem Herzen zückte Tuomas sein Handy, fotografierte die Taschen voller Welpen und das Nummernschild des Autos. Dann wählte er den Notruf. «Ich habe hier etwas gefunden ...» Er nannte den Namen und die Lage des Restaurants und schickte die Fotos an die Einsatzzentrale. Der Diensthabende versprach, sofort einen Streifenwagen der Autobahnpolizei zu schicken.

Dann sah Tuomas, wie sich die Tür des Restaurants öffnete. Drei dunkelhaarige Männer kamen heraus und schlenderten über den Parkplatz – direkt auf ihn zu. Zum Glück hatten sie noch ein paar Meter vor sich und bemerkten den Jungen, der hinter dem Auto kauerte, nicht. Tuomas hob die Taschen mit den Welpen aus dem Kofferraum, trug sie tiefer in den Schutz der dichten Hecke, die den Parkplatz säumte, und bedeckte sie hastig mit trockenem Laub. Dann legte er sich unter die Zweige und beobachtete die Männer.

Zuerst entdeckten sie die Kofferraumklappe, die weit über den Parkplatz geschleudert worden war. Sie zeigten darauf und lachten, als hätten sie noch nicht realisiert, dass es ihr eigenes Auto war. Doch als sie endlich bei ihrem Auto ankamen, verstummten sie schlagartig. Der leere Kofferraum sprach Bände. Flüche durchbrachen die Stille, scharf und fremd, in einer Sprache, die Tuomas nicht verstand. Dann – fast synchron – griffen alle drei in ihre Jackentaschen und zogen Pistolen. Sie wirbelten herum, auf der Suche nach einem unsichtbaren Feind. Doch als niemand zu sehen war, verschwanden die Waffen wieder in ihren Verstecken. Die Männer wechselten laute Worte, ihre Flüche klangen jetzt mehr nach hektischen Beratungen. Tuomas lag reglos unter dem Busch, hielt den Atem an und fotografierte eifrig mit seinem Handy. Plötzlich hielt einer der Männer inne. Sein Blick bohrte sich in den

Busch. Hatte er etwas gehört? Ein Wimmern? Ein leises Rascheln? Oder hatten Tuomas' rote Haare ihn verraten?

Langsam zog der Mann wieder seine Waffe und ging auf das Gebüsch zu. Tuomas spürte, wie ihm der kalte Schweiß ausbrach. Was, wenn der Mann ihn mit dem Handy in der Hand entdeckte? Aber dann erinnerte er sich: «Ich war schon einmal unsichtbar – in Sizilien, als die Entführer mich holen wollten.» Also beschloss er: «Ich bin Luft.»

Nun stand der Schmuggler vor ihm. Vorsichtig hob er die zitternden Äste an – und starrte Tuomas ins Gesicht. Aber er sah ihn nicht. Tuomas war unsichtbar geworden.

Sein Herz hämmerte gegen seine Rippen, aber die Männer merkten nichts. Zum Glück waren die Welpen gut genug versteckt – er hätte sie in der Eile nicht auch noch unsichtbar machen können.

Tuomas wagte es, sich zu bewegen. Luft zu sein fühlte sich ... wie nichts an. Wie auch? Er war nur Luft.

Der Schmuggler brummte etwas und kehrte zu seinen Komplizen zurück. Einer von ihnen hob die Kofferraumklappe hoch und versuchte, sie wieder zu schließen, aber die Schlösser waren unter Tuomas' gewaltigem Kraftaufwand völlig verbogen. Schließlich gaben sie auf und legten die Heckklappe einfach in den Kofferraum. Anscheinend wollten sie verschwinden.

Tuomas ärgerte sich. «Sollten die wirklich einfach wegfahren?»

Dann – Sirenen. Blaulicht.

Ein Streifenwagen bog auf den Parkplatz ein.

Die Männer erstarrten.

Langsam fuhr das Polizeiauto an den parkenden Fahrzeugen vorbei, offensichtlich auf der Suche nach etwas. Direkt vor den Männern hielt es an. Drei Polizisten stiegen aus, ein vierter blieb am Steuer. Die Beamten näherten sich den Verdächtigen, eine Hand stets in Reichweite der Waffe.

Ein hitziges Wortgefecht begann. Die Männer gestikulierten wild und versuchten in gebrochenem Englisch zu erklären, dass Diebe in ihr Auto eingebrochen seien und ihre Sachen gestohlen hätten. Sie deuteten auf den demolierten Kofferraum.

Da hielt ihnen einer der Polizisten sein Handy mit einem Foto hin.

Das Bild zeigte die Taschen voller Hundewelpen – geschickt von Tuomas' Handy.

«Wo sind die Hunde jetzt?», fragte der Beamte mit scharfem Blick.

Die Schmuggler wurden blass. Sie flüsterten hektisch in ihrer Sprache. Als die Polizisten Handschellen zogen, flüchteten die Männer in alle Richtungen.

Aber die Polizei war vorbereitet.

Ein Warnschuss knallte durch die Luft.

Die Flüchtigen kamen nicht weit – die Polizisten überwältigten sie schnell und brachten sie zu ihrem Auto zurück. Doch als sie den Kofferraum erneut öffneten, staunten sie nicht schlecht.

Er war nicht mehr leer.

Stattdessen waren die Taschen wieder voll mit schmutzigen, winselnden Welpen, die ihre kleinen Schnauzen herausstreckten.

«Wo kommen die denn jetzt her?», murmelte einer der Beamten.

In diesem Moment trat Tuomas – nun wieder sichtbar – aus dem Schatten und ging auf die Polizisten zu.

«Hast du das gemeldet?»

«Ja, ich habe es zufällig bemerkt. Es ist schrecklich, wie die Tiere behandelt werden. Ich musste es melden.»

Die gefesselten Männer starrten Tuomas an, als könnten sie nicht glauben, was so ein Rotzlöffel mit der ganzen Sache zu tun hatte. Doch bevor einer von ihnen etwas sagen konnte, tauchte Tuomas' Vater auf. Er hatte im Restaurant auf seinen Sohn gewartet.

«Was ist denn los? Hat mein Sohn etwas angestellt?»

«Im Gegenteil», antwortete einer der Polizisten. «Er hat uns geholfen, eine lange gesuchte Schmugglerbande dingfest zu machen. Den Männern wird illegaler Welpenhandel und Tierquälerei vorgeworfen.»

Tuomas' Vater schaute ihn fassungslos an. Tuomas zuckte mit den Schultern. «Kann passieren.»

Ein Polizist notierte die Adresse von Tuomas und seinem Vater und erklärte, dass die Berichte später zur Unterschrift an die zuständige Polizeistation geschickt würden.

Inzwischen war die Tierambulanz eingetroffen. Der Fahrer schüttelte entsetzt den Kopf, als er die verängstigten Welpen sah. Der Blick, den er den Schmugglern zuwarf, hätte sie töten können. Ohne ein weiteres Wort holte er Käfige aus dem Wagen und begann, die kleinen Hunde behutsam hineinzusetzen. Ihr schwarz-weißes, flauschiges Fell war voller Kot und Schmutz. Einige Welpen richteten sich wackelig auf, andere sanken erschöpft in sich zusammen, wieder andere rührten sich gar nicht mehr.

«Zwanzig …», zählte der Tierpfleger leise. «Spaniel-Welpen. Die lassen sich in Finnland gut verkaufen … aber ich fürchte, viele von ihnen werden das nicht überleben. Sie sind viel zu jung und in einem furchtbaren Zustand. Die armen Dinger.» Er warf den Schmugglern einen finsteren Blick zu. «Diese Leute sollten …» Er verstummte, als sein Blick auf Tuomas fiel.

Nachdem die Tierrettung und die Polizei mit den Verbrechern abgezogen waren, blieb das verlassene Auto der Schmuggler zurück. Es sollte später abgeschleppt werden.

«Jetzt gehen wir essen – und feiern, dass du ein Held bist», sagte Tuomas' Vater und klopfte ihm auf die Schulter.

Doch in diesem Moment spürte Tuomas eine Bewegung im scheinbar leeren Kofferraum.

Die alte, braun gestreifte Decke, mit der die Welpensäcke zugedeckt gewesen waren, lag noch zusammengeknüllt in einer Ecke. Zögernd hob Tuomas den schmutzigen Rand an – und blickte in zwei glänzende, schwarze Knopfaugen. Ein kleiner Welpe.

Anders als die anderen. Nicht schwarz-weiß, sondern braun wie die Decke. Er musste in dem Durcheinander aus einem der Säcke gefallen sein und hatte sich instinktiv versteckt.

Vorsichtig hob Tuomas ihn hoch. Der Welpe zitterte, drückte sich schutzsuchend an ihn und vergrub seine feuchte Nase an Tuomas' Hals.

«Was machen wir jetzt mit ihm?», fragte sein Vater.

«Können wir ihn nicht behalten? Er wurde doch nicht gezählt …»

«Aber er gehört uns nicht. Und wer soll sich um ihn kümmern? Er könnte krank sein, vielleicht überlebt er gar nicht.»

Doch der kleine Hund sah alles andere als sterbenskrank aus. Seine dunklen Augen funkelten neugierig, er wirkte kräftig und lebendig. Es war schwer zu sagen, welcher Rasse er angehörte – kein Spaniel, kein Mops, kein

Dackel. Aber eines war klar: Er brauchte jemanden, der sich um ihn kümmerte.

Der Welpe legte seinen Kopf auf Tuomas' Arm und sah ihn unverwandt an.

«Deine Oma kriegt einen Herzinfarkt, wenn du mit einem Hund nach Hause kommst.»

«Bitte, Papa! Ich kümmere mich um ihn. Und ich bin sicher, Alma hat nichts dagegen. Dann hätte ich endlich einen Freund – es ist so einsam auf dem Hof.»

Sein Vater schwieg eine Weile nachdenklich.

Dann seufzte er. «Also gut. Bring den Welpen zu unserem Auto. Ich kaufe ein paar Hamburger und Cola zum Mitnehmen. Wir essen unterwegs. Und an der Raststätte gibt es bestimmt Hundefutter. Der Kleine hat bestimmt auch Durst.»

Tuomas grinste.

Er hielt den Welpen fester und flüsterte: «Du kommst mit nach Hause.»

2.

Oma Irma Arkko bekam zwar keinen Herzinfarkt, aber sie wurde wütend, als Tuomas den Welpen ins Haus trug.

«So ein Miststück … bringt nur Dreck ins Haus und wird die ganze Zeit kläffen! Der kommt mir hier nicht rein. Schaff ihn in die Knechtkammer!»

«Ich behalte ihn in meinem Zimmer», erwiderte Tuomas trotzig. Der Gedanke, sich von dem Welpen zu trennen, war schlicht unmöglich.

Sein Vater seufzte und sagte mit entschlossenem Brustton: «Tuomas hat eine verdammt harte Reise hinter sich. Er braucht den Welpen jetzt. Man könnte fast sagen, es ist eine ärztliche Anordnung.» Dabei fixierte er seine Mutter mit festem Blick.

Oma Irma schnaubte. «Ihr Männer … immer haltet ihr zusammen!»

Dann drehte sie sich auf dem Absatz um, stapfte in die Bibliothek und schlug die Tür krachend hinter sich zu. Die Geschichte von Tuomas' und Ollis Reise interessierte sie nicht im Geringsten – aber damit hatten sie auch nicht gerechnet.

«So ein Findelkind muss geimpft, entwurmt und gechippt werden», sagte der Vater. «Das weiß ich sogar über Hunde.»

Glücklicherweise hatte einer von Vaters alten Schulfreunden eine Tierarztpraxis in der Stadt und nahm die drei gleich am nächsten Morgen dran. Der Vater hatte sich extra noch einen Tag freigenommen.

Der Tierarzt betrachtete den Welpen neugierig. «Ich kenne eigentlich alle finnischen Hunderassen. Ich selbst habe einen Labrador. Aber dieser hier …» Er runzelte die Stirn. «Ich werde nicht schlau daraus. Welche Rasse ist das?»

«Das wissen wir nicht. Wir haben ihn … eher zufällig bekommen.»

«Er sieht reinrassig aus, aber mehr kann ich momentan nicht sagen. Ein Rüde ist es jedenfalls.»

«Wird er überleben?»

«Er macht einen starken Eindruck. Aber ich gebe euch spezielles Futter und Vitamine – quasi wie für ein Baby. Mit der richtigen Pflege wird er ein guter Freund für deinen Sohn.»

Am Nachmittag fuhr der Vater nach Helsinki – aber nicht, ohne vorher noch ein ernstes Wort mit Oma Irma zu wechseln. Der Welpe – der immer noch keinen Namen hatte – blieb im Gutshaus. Oma sagte nichts mehr, wenn sie ihn sah, sondern murmelte nur etwas Unverständliches vor sich hin.

In der ersten Nacht versuchte Tuomas, ihn in einem Wäschekorb schlafen zu lassen. Alma hatte ihn neben sein Bett gestellt und mit einer alten Decke ausgepolstert. In einer Ecke des Zimmers stand ein improvisierter Sandkasten, in den Tuomas den Neuankömmling immer wieder setzte, bis er endlich das erste Mal pinkelte.

Aber im Wäschekorb wollte er nicht bleiben. Er wimmerte, kratzte an den Seiten und versuchte herauszuklettern.

Nach vielen vergeblichen Versuchen seufzte Tuomas, hob den Welpen aus dem Korb und legte ihn neben sich aufs Bett.

Der Kleine schnupperte zufrieden an Tuomas' Achselhöhle, kuschelte sich eng an ihn – und schlief fast augenblicklich ein.

Tuomas spürte die Wärme des winzigen Körpers an seiner Seite, schloss die Augen – und kurz darauf schlief auch er ein.

3.

Nach der Abreise seines Vaters blieb Tuomas den ganzen Tag zu Hause, obwohl er eigentlich schon längst wieder zur Schule hätte gehen sollen. Die Sommerferien hatten noch nicht begonnen.

Stattdessen versuchte er, den Welpen an sein neues Zuhause zu gewöhnen. «Hier ist dein Pinkelplatz, hier dein Fressnapf und hier dein Wassernapf», erklärte er geduldig. Doch der Kleine verstand nur eines: Er musste Tuomas auf Schritt und Tritt folgen.

Alma lehnte lachend in der Tür zur Küche und beobachtete die beiden. Es tat gut, Tuomas einmal glücklich zu sehen.

«Wie willst du das arme Ding nennen? Er kann doch nicht einfach nur ›der Welpe‹ bleiben.»

«Wie wäre es mit Ressu? Armer Junge – weil er so ein … armes Ding ist.»

Am nächsten Tag musste Ressu zum ersten Mal allein bleiben, als Tuomas zur Schule ging. Er winselte lange, setzte sich schließlich auf die Matte hinter der Tür und wartete.

Als Tuomas nach Hause kam, wedelte Ressu ihm freudig entgegen – doch die Freude währte nicht lange. Der Welpe hatte sich nicht an den Sandkasten gehalten, sondern stattdessen überall im Flur kleine Pfützen und wässrige Häufchen hinterlassen.

Tuomas seufzte. Schimpfen brachte nichts – Ressu verstand nicht einmal, dass er etwas falsch gemacht hatte. Aber es half nichts: Er hatte Alma versprochen, sich um seinen Hund zu kümmern. Also holte er einen Eimer Wasser und einen Lappen aus dem Putzschrank und machte sich an die Arbeit. Anfangs war es ziemlich eklig, aber nach einer Weile gewöhnte er sich daran.

In der Nacht wurde Tuomas plötzlich wach. Ressu lag neben ihm und versuchte zu knurren – allerdings klang es eher wie ein leises Gurgeln.

Tuomas blinzelte verschlafen und sah Jaska im Schaukelstuhl sitzen. Der Hausgeist wirkte missmutig.

«Tuomas hat einen neuen Freund. Jaska taugt wohl nichts mehr», brummte er.

«Ach, Quatsch, Jaska», sagte Tuomas und setzte sich auf. «Ressu wird unser beider Freund sein. Er kann dich sehen, auch wenn du kein Mensch bist. Und wenn ich in der Schule bin, könnt ihr euch gegenseitig Gesellschaft leisten. Dann muss ich mir keine Sorgen machen, wie es Ressu hier allein geht. Und später könnt ihr zusammen auf das Haus aufpassen. Räuber haben Angst vor Hunden – weil sie sie sehen und hören können. Du kannst zwar alle möglichen Tricks anwenden, aber für die meisten Menschen bleibst du unsichtbar. Oma und Alma sind schon alt, sie können nicht mehr auf alles aufpassen.»

Jaska grummelte noch einen Moment, ließ sich dann aber versöhnen. Eigentlich schien ihm die Vorstellung, Babysitter zu spielen, sogar ein bisschen zu gefallen.

4.

Die letzten Wochen vor den Sommerferien waren für Tuomas anstrengend. Er musste all das nachholen, was seine Klasse während seiner Auslandsreise gelernt hatte. Weder Zeit noch Muße blieben ihm, um über die seltsamen Dinge nachzudenken, die er auf dieser Reise erlebt hatte. Zu Hause nahm Ressu seine ganze Aufmerksamkeit in Anspruch. Nicht einmal Albträume plagten ihn – solange der Welpe an seiner Seite war.

«Ich denke später darüber nach. Oder ich vergesse es einfach. Vielleicht habe ich mir alles nur eingebildet.»

Eine Woche nach seiner Rückkehr fiel Tuomas ein, dass er seine Turnschuhe noch immer nicht ausgepackt hatte. Der Rucksack lag ungeöffnet im Schrank, genau dort, wo er ihn hingeworfen hatte. Als er ihn endlich durchsuchte, fand er nicht nur die verdreckten Sportschuhe, sondern auch seine schmutzige Reisekleidung.

Beim Frühstück bat er Alma, die Sachen zu waschen. Doch als er von der Schule nach Hause kam, empfing sie ihn mit verschränkten Armen und hochgezogenen Brauen.

«Was du alles in deinem Rucksack hast! Hätte ich deine Kleidung nicht gründlich untersucht, wäre ein Stein in der Waschmaschine gelandet. In einer Socke versteckt! Erst wollte ich ihn wegwerfen, aber dann dachte ich, vielleicht ist es ein Andenken.»

Ein Stein? Tuomas' Herz setzte für einen Moment aus. Plötzlich erinnerte er sich wieder: Der alte Mann mit dem Krempelhut, der selbst ernannte Lava-König, hatte ihm in jener Nacht im Krankenhaus tatsächlich einen Stein geschenkt. Und Tuomas hatte ihn in einer Socke versteckt. Fast hätte er es vergessen!

«…damit du deine Abstammung nicht vergisst…»

Alles war wirklich geschehen! Der Stein, den Alma nun auf seinen Schreibtisch gelegt hatte, war der Beweis dafür.

Tuomas nahm ihn in die Hand und betrachtete ihn genauer. Der faustgroße Brocken war von einer glatten, grünen Oberfläche überzogen, doch ein Riss offenbarte ein leuchtendes Rot. Rot wie geschmolzene Lava. Eine passendere Erinnerung an seine Verwandten im Vulkan konnte es nicht geben.

Neugierig öffnete er seinen Laptop und begann zu recherchieren. Ein roter Stein – was könnte es sein? Er scrollte durch Bilder: Jaspis … Achat … Karneol … Doch nichts davon passte. Dann stieß er auf etwas Unerwartetes: Rubin. Ein extrem seltener, wertvoller Edelstein.

Je mehr er las, desto sicherer war er: Das Geschenk des alten Mannes war ein riesiger, ungeschliffener Rubin. So etwas konnte es doch gar nicht geben! Der größte Rubin, der jemals in Finnland gefunden wurde, war nur so groß wie ein Fingernagel – und trotzdem mehrere tausend Euro wert. Der teuerste Rubin der Welt, ein burmesischer Stein, wurde für 27 Millionen Euro versteigert.

Und Alma hätte Tuomas' Rubin beinahe weggeschmissen!

Er las weiter: «Der Preis eines Rubins hängt von Farbe, Reinheit, Schliff, Karatgewicht …» Kompliziert.

Aber es spielte sowieso keine Rolle. Er konnte den Stein nicht einfach begutachten lassen. Wie sollte er erklären, woher er ihn hatte? Auch seinem Vater konnte er nichts erzählen – der wusste nichts über das Lava-Volk.

Tuomas drehte den Stein nachdenklich zwischen den Fingern, wickelte ihn schließlich in einige Papiertaschentücher und wollte ihn in die unterste Schublade seines Schreibtisches legen.

Da ertönte eine raue Stimme in seinem Kopf.

«Non dimenticare il tuo popolo eterno. Ti aspettiamo.»

Vergiss dein ewiges Volk nicht. Wir warten auf dich.

Der Lava-König. Ressu hörte es ebenfalls. Der Welpe sprang auf, knurrte – oder versuchte es zumindest. Es klang mehr wie ein gurgelndes Fiepen.

Tuomas schloss die Augen. Erinnerungen an seine Begegnung mit dem alten Lava-Mann im Krankenhaus durchströmten ihn. Der Mann hatte gesagt, dass Tuomas als Mensch leben dürfe – wenn er den Rubin dazu nutzte, die von den Lava-Menschen gestohlene Elementarkraft zurückzubringen.

Diese Kraft war über Generationen von den Abtrünnigen des Lava-Volkes an ihre Nachkommen weitergegeben worden.

Es war eine unmögliche Aufgabe.

Ein Schuljunge, fast am Nordpol, in einem kleinen Dorf, in dem es vermutlich nur einen einzigen rothaarigen Erben des Lava-Volkes gab – ihn selbst.

Und selbst wenn er zufällig einen seiner Artgenossen traf … wie sollte er ihm die verirrte Wunderkraft entreißen?

Hatte der Lava-König seine Gedanken gelesen? Wieder erklang die heisere Stimme:

«Im Laufe der Jahrmilliarden haben wir gesehen, wie das Leben auf der Erde immer wieder geboren wurde und starb. Nur die anpassungsfähigen Arten haben überlebt. Der Mensch aber zwingt die Natur, nach seinem Willen zu existieren. Das wird nicht funktionieren. Sein Untergang ist unausweichlich. Habe also kein Mitleid. Zögere nicht.»

Es war keine normale Stimme. Die Worte flossen direkt in Tuomas' Kopf, so wie es auch mit Jaska geschah – ein

Strom aus Bildern, Empfindungen, Gedanken, die sich zu einer Botschaft formten.

«Sterben die Menschen, wenn sie ihre besondere Kraft verlieren? Was passiert mit mir, wenn ich versage?»

«Diese Menschen werden gewöhnlich. Das ist Strafe genug. Und du wirst nicht versagen. Du hast Zeit.»

Tuomas wurde kalt. Zum ersten Mal begriff er wirklich, was es bedeutete, einer von ihnen zu sein – einer der ewigen Lava-Leute. Für sie hatte die Menschheit keinen Wert. Sie existierten außerhalb der Zeit, beobachteten, wie Zivilisationen aufstiegen und fielen, ohne sich einzumischen.

Aber Tuomas war nicht wie sie.

Er liebte seinen Vater. Alma. Sogar seine Großmutter. Und natürlich Ressu. Ihm war es nicht egal, was mit ihnen – oder dem Rest der Welt – geschah.

Aber was konnte ein einfacher Schuljunge tun, um die Menschheit zu retten?

Diese Nacht wälzte er sich so unruhig in seinem Bett, dass selbst Ressu nicht schlafen konnte. Der Welpe gab ein missmutiges Knurren von sich, sprang schließlich genervt aus dem Bett und verkroch sich in seinem Korb.

.

5.

Die Sommerferien hatten begonnen. Tuomas konnte morgens so lange schlafen, wie er wollte – oder wie Ressu es für nötig hielt. Doch trotz der freien Tage fühlte sich Tuomas einsam, weil er seine Schulfreunde nicht mehr sah. Kein Wunderstein und keine seiner besonderen Kräfte konnten daran etwas ändern. Was nützte es, die Gedanken anderer Menschen lesen zu können, wenn niemand da war – außer Alma, deren Gedanken man auch ohne übernatürliche Gabe erraten konnte? Oder wenn man wie ein Vogel flattern konnte, während alle Freunde am Boden liefen?

War im Volk der Lava-Menschen jeder mit jedem befreundet, sodass dort niemand allein war? Oder gab es dort auch so etwas wie Einsamkeit? So viele Fragen hätte er Nonna stellen können, die schließlich eine Zeit lang unter den Lava-Menschen gelebt hatte. Doch nun war es zu spät.

Im Laufe des Juni verdüsterte sich Tuomas' Stimmung immer mehr. Die alten Apfelbäume vor seinem Fenster verwandelten sich in ein duftendes Blütenmeer, auf der anderen Seite der Bucht riefen zwei Kuckucke um die Wette, während Schwalben zwitschernd über das Stallgebäude flatterten und Mücken jagten. Doch Tuomas nahm die Schönheit des Sommers kaum wahr. Er hatte nicht einmal Lust, mit Ressu spazieren zu gehen.

Jaska, der in seinem schwarzen Lederanzug saß, wieder einmal an seinem Nasenring zupfte und sich im Schaukelstuhl räkelte, versuchte, ihm Gesellschaft zu leisten. Doch auch das half nicht.

«Du musst verstehen, Jaska, dass du kein richtiger Kumpel bist», erklärte Tuomas ihm. «Mit dir kann man nicht Fußball spielen oder angeln gehen. Du darfst ja nicht einmal den Hof verlassen.»

Warum Jaskas Bewegungsradius so eingeschränkt war, wusste nicht einmal er selbst. Es war einfach immer so gewesen: Jeder Elf musste sein Revier bewachen und durfte es nicht verlassen – genauso wie es früher bei den Sauna-Elfen, Kuhstall-Elfen und Räucherscheunen-Elfen gewesen war.

Selbst Alma, sonst immer voller Ideen, war ratlos. Auch Tuomas' Vater konnte nicht helfen, denn während der besten Reisezeit hatte er kaum Zeit für seinen Sohn. Wenn Alma Tuomas zum Essen rief – sie aßen oft allein in der Küche, wenn Vater Olli nicht zu Besuch war –, fand sie ihn häufig im Bett liegend, das Kissen seiner verstorbenen Mutter fest an die Brust gedrückt. Ihr Foto stand immer in Sichtweite auf dem Nachttisch.

Alma versuchte, mit Großmutter Irma über Tuomas' schwierige Situation zu sprechen. Schließlich war sie nach seinem Vater die einzige nahe Verwandte und eigentlich verpflichtet, sich um ihren Enkel zu kümmern. Doch Irma reagierte schroff:

«Ich habe den Jungen nicht hierhergebeten und werde ihn auch nicht verhätscheln. Außerdem sollen sich die Dienstboten nicht in Familienangelegenheiten einmischen.»

Zum Glück stand das fröhliche Mittsommerfest Juhannus bevor, bei dem das ganze Dorf zusammenkam.

Der Sommer hatte ungewöhnlich warm und trocken begonnen. Seit April war kein Tropfen Regen gefallen. Doch nun, da das Mittsommerfest vor der Tür stand, wuchsen die Sorgen der Organisatoren: Ohne kräftigen, langanhaltenden Regen würden die Behörden das traditionelle Feuer wegen Waldbrandgefahr im ganzen Land verbieten. Und ein Johannisfest ohne Feuer war wie Weihnachten ohne Weihnachtsmann.

Besorgt beobachteten die Dorfbewohner jeden Morgen und Abend den klaren Himmel, verfolgten die Wetterströmungen über Europa, fragten Wetterpropheten – und sogar Ameisen – um Rat. Zwei Tage vor dem Fest kam die endgültige Nachricht: Alle Feierlichkeiten in Arvola und im restlichen Land wurden abgesagt.

Obwohl es am Morgen zuvor grau gewesen war und sogar leicht genieselt hatte, änderte das nichts mehr an der Entscheidung.

Tuomas war enttäuscht. Er hatte sich darauf gefreut, seine Schulfreunde beim Fest zu treffen – doch nun fiel alles ins Wasser. Aber Alma hatte eine Idee:

«Wir kaufen Würstchen und machen unser eigenes Fest in der Laavu. Draußen Feuer zu machen ist zwar verboten, aber in der Laavu – dem Holzunterstand – ist es sicher. Und da sie zur Familie Arkko gehört, können wir dort tun, was wir wollen.»

«Darf ich meine Klassenkameraden einladen? Für sie fällt das Mittsommerfeuer ja auch aus.»

«Natürlich! Ruf sie an und frag, wer kommen kann. Dann wissen wir, wie viele Würstchen und Getränke wir brauchen.»

Seit Tuomas auf den Gutshof Arkko gezogen war, hatte sein Vater Olli ein Bankkonto eingerichtet, das nur Alma nutzen durfte. Seitdem musste sich die alte Haushälterin keine Sorgen mehr machen, ob das knappe Haushaltsgeld der Familie für den Einkauf reichte.

Tuomas rief zuerst Mirko an. Die beiden waren im Laufe des Winters gute Freunde geworden, weil Tuomas ihm bei den Englisch-Hausaufgaben geholfen hatte. Mirko freute sich über die Einladung und versprach, auch andere Freunde zu fragen – besonders diejenigen, deren Eltern kein eigenes Sommerhaus besaßen.

«Sollen wir auch Mädchen einladen?», fragte Mirko dann und beantwortete seine Frage gleich selbst: «Ich glaube, das wäre nichts für sie. In der Laavu gibt es Ruß, Rauch und Mücken.» So beschlossen sie, nur Jungs einzuladen.

Als sie am Nachmittag im Dorfladen einkauften, war es dort voller Menschen. In der seenreichen Region gab es Hunderte von Ferienhäusern, und besonders zu Mittsommer luden sich viele hüttenlose Verwandte und Bekannte selbst ein.

Die beiden Kassen liefen ununterbrochen. Tuomas und Alma standen bereits in der Schlange, die bis an die Rückwand des Ladens reichte. Alma, froh darüber, dass Tuomas' Kumpels kommen würden, hatte den Einkaufswagen mit Würstchen, Limonade und Knabberzeug gefüllt.

«Es kommen nur fünf Jungs. Von den Würstchen werden wir den ganzen Sommer leben», meinte Tuomas skeptisch.

«Der Sommer hat doch gerade erst begonnen. Bis zum Herbst ist alles aufgegessen», lachte Alma.

Als sie an der Kasse standen, bemerkte Tuomas drei Männer in Kapuzenjacken. Mitten im Sommer wunderten ihn ihre dicken Klamotten.

Einer der Männer deutete auf eine bestimmte Zigarettenmarke hinter der Kasse. Die Kassiererin, Frau Kemppainen, drehte sich um, um die Schachtel zu holen – doch als sie sich wieder umwandte, gefror ihr das Lächeln im

Gesicht. Die Männer hatten Waffen aus ihren Jacken gezogen und richteten sie auf die Kassiererin und die Kunden.

Die Menschen schrien auf und rannten hinter die Regale. Alma versuchte, Tuomas mit sich zu ziehen, doch er blieb wie erstarrt stehen. Alma stolperte und kroch hinter die Kassentheke. Die Kassierer hoben erschrocken die Hände.

«Wie in einem Krimi», dachte Tuomas.

Die Männer schienen ihn nicht zu beachten. Der Anführer richtete die Waffe auf Frau Kemppainen und rief: «Gib mir das Geld – oder du stirbst. Und der Junge auch!»

Jetzt zeigte die Pistole direkt auf Tuomas.

Doch er blieb ruhig. Er hatte einen Plan.

Ladendiebe. Sie stehlen wie Ratten. Und Ratten gehören in eine Falle.

Nachdem die Männer das gesamte Bargeld in Plastiktüten gestopft hatten, zwangen sie die Kassierer, weitere Tüten mit Zigarettenschachteln zu füllen. Dann rannten sie mit gezückten Waffen zum Ausgang.

Die automatische Ladentür öffnete sich normalerweise, sobald jemand davorstand – doch diesmal blieb sie verschlossen. Die Räuber stampften auf den Boden, fuchtelten mit den Armen, doch nichts geschah. Vergeblich hämmerten sie auf den Türrahmen ein. Als die Männer merkten, dass ihnen der Weg versperrt war, machten sie kehrt und wollten durch den Laden und den Hinterhof fliehen. Doch nun war auch die Innentür zum Flur verschlossen.

Mit geballten Fäusten schlugen die Männer gegen das Panzerglas. Ihre eigenen Spiegelbilder starrten ihnen entgegen – und dazwischen das Gesicht dieses verdammten rothaarigen Jungen. Fluchend wollten sie das Glas einschlagen, doch plötzlich geschah etwas Merkwürdiges. Die Männer hielten inne und starrten auf den Boden. Mit einem Ruck hoben sie die Füße, als wollten sie prüfen, ob der Boden unter ihnen noch fest war.

Das Wasser stieg. Zuerst bis zu den Knöcheln. Dann zu den Knien. Dann zur Hüfte. Zumindest in ihren Augen.

Panik breitete sich aus. In einer Ecke des Flurs lagen schwere Säcke mit Gartenerde. Die Räuber hasteten hin, stapelten die Säcke übereinander und versuchten darauf zu balancieren. Doch das Wasser stieg weiter. Verzweifelt warfen sie die Säcke weg und kletterten übereinander, als könnten sie sich gegenseitig vor dem drohenden Ertrinken retten.

Ratten verlassen das sinkende Schiff, dachte Tuomas. Aber diesmal gibt es kein Entkommen.

Draußen heulte eine Polizeisirene. Sekunden später stürmten bewaffnete Polizisten zur Eingangstür. Die Räuber prügelten sich immer noch panisch um die höchsten Plätze auf ihrem eingebildeten Fluchtberg. In diesem Moment öffnete sich plötzlich die Außentür. Die Männer stolperten heraus – direkt in die Arme der Polizisten.

Es war ein Leichtes, sie festzunehmen. Und natürlich war keiner von ihnen auch nur ein bisschen nass.

Trotz ihrer Verhaftung wirkten die Räuber erleichtert, als wären sie dem sicheren Tod entronnen. Niemand konnte sich erklären, warum sie sich derart seltsam verhalten hatten. Die Polizei vermutete Drogen. Nur Tuomas wusste es besser. Er hatte sie hypnotisiert.

Als sich auch die Innentüren wieder öffneten, sammelte Tuomas die zurückgelassenen Tüten ein und brachte sie dem Filialleiter. Dann ging er zu Alma, die immer noch auf dem Boden kauerte. Nach und nach kamen auch die anderen Kunden wieder hinter den Regalen hervor.

«Danke, Emmi, dass du die Türen geschlossen hast», lobte Filialleiter Seppänen seine Angestellte.

«Das war nicht ich. Ich dachte, du wärst es gewesen», entgegnete sie verwirrt.

Tuomas zog Alma am Ärmel. «Beeil dich und bezahle unsere Einkäufe. Lass uns nach Hause gehen. Hier ist es zu gefährlich.»

Auf dem Heimweg schimpfte Alma mit ihm. «Tuomas, du kannst doch nicht einfach ...» Sie brach ab, schüttelte den Kopf und seufzte. «Armer Junge. Natürlich stehst du unter Schock ...»

6.

Am Nachmittag gingen Tuomas und Alma zur Laavu, um alles für das Fest vorzubereiten. Sie holten trockene Holzscheite aus dem Lager am Waldrand und legten sie in die Feuerstelle. Gegen Abend brachte Alma mit ihrem Auto die restlichen Vorräte – Würstchen, Getränke, Leckereien – sowie Tuomas und Ressu zum Festplatz.

Als Mirko, Matias, Väinö, Onni und Elmeri gegen 18 Uhr mit ihren Fahrrädern ankamen und die vorbereiteten Köstlichkeiten sahen, konnten sie es kaum erwarten.

«Warum zünden wir das Feuer nicht gleich an und grillen? Es ist ja kein offizielles Johannisfeuer, auf das man bis spät in die Nacht warten muss», schlug Mirko vor, der hungrigste der Gruppe. Die anderen stimmten zu. Doch als sie das Feuer entzünden wollten, fiel ihnen auf, dass niemand Streichhölzer oder ein Feuerzeug dabeihatte.

«Hey, die Indianer reiben Holz so lange, bis es heiß wird und anfängt zu brennen», erinnerte sich Mirko. «Wer ist der Schnellste?»

Die Jungs sprangen auf und suchten nach geeignetem Holz. Tuomas ärgerte sich. Zum ersten Mal hatte er seine Freunde eingeladen – und dann so etwas Wichtiges vergessen! Doch … war er nicht selbst fast aus Feuer? Er nahm ein Stück Birkenrinde in die Hand, konzentrierte sich – und nach wenigen Augenblicken stieg Rauch auf. Tuomas schob die brennende Rinde unter das Holz, das bald loderte. Die anderen sahen den Rauch aufsteigen und rannten zurück zur Feuerstelle.

«Ich habe doch noch ein paar Streichhölzer gefunden», erklärte Tuomas.

Der Mittsommerabend verlief nun wie geplant. Das Feuer wärmte, die Würstchen brutzelten auf dem Rost, und der Duft lag verführerisch in der Luft. Auch die anderen Leckereien, die Alma vorbereitet hatte, schmeckten köstlich. Die lockere Atmosphäre und das gedämpfte Licht brachten die Jungs dazu, über Dinge zu sprechen, die sie auf dem Schulhof nie preisgegeben hätten.

Da war Mirko, der rastlose Draufgänger, der nach dem tragischen Unfall seines Vaters als einziger Mann in seiner Familie geblieben war. Mit sichtbarem Stolz erzählte er, wie er seiner kleinen Schwester Pinja jeden Abend Gutenachtgeschichten vorlas, wenn ihre Mutter Nachtschicht hatte. Väinö, der etwas pummelige Burger-Liebhaber, musste oft auf seine jüngeren Brüder aufpassen, weil beide Eltern im Familienrestaurant arbeiteten. Sein älterer Bruder verbrachte die Abende lieber mit Freunden. Matias, der Nachdenkliche, lebte allein mit seinem Vater, seit seine Mutter einen neuen Mann gefunden hatte.

Tuomas hielt sich mit seiner Geschichte zurück. Er wollte keinen Neid wecken, denn mittlerweile hatten die Jungs ihn als einen der ihren akzeptiert. «Meine Mutter starb bei einem Autounfall. Mein Vater konnte mich nicht allein in Helsinki lassen, also lebe ich jetzt bei meiner Oma», sagte er schließlich.

Als alle satt waren – selbst Ressu bettelte nicht mehr um Würstchen, sondern döste unter der Bank –, gingen sie auf den Vorplatz, um Fußball zu spielen. Zwei gegen zwei – kleine Mannschaften, aber der Spaß war groß. Der Abend war ein voller Erfolg.

Doch dann tauchte plötzlich ein verrosteter weißer Lieferwagen auf und brummte den Weg zur Laavu hinunter. Tuomas' Magen zog sich zusammen. Wollten sie das Feuer verbieten? Oder schlimmer noch – Ärger machen?

Aus dem Wagen stiegen zwei fremde Männer mittleren Alters. Als sie sahen, dass nur ein paar Schuljungen anwesend waren, entspannten sie sich und grinsten. Einer von ihnen kickte lässig den Ball, als wolle er seine Sportlichkeit demonstrieren. Ohne ein Wort gingen sie zur Laavu. Dort lagen noch Kuchenreste und ein paar rohe Würstchen. Einer der Männer zückte ein Taschenmesser, schnitt sich ein Stück Wurst ab und schob es in den Mund. Sein Kumpel forderte lautstark seinen Anteil und griff nach weiteren Speisen.

Die Jungen folgten ihnen.

«Hey, das ist unser Essen!», rief Tuomas.

«Das war einmal. Jetzt gehört es uns», lachte einer der Männer. «Wo ist das Bier?»

«Wir trinken kein Bier. Dafür sind wir zu jung.»

«Niemand ist zu jung für Bier! Aber keine Sorge – wir haben was Besseres.»

Der Mann zog eine Schnapsflasche aus seiner Jacke, nahm einen großen Schluck und reichte sie seinem Kameraden. «Ich lasse euch auch einen Schluck übrig, als Dank für das Essen. Kein Grund, so neidisch zu sein.»

An ihrem lallenden Reden war klar: Sie hatten schon reichlich Alkohol getrunken.

Ressu, der noch unter der Bank lag, kam vorsichtig hervor und knurrte leise.

«Na, schau mal einer an! Was für eine Bohnenstange! Ist das überhaupt ein Hund oder eher eine neue Art von Piss-Ameisen? Tseh-tseh, Köter!»

Die Männer versuchten, Ressu zu fangen, doch der war zu flink. Ihre Ungeduld wuchs.

«Die Chinesen essen Hunde», raunte einer. «Vielleicht schmeckt dieses Knochengerüst gegrillt ganz gut. Die Glut ist noch heiß.»

Tuomas' Wut loderte auf.

«Ihr habt kein Recht, hier zu sein, unser Essen zu stehlen oder uns zu bedrohen.»

«Kein Recht? Und ihr? Ihr dürft hier doch auch kein Feuer machen – es sei denn, der Landbesitzer erlaubt es.»

«Ich bin der Landbesitzer. Oder werde es sein, wenn ich groß bin», platzte es aus Tuomas heraus.

Die Männer hielten inne.

«Donnerwetter! Der Kleine hat ja Allüren wie der alte Patron. Den kenne ich! Ich bin in diesem Kaff aufgewachsen. Du bist ganz der Alte», wieherte einer – «nur mit Haaren wie Höllenflammen!»

Das hätte er nicht sagen sollen.

In diesem Moment verschwand Tuomas.

Die Männer rieben sich die Augen. Waren sie so betrunken, dass sie sich das einbildeten? Doch bevor sie lange grübeln konnten, sprang ihr Lieferwagen plötzlich an. Ohne Fahrer setzte er sich in Bewegung.

Mit offenem Mund starrten die Männer auf das scheinbar führerlose Auto. Dann jagten sie ihm hinterher. Jedes Mal, wenn sie es fast erreicht hatten, rollte es ein Stück weiter. Schweißgebadet verfolgten sie es quer durch den Wald. Schließlich hielt der Wagen an einem Hang. Die Fahrertür schwang auf – doch niemand stieg aus.

Zögernd näherten sie sich – und in diesem Moment rollte der Wagen rückwärts auf sie zu. Gerade noch rechtzeitig sprangen sie zur Seite.

Einer der Männer hechtete ins Auto, zog die Handbremse und brachte es zum Stehen. Sein Kumpel kletterte auf den Beifahrersitz – und kaum war die Tür zu, schoss der Wagen ruckartig den Hang hinauf, Steine flogen in alle Richtungen. Die Jungen standen mit Ressu am Waldrand und beobachteten die Szene.

«Wir müssen das Feuer löschen. Es ist spät», ertönte Tuomas' Stimme hinter ihnen. Niemand hatte bemerkt, dass sie ohne ihn losgelaufen waren.

Zurück an der Laavu räumten sie alles auf, löschten die Glut mit Brunnenwasser und luden Almas Taschen auf die Fahrräder.

Als Tuomas nach Hause kam, grinste Jaska ihn breit an.

«Was hast du diesmal angestellt?», fragte Tuomas misstrauisch.

Jaska deutete auf die Hauptstraße. Dort stand der Lieferwagen – mit einem platten Reifen.

«Zufällig hab ich in der Scheune eine alte Bärenfalle gefunden. Und die ist dann zufällig in der Einfahrt gelandet …»

Gerade als Jaska fertig gesprochen hatte, rollte eine Polizeistreife heran.

Das Ende der Männer war besiegelt.

7.

Ressu lebte nun schon seit einigen Monaten bei Tuomas und wuchs rasant heran. Seine einst runde Babyschnauze wurde immer spitzer, sein Schwanz entwickelte sich zu einer peitschenartigen Rute, und seine großen Ohren standen inzwischen aufrecht, sodass sie an Fledermausflügel erinnerten. Sein Körper wurde immer schlanker, und seine Beine schienen am schnellsten zu wachsen – eines Tages würde er vermutlich springen wie ein Reh.

Alma gefiel diese Veränderung gar nicht.

«Ressu sieht aus, als hätten wir ihn nicht gefüttert!», beklagte sie sich. «Hat der überhaupt einen Magen, oder ist der mit der Wirbelsäule verwachsen?»

Im Sommer begann Ressu, die Hasen aus dem Gemüsegarten zu jagen. Obwohl er noch ein Welpe war, hatten die Tiere große Mühe, dem langbeinigen Jäger zu entkommen.

Neugierig suchte Tuomas im Internet nach Hunderassen, doch keine glich Ressu. Als sein Vater ein paar Tage frei hatte, bat er einen befreundeten Tierarzt, den Hund zu untersuchen.

«Der ist aber groß geworden!», staunte der Arzt. «Habt ihr schon herausgefunden, woher der hübsche Kerl stammt?»

«Wenn du ein Geheimnis für dich behalten kannst, erzähle ich es dir», antwortete der Vater – und berichtete von den Hundeschmugglern und Tuomas' Rolle bei ihrer Verhaftung. Merkwürdigerweise hatten die Welpenfabriken in Estland nur schwarz-weiße Spaniels gezüchtet. Niemand wusste etwas über Hunde, die Ressu ähnelten, und niemand vermisste ihn.

«Seinem Körperbau nach ist er eindeutig ein Windhund», stellte der Tierarzt fest, während er weiter im Hundelexikon blätterte. «Ich glaube, hier haben wir ihn: ein italienischer Windhund. Sehr selten bei uns. In Finnland gibt es nur wenige Züchter dieser Rasse. Ein schneller, robuster Hund mit ursprünglichen Wurzeln ... In seiner Heimat Sizilien wird er zur Jagd auf Wildkaninchen eingesetzt. Man nennt ihn auch den Ätna-Hund.»

«Das passt ja perfekt!», wunderte sich der Vater. «Tuomas ist auf unserer letzten Reise schließlich zum sizilianischen Gutsbesitzer geworden. Er hat ein kleines Haus am Hang des Ätna geerbt.»

Die Männer lachten über den Zufall, doch Tuomas spürte eine Gänsehaut. War es wirklich Zufall, dass er einen Ätna-Hund bekommen hatte? Oder hatte eine unbekannte Macht dafür gesorgt, dass dieser Hund ihn beschützte – oder gar ausspionierte? War Ressu Freund oder Feind?

Zu Hause recherchierte Tuomas weiter. Der Ätna-Hund galt als temperamentvoller Familienhund, der am liebsten auf dem Sofa oder unter der Bettdecke seines Besitzers schlief – das hatte Tuomas längst selbst herausgefunden. Die Wurzeln dieser alten Rasse reichten bis ins Jahr 1000 v. Chr. zurück, vielleicht sogar bis zu den ägyptischen Pharaonen.

Doch eines war klar: Für den finnischen Winter war er nicht gemacht. Sein Fell war zu kurz, und ihm fehlte die schützende Unterwolle. Ressu würde den Winter also nicht draußen als Wachhund verbringen können. Diese Aufgabe musste weiterhin der wetterfeste Jaska übernehmen.

8.

In Arvola gab es zwei Arten von Einwohnern: jene ohne Hund und jene mit Hund. Beide Gruppen beschwerten sich lautstark in der Facebook-Gruppe des Dorfes. Die Hundelosen ärgerten sich über bellende Vierbeiner und Hundehaufen auf der Straße, während die Hundebesitzer ihre Kritiker als Hundehasser bezeichneten und Hunde als die treuesten Freunde des Menschen verteidigten. Doch in einem Punkt waren sich alle einig: Gewalt gegen einen Hund war ein unverzeihliches Verbrechen.Und genau das geschah an einem Juliabend in Arvola.

Am Rand des Dorfes, in einer leerstehenden Industriehalle, hatte man eine Selbstbedienungs-Waschanlage für Teppiche eingerichtet. Eine riesige Wäschetrommel konnte gleich mehrere Teppiche auf einmal aufnehmen und erledigte die Arbeit in kürzester Zeit – eine Revolution, denn früher hatten die Dorfbewohner ihre Teppiche stundenlang am Seeufer geschrubbt. (Das gründliche Reinigen bunter Flickenteppiche gilt schließlich als eines der liebsten Sommervergnügen finnischer Hausfrauen.)

Der Besitzer der Wäscherei glaubte noch an die Ehrlichkeit der Menschen in seinem kleinen Dorf. Deshalb ließ er eine unverschlossene Kiste auf einem Wandregal stehen, in die Kunden das Geld für die Nutzung der Waschmaschine legen konnten. Doch die Kunde von dieser leicht zugänglichen Geldquelle sprach sich schnell herum – auch unter den vier Berufstrinkern des Dorfes.

Pertsa, Make, Veke und Kale schlichen sich eines späten Abends in die Wäscherei. Zur gleichen Zeit führte die pensionierte Lehrerin Maire Happola ihren Golden Retriever Goldie auf einem Spaziergang an der Böschung neben der Halle entlang. Ein lauter Streit, der aus der halb geöffneten Tür der Wäscherei drang, ließ sie und ihren Hund aufhorchen.

Frau Happola wagte es nicht, selbst nachzusehen, doch Goldie riss sich neugierig samt Leine aus ihrem Griff, schlüpfte durch die Tür und bellte die Männer an. Die Betrunkenen fluchten und versuchten, den Hund zu verscheuchen. Doch Goldie fletschte abwechselnd die Zähne gegen fuchtelnde Hände und tretende Füße. Schließlich bekam einer der Männer den Hund zu fassen, packte ihn – und warf ihn kurzerhand in die leere Waschtrommel. Dann schlugen sie die Luke zu.

Als sie die Bisswunde eines der Männer begutachteten, kamen sie zu dem Schluss, dass der Hund bestraft werden müsse. Einer von ihnen drückte einen Knopf – die Maschine setzte sich in Bewegung.

Frau Happola hatte das aufgeregte Bellen ihres Hundes und den Lärm der Männer gehört. Doch plötzlich wurde es still. Ein ungutes Gefühl beschlich sie, und sie stürmte in die Halle. In der Düsternis wirkte sie auf die Betrunkenen wie der Engel des Jüngsten Gerichts. Die Männer kannten sie – sie hatten einst als Schüler vor ihrer strengen Lehrerin gezittert. Panisch stürmten sie hinaus und rissen die alte Frau zu Boden.

Im Inneren der Maschine gurgelte Wasser, und aus der Trommel drang gedämpftes, verzweifeltes Bellen.

Mit zitternden Fingern drückte Happola sämtliche Knöpfe, doch die Maschine ließ sich nicht stoppen. Erst als sie das Stromkabel aus der Steckdose riss, verstummte das Brummen der Trommel. Die Tür jedoch blieb verschlossen.

Hastig wählte sie den Notruf. Doch die Telefonistin schien nicht zu verstehen, was passiert war. Besonders irritierend war, dass Happola ihren Hund in der Aufregung nicht bei seinem Namen rief, sondern mit „Kulta" – finnisch für „Gold", aber auch ein Kosename. Die Telefonistin glaubte deshalb, es gehe um einen Menschen, der in die Waschmaschine geraten war. Doch als ehemalige Lehrerin hatte Happola viel Geduld mit begriffsstutzigen Schülern gehabt – und so auch mit der Telefonistin.

Die Polizei versprach, eine Streife zu schicken. Happola griff als Nächstes nach der Telefonnummer des Wäschereibesitzers, die auf einem Plakat an der Wand stand. Sie alarmierte ihn und bat ihn, die Luke zu öffnen, hinter der Goldie noch immer ängstlich bellte und zappelte.

Als der Wäschereibesitzer eintraf, fluchte er heftig. Er musste die Notverriegelung aufbrechen – dabei ergoss sich das gesamte Waschwasser auf den Boden und mit ihm ein völlig durchnässter, aber lebendiger Golden Retriever. Als er die leere Geldkassette entdeckte, fluchte er erneut.

Die herbeigeeilte Polizei nahm eine Anzeige wegen Diebstahls und schwerer Tierquälerei auf. Eine Fahndung nach den Tätern war nicht nötig – Happola nannte ihre Namen und Adressen auf der Stelle. Sie hätte auch noch ihre alten Englischnoten aus den Schulzeugnissen aufzählen können, doch die Adressen reichten der Polizei.

Als die Männer schließlich verhaftet und angeklagt wurden, versuchten sie, sich herauszureden. Goldie habe grundlos gebissen, sie hätten sich nur verteidigt. Der Hund sei wie eine tollwütige Bestie auf sie losgegangen. Und was den Diebstahl anging – sei es nicht möglich, dass Happola selbst das Geld aus der Kasse gestohlen hatte? Immerhin lebte sie nur von ihrer Rente.

Der Fall sorgte für Empörung unter den Hundebesitzern von Arvola. Viele befürchteten, dass die Männer aufgrund unklarer Beweislage nur eine milde Strafe erhalten würden. Tatsächlich prahlten sie bereits damit, wie sie den „räudigen Köter" ihrer alten Lehrerin gewaschen hatten.

Doch eine Strafe traf sie weit härter: Die einzige Gaststätte des Dorfes sprach ihnen Hausverbot aus. Der nächste Alkohol-Laden befand sich in der Stadt – und ohne Auto war der Weg dorthin beschwerlich. Dumm nur, dass ihnen allen wegen Trunkenheit am Steuer längst die Führerscheine entzogen worden waren.

Tuomas war genauso wütend wie jeder andere Hundebesitzer. Nicht auszudenken, wenn Ressu in der Waschtrommel gelandet wäre! Er wollte sich gar nicht vorstellen, wie er reagiert hätte.

9.

In der folgenden Woche hatte Jaska Tuomas etwas zu berichten. Fremde Betrunkene waren in Jaskas Windmühle eingebrochen. Sie machten Lärm und Dreck. Da die Mühle weit vom Gutshaus entfernt stand, bekam niemand etwas mit. Es sei denn, ein Elfe bewachte die Mühle.

Tuomas ahnte sofort, wer die ungebetenen Gäste waren – der Vorfall in der Teppichwäscherei mit dem gequälten Hund Goldie war noch nicht lange her –, aber er und Jaska gingen trotzdem unsichtbar zur Mühle, um sie zu inspizieren. Die Schweinerei der Männer ekelte sie an. Auf dem Boden lagen Bierdosen, Pizzaschachteln und leere Verpackungen. Die Außenwand hatten die Männer als Toilette benutzt. Aber all das war nichts im Vergleich zu dem, was diese Schurken einem unschuldigen Hund angetan hatten.

Die Männer sollten eine Strafe bekommen, die sie nie vergessen würden. Tuomas plante und rechnete mit Jaska. Alma hatte eine sehr, sehr lange Wäscheleine im Lager …

Am nächsten Samstag gelang es Pertsa, Masa, Veke und Kale doch noch, einige Flaschen Hochprozentiges – Koskenkorva – zu besorgen, die sie im Laufe des Abends in der Mühle leerten. Danach schliefen sie auf leeren Getreidesäcken ein.

Am frühen Morgen wurden sie einer nach dem anderen aus der Mühle gezerrt und draußen mit einem Seil festgebunden. So oft man sich auch umsah – es war niemand zu sehen. Als der verkaterte Pertsa als Dritter aus der Mühle gezerrt und gefesselt worden war, hörte er von oben einen Schrei und sah Masa, der wie eine Schmetterlingsraupe am Windmühlenflügel eingewickelt war. Und hoch gegen den Morgenhimmel erhob sich der nächste

Flügel, beladen mit dem gefesselten Veke. Der vierte im Bunde, Kale, wurde gerade die Windmühlentreppe hinuntergetragen. Kale war schon wacher und versuchte, sich zu wehren, aber es war unmöglich, gegen einen unsichtbaren und unglaublich starken Feind zu kämpfen.

Bald hatte auch Kale seinen Platz am vierten Mühlenflügel eingenommen. Die Bandagen aus starker Wäscheleine waren um Arme, Beine und Oberkörper der Männer und um die Bretter der Flügel so fest gewickelt, dass man kaum die Finger bewegen konnte.

Doch nun begannen sich die Mühlenflügel zu drehen – obwohl kein Lüftchen über das Stoppelfeld wehte.

«Hat die Mühle einen Motor?», schoss Pertsa noch ein Gedanke durch den Kopf, bevor ihn sein eigener Flügel hoch über die Mühle trug. Von unten ertönte ein Stöhnen. Dort musste Veke kopfüber hängen. Die alten Flügel setzten sich in schnellere Bewegung. Vor den Augen der Männer änderte sich die Landschaft des Hofes mit immer größerer Geschwindigkeit. Die Trinkgelage der vergangenen Nacht forderten ihren Tribut: Bald war ein Flügel nach dem anderen mit Erbrochenem bedeckt.

Doch damit nicht genug: Der ganze Magen drehte sich gegen seinen Besitzer und entleerte sich in die bereits verdreckten Hosen. Die Männer schrien. Brüllten. Flehten. Flehten den unsichtbaren Richter vergeblich um Gnade an.

Denn jeder von ihnen wusste, wofür er bestraft wurde.

Auge um Auge, Karussell um Waschtrommel.

Tuomas hatte sich die Smartphones der Männer geschnappt und ein Video von den Ereignissen an der Mühle gedreht. Er postete es in der Facebook-Gruppe des Dorfes, in der nahe gelegenen Stadt und auch auf dem öffentlichen Facebook – mit der Überschrift:

«Hundequäler im Karussell».

Da die Hälfte der Bevölkerung auch am Sonntagmorgen auf Facebook surfte, dauerte es nicht lange, bis die Einwohner von Arvola die Windmühle, in der das Video gedreht worden war, ausfindig gemacht hatten. Sie eilten zu ihren Autos, um selbst ein Video zu drehen. Die Schlangen an den Straßenrändern wurden immer länger. Einige versuchten, die Männer loszubinden, aber die Flügel drehten sich unaufhaltsam weiter und brachten die Helfer selbst in Gefahr.

Eine Polizeistreife hatte im Vorbeifahren die Autoschlangen und die Menschenmenge auf dem Stoppelfeld bemerkt und bei der Zentrale nachgefragt, ob rund um die Mühle ein genehmigtes Erntefest stattfände. Da nichts dergleichen gemeldet worden war, marschierten die Polizisten über das Feld, um den Grund für die Versammlung herauszufinden.

Sie staunten nicht schlecht, als sie die ihnen bekannten Männer an den Mühlenflügeln gefesselt sahen. Doch in dem Moment, in dem die Polizisten erschienen, blieben die Flügel wie verriegelt stehen und konnten in keine Richtung bewegt werden.

Das Lösen der Fesseln erwies sich als so schwierig, dass ein Feuerwehrfahrzeug zur Mühle gerufen werden musste, um die Männer mit Hilfe einer Kranplattform zu befreien.

Was im Morgengrauen in der Mühle passiert war, konnte sich niemand erklären. Tuomas, der Sohn des Gutsbesitzers, erschien ebenfalls vor Ort und berichtete, dass die Männer die Tür zur Mühle aufgebrochen und sich dort mehrere Tage aufgehalten hatten. Das Chaos im Inneren bewies dies auch der Polizei.

Aber wie um alles in der Welt war es jemandem gelungen, die schweren, erwachsenen Männer an den Flügeln der Mühle festzubinden? Der oder die Täter müssten wegen Freiheitsberaubung und gefährlicher Körperverletzung angeklagt werden. Die geretteten Männer behaupteten, niemanden gesehen zu haben.

Waren die Mächte des Himmels im Spiel? Oder hatten sich die Männer in ihrem Rausch auf dem Karussell vergnügen wollen und sich dabei gefesselt?

Ungeklärt blieb auch, warum sich die Mühlenflügel bei Windstille so schnell drehten.

Ein Krankenwagen brachte die Männer zur Untersuchung ins Krankenhaus. Die Besatzung des Krankenwagens weigerte sich jedoch zunächst, die Männer anzufassen, da sie von innen und außen, von oben bis unten mit allerlei ekligem Schmutz bedeckt waren. Dann kam man auf die Idee, die Männer in Leichensäcke zu packen, die zur Ausrüstung des Krankenwagens gehörten – und so wurden die Pakete sauber genug für den Transport.

Inzwischen öffnete sich unbemerkt die Tür des am Straßenrand geparkten Streifenwagens. Eine Plastiktüte mit den Wäscheleinenstücken, die als Beweismittel sichergestellt worden waren, flog heraus, wanderte in den nahen Wald und vergrub sich unter den Ästen.

Die vier unglücklichen Trunkenbolde bekamen zur Erinnerung den Spitznamen Siipiveikot – „Flügelkerle". Das ist die übliche Bezeichnung für faule Menschen, die auf Kosten – also auf den Flügeln – anderer leben.

Glücklicherweise verschwanden die Flügelkerle bald aus dem Dorf Arvola und zogen zusammen mit anderen asozialen Elementen in die Stadt.

10.

Ende Juli gelang es Olli Arkko, eine Woche Sommerurlaub für sich zu organisieren.

«Jetzt werden wir Männer allein durch Finnland touren», kündigte er am Telefon vor seiner Ankunft am Samstag an.

«Alma soll deine Sachen packen, damit wir am Sonntagmorgen gleich losfahren können.»

«Wohin fahren wir?», fragte Tuomas.

«Das werden wir unterwegs sehen. Vielleicht können wir zelten.»

Tuomas war begeistert: Eine Autofahrt und Zelten mit seinem Vater – das war das Beste, was ihm seit Langem passiert war. Welche Campingplätze würden sie ansteuern? Tuomas begann sofort, eine Liste mit Vorschlägen aus Google zusammenzustellen.

Mit seinem Vater würde die Reise sicher sein. Nichts Unvorhergesehenes oder Schreckliches würde passieren. Vielleicht würde er sich trauen, dem Vater auf einer solchen Reise von all den seltsamen Dingen zu erzählen, in die er hineingeraten war – von den Lavamenschen und den fremden Mächten.

Als der Vater am Abend eintraf und Tuomas ihm von den verschiedenen Campingplätzen erzählen wollte, sagte er:

«Ich habe mir überlegt, dass wir morgen erst einmal nach Jyväskylä fahren und uns die WM-Rallye anschauen. Das ist sehr aufregend. Als ich jung war, wollte ich auch Rennfahrer werden, aber dann hat die Fliegerei gesiegt.»

Tuomas war enttäuscht, und sein Vater bemerkte es.

«Hei, wir werden viel Spaß haben. Wir zelten und besuchen deine Bären in Kainuu.»

Olli Arkko wusste, dass Tuomas schon lange das Zentrum für Großraubtiere besuchen wollte, in dem mehrere Bären lebten, die von klein auf von Menschen aufgezogen worden waren.

Am Sonntagabend berichteten die Fernsehnachrichten und die Abendzeitungen über einen seltsamen Vorfall bei der Autorallye in Jyväskylä:

«Markkanens Auto kam in einem Waldstück von der Straße ab und flog direkt auf die zahlreichen Zuschauer zu. Eine Familie mit Kindern und ein älterer Mann im Rollstuhl waren die ersten, die in die Flugbahn gerieten. Doch bevor der Wagen sie erfassen konnte, erhob er sich aus ungeklärter Ursache in die Luft, flog über die Köpfe der erschrockenen Zuschauer hinweg, dann hoch über den Wald und landete auf einer Wiese. Weder Markkanen, der das Auto fuhr, noch der Kartenleser Pietikäinen wurden verletzt, und das Auto wurde nicht schwer beschädigt. Mögliche Ursache für das Phänomen könnte eine plötzlich auftretende starke Turbulenz wie ein Trombi gewesen sein.»

Was war passiert?

Vater Olli und Tuomas hatten am Sonntagvormittag ihr Auto am Straßenrand geparkt und waren zu Fuß über einen Waldweg zur Rallyestrecke gelaufen, wo sich bereits Dutzende Zuschauer versammelt hatten. Olli wusste aus den Erfahrungen der letzten Jahre, wo die spannendsten Rallye-Ereignisse zu erwarten waren – was natürlich auch bedeutete: die schlimmsten Unfälle.

Auf beiden Seiten der Straße war rotes Absperrband gespannt, damit die Zuschauer die Fahrbahn nicht betreten konnten. Hinter dem Band standen einige Sicherheitsleute, die die Situation mit Argusaugen beobachteten.

Die gefährliche Kurve war auch den Einheimischen bekannt. Sie drängten sich an den Straßenrand, um das Rennen zu beobachten – darunter ein Ehepaar mit seinem kleinen Sohn und einem Baby, das in einem Känguru-Sack an der Brust der Mutter schlief. Neben der Kinderfamilie hockte ein alter Mann auf dem schmalen Sitz seines Rollators und wartete auf die Ankunft der Rennwagen.

Tuomas hatte sich nie für Autorennen interessiert. Die Namen der berühmten Fahrer, die an diesem Weltmeisterschaftslauf teilnahmen und die sein Vater stolz aufzählte, sagten ihm nichts. Aber weil sein Vater so begeistert war, versuchte Tuomas, seine schlechte Laune zu verbergen. Bald würden sie zu richtigen Urlaubszielen aufbrechen.

Je länger das Warten dauerte, desto unruhiger wurde Tuomas. Bald merkte er, warum: Nonnas Stein unter seinem T-Shirt begann zu brennen. Nonna hatte sich schon lange nicht mehr mit ihren Warnungen in Tuomas' Leben eingemischt. Was war ihr Problem – mitten im finnischen Wald?

Hinter dem Wald dröhnten die ersten Automotoren, und die Spannung unter den Zuschauern stieg. Da es den ganzen Sommer über trocken gewesen war, wirbelten die Autos auf den sandigen Straßen Staub hoch über die Baumwipfel. Schon rasten die ersten Autos unter dem Jubel der Zuschauer vorbei. Die Staubwolke, die sie hinterließen, war so dicht, dass man weder atmen noch Genaueres sehen konnte.

Im Nachhinein bestätigte sich: Zuerst rollte ein bunter Ball auf die Fahrbahn, gefolgt von einem kleinen Jungen, der unter dem Absperrband durchschlüpfte. «Topi! Topi! Raus da!», rief eine Frauenstimme – doch es war zu spät. Aus der Staubwolke hinter der Kurve raste bereits das nächste Auto auf das hilflose Kind zu.

Plötzlich änderte der Wagen die Richtung und verfehlte den Kleinen nur knapp – doch gleichzeitig schien der Fahrer die Kontrolle über das Auto verloren zu haben. Es rutschte seitlich weiter auf die anderen Schaulustigen zu – die Familie mit dem Baby und den alten Mann mit der Gehhilfe. Tuomas und sein Vater standen etwas abseits und waren nicht in Gefahr.

Da war es wieder! Vor Tuomas' Augen starben Menschen – und nichts konnte sie retten. Es sei denn…? Aber wenn er das Auto gegen eine Mauer fahren ließ, wie es dem LKW des Attentäters in München passiert war, würden die Menschen im Auto tödlich verletzt werden!

Tuomas blieb nur der Bruchteil einer Sekunde, denn das Auto war schon gefährlich nahe. Er streckte den Arm aus.

Niemand sah die riesige Hand, die nach dem Rallyeauto griff, das die Straße hinunterraste. Die unsichtbaren Finger packten das Auto wie ein Spielzeug, hoben es so hoch, dass die Räder nicht einmal mehr die Köpfe der Zuschauer berührten, trugen es über die Baumwipfel und ließen es einige hundert Meter entfernt auf einer Lichtung landen.

Alle Anwesenden verfolgten entsetzt den Flug des Wagens. Niemand bemerkte den ausgestreckten Arm von Tuomas – nicht einmal sein Vater, der in der Nähe stand. Die Unsichtbarkeit hatte sich von seinem Arm auf seinen ganzen Körper übertragen.

Der Arm trug ihn fort, so dass er bereits im Wald neben dem Auto stand, als die Insassen versuchten auszusteigen. Doch die beiden Seiten des Wagens waren von den riesigen Fingern so stark eingedrückt worden, dass sich die Türen nicht mehr öffnen ließen. Mika Markkanen trat so heftig gegen die klemmende Tür, dass er nicht bemerkte, wie Tuomas sie von außen aufriss.

Markkanen kletterte aus dem Auto auf die Wiese. Er taumelte und musste sich an der Motorhaube festhalten, um stehen zu bleiben. Sein umherschweifender Blick erfasste Tuomas' Augen durch das Visier. Smaragdblaue Augen.

Er nahm den Helm ab und riss sich die Kapuze vom Kopf. Markkanen war noch ein junger Mann, kaum zwanzig. Sein nackenlanges Haar war schweißnass, aber es gab keinen Zweifel: Es war rot.

Tuomas und Mika Markkanen starrten sich an. In Markkanens Augen, die sich zu Schlitzen verengt hatten, flackerte eine ferne Erinnerung auf – als würde er einen alten Bekannten wiedererkennen. Zwei Lava-Leute? War dies das erste Mal, dass Tuomas in Finnland jemanden von seiner Sorte traf?

Der Kartenleser Pietikäinen war hinter Markkanen auf den Fahrersitz geklettert.

«Was für ein Flug», staunte er.

Markkanen explodierte:

«Warum zum Teufel hast du das Lenkrad angefasst? Das ganze Rennen ist für mich gelaufen!»

«Aber du hast fast ein Kind überfahren! Das hast du doch gesehen, oder?»

«Ja, aber das Kind hat sich selbst vor das Auto gestellt. Die Eltern sollten besser auf ihre Kinder aufpassen. Wegen dir habe ich die Weltmeisterschaft verloren! Das wirst du mir büßen! Ich hole mir einen anderen Kartenleser!»

Markkanen war das große Talent des finnischen Rallyesports. Schon als Kind saß er am Steuer von Gokarts. Später gewann er jedes Rennen in seiner Altersklasse.

Umso wütender war Markkanen, als er sich umdrehte, um den Schaden an seinem Auto zu begutachten.

«Das Auto ist ein Haufen Schrott !»

Der Kartenleser schien das Temperament des Fahrers gewohnt zu sein und zuckte nur mit den Schultern. Er entdeckte Tuomas, der neben dem Auto stand, diesmal ohne Mütze.

«Hei, ich wusste gar nicht, dass du einen kleinen Bruder hast», rief er. «Seine Haare sind aus Feuer, genau wie deine, und er sieht genauso aus wie du vor ein paar Jahren! Hast du gesehen, wie wir geflogen sind, Kumpel?»

«Ich habe keinen Bruder und brauche auch keinen. Hast du unseren Flug wenigstens auf Video? Du könntest es ins Internet stellen, damit die Leute etwas zum Staunen haben.»

Tuomas zuckte mit den Schultern, ohne etwas zu erwidern. Dann drehte er sich um und ging zurück in den Wald, wo sich bereits eine große Menschenmenge zum verunglückten Auto strömte.

«Ein schüchterner Junge. Ich glaube nicht, dass das dein Bruder war.»

Tuomas wandte sich wortlos ab und verschwand zwischen den Bäumen.

Als Tuomas seinen Vater im Wald traf, bat er ihn, zum Auto zurückzukehren und die Reise fortzusetzen. Der Rennwagen war längst von Menschen und Polizisten umringt. Der Vater willigte ein, sagte aber, er habe für die nächste Nacht bereits ein Hotelzimmer in der Stadt gebucht. Am nächsten Morgen könnten sie ausgeruht in den Urlaub starten.

Später erfährt Tuomas, dass der Vater den Abend mit einigen ehemaligen Rallyefreunden in der Hotelbar verbringen will. Auch der Rallyefahrer Markkanen würde anwesend sein, und das Hauptgesprächsthema würde der schwindelerregende Flug seines Autos sein.

Bevor der Vater Tuomas verließ, bestellte er ihm zum Abendessen eine große Pizza und eine Cola aus der Hotelküche. Nachdem Tuomas gegessen und den Fernseher ausgeschaltet hatte, legte er sich auf das Sofa und wagte es, die Ereignisse des Nachmittags Revue passieren zu lassen.

Er hatte wieder seine Kräfte benutzt, obwohl er sich vorgenommen hatte, ein normaler Mensch zu bleiben. Aber hatte er eine Wahl gehabt? Schließlich konnte er nicht zulassen, dass die Menschen vor seinen Augen zu Brei verarbeitet wurden. Das Lava-Volk mochte grausam sein, aber Tuomas war zumindest zur Hälfte ein Mensch und hatte menschliche Gefühle, Pflichten und Verantwortung.

«Ich habe alles richtig gemacht», verteidigte er sich.

Der Lava-König hatte ihn beauftragt, die verlorene Urenergie des Lava-Volkes zurückzuholen – und sie nicht an Menschen zu verschwenden. Die Menschheit, so der Lava-König, sei ohnehin auf dem Weg der Selbstzerstörung.

Für Tuomas blieben viele Fragen offen. Wer setzte seine Wunderkräfte richtig und wer falsch ein? Wem sollte er helfen und wem nicht? Was war mit den Rennfahrern? Der Wundertäter Markkanen hätte sogar ein Kind überfahren, ohne nachzudenken, und das war sicher falsch.

Vielleicht sollte er den Mann besser kennen lernen?

Im Restaurant waren alle Augen auf den Rallyefahrer Markkanen gerichtet. Man bedauerte, dass er den Sieg verloren hatte, weil er von der Straße abgekommen war. Es gab Schulterklopfen und Bewunderung dafür, dass er seinen sicheren Sieg geopfert hatte, um das Leben eines Kindes zu retten. Markkanen nahm das Lob für sich in

Anspruch. Durch geschicktes Beschleunigen und Bremsen hatte er eine so starke aerodynamische Strömung erzeugt, dass sich das Auto in die Luft erhob und sogar über den Wald flog. «Das muss noch untersucht werden, aber vielleicht habe ich ein fliegendes Auto erfunden!»

Der Kartenleser Pietikäinen, der allein an einem Nebentisch saß, machte keine Anstalten, das Missverständnis zu korrigieren, dass er maßgeblich an dem Ausweichmanöver beteiligt gewesen sei. Nachdem Pietikäinen sein Bier ausgetrunken hatte, wünschte er dem Rest der Gruppe eine gute Nacht und sagte, dass er schlafen gehe.

«Pietikäinen ist so ein Weichei. Ich werde den Kartenleser wechseln», sagte Markkanen, nachdem Pietikäinen gegangen war.

Tuomas war als unsichtbarer Beobachter in der Bar geblieben. Er war dem Kartenleser bis zur Tür seines Hotelzimmers gefolgt und hatte richtig vermutet, dass das Zimmer des Rallyefahrers neben dem des Kartenlesers liegen würde. In Markkanens Zimmer, in das sich Tuomas unsichtbar geschlichen hatte, stand auf dem Tisch eine Flasche Champagner, die das Hotel in einem Eiswürfelbehälter spendiert hatte. Tuomas holte den Lava-Opa-Stein aus seinem Rucksack und legte ihn neben die Champagnerflasche. Er hatte den Stein von zu Hause mitgebracht in der Hoffnung, seinem Vater während des Urlaubs von den Lava-Menschen erzählen zu können. Der Stein sollte beweisen, dass Tuomas die Wahrheit gesagt hatte.

Als Markkanen vor Mitternacht schwer betrunken in sein Zimmer taumelte, wollte er die Flasche Champagner öffnen, bemerkte aber den seltsamen Stein auf dem Tisch. Neugierig nahm er den Stein in die Hand, schloss die Handflächen darum und saß eine Weile schweigend auf dem Sofa, während sich vor seinen Augen die Welt zu drehen schien.

Am nächsten Morgen wollte Tuomas so schnell wie möglich abreisen. Doch beim Frühstück im Hotel sagte sein Vater, dass sie es nicht eilig hätten. Er wolle Tuomas etwas zeigen, das erst um zehn Uhr morgens öffne. Tuomas war verärgert. Er wollte endlich den richtigen Urlaub beginnen.

Kartenleser Pietikäinen ging mit einem vollen Teller vom Frühstücksbuffet zum Tisch von Tuomas und seinem Vater und bemerkte dann seinen Fehler.

«Entschuldigung, ich hielt den Jungen für Markkanen, wegen der gleichen Frisur.»

«Markkanen sitzt dort am Fenstertisch», antwortete der Vater. Markkanen saß dort beim Frühstück, sehr schlecht gelaunt und allein. Niemand nahm Notiz von ihm, denn sein wichtigstes Merkmal, die roten Haare, waren verblasst. Tuomas Wunderstein hatte gewirkt. Markkanen würde in Zukunft kein Supertalent mehr sein.

11.

Olli Arkko verließ mit Tuomas die Stadt und fuhr Richtung Norden. «Mal sehen, was uns hier erwartet.»

Nach zwanzig Kilometern war das Ziel der Reise klar. Am Straßenrand stand ein großes Schild: «Finnisches Luftwaffenmuseum». Der Vater wollte ihm also alte, rostige Flugzeuge zeigen. Sehr – lustig für ihn vielleicht, denn er war selbst Pilot.

Das Museum war in einem alten Hangar untergebracht. Schon auf dem Vorplatz standen Flugzeuge. Wenigstens standen in dem Hangar nicht nur rostige Wracks, sondern auch eindrucksvolle Militärflugzeuge, die alle ihre eigene ruhmreiche Militärgeschichte hatten. Vater Olli war zum Zeitpunkt des letzten Krieges noch nicht einmal geboren, aber er kannte die verschiedenen Flugzeugtypen der finnischen Armee und nannte sie, während sie durch die Halle schlenderten.

«Fokker ... Messerschmitt, eine deutsche Konstruktion ... Saab ... Der Spitzname von dem hier ist Vihuri (Windböe) und der von dem da Pyörremyrsky (Wirbelsturm). Das ist eine Tiira (Seeschwalbe). Die Piloten haben die Flugzeuge zu ihren Freunden gemacht, indem sie ihnen Namen gegeben haben. Aber das ist noch nicht alles: Du kannst das Fliegen in einem Simulator selbst ausprobieren. Du sitzt im Cockpit einer zweimotorigen Maschine. Dein Fluglehrer ist ein ehemaliger Pilot. Der Unterricht dauert eine Stunde, aber danach kannst du noch kein richtiges Flugzeug fliegen. Dazu braucht man mehr Erfahrung. Der Flugkapitän ist für das Leben vieler Passagiere verantwortlich.»

Tuomas wusste das. Er war stolz auf seinen Vater, der eine solche Verantwortung tragen durfte.

Die zweimotorige Piper Aztec wirkte neben den schnittigen Jägern wie ein bescheidener Spatz, und die Instrumententafel im Cockpit war nicht so vollgestopft wie in den Flugzeugen seines Vaters, deren Cockpits Tuomas auf seinen Reisen manchmal hatte besichtigen dürfen. Dennoch war es aufregend, nach dem ersten Training das virtuelle Fliegen auszuprobieren, auch wenn man in der Realität am Boden blieb.

Während Tuomas' Flugtraining besuchte Vater Olli andere Abteilungen des Museums und traf den Museumsdirektor, der sich über den Besuch eines Fachmanns freute. Es gab viel zu besprechen, vor allem als Tuomas' Fluglehrer nach dem Unterricht zur Gruppe stieß.

«Schau dich noch einmal um, wir Männer haben noch einiges zu besprechen», sagte der Vater zu Tuomas.

«Schau, aber fass nichts an», fügte der Ausbilder hinzu.

Als ob Tuomas ein dummes Kind wäre! Die Männer verschwanden in Richtung Museumsbüro ... und er wollte mit Papa weiterfahren!

Tuomas beschloss, die Flugzeuge ihrem Rost zu überlassen und machte sich auf den Weg zum Ausgang. Als er an einem kleinen Flugzeug vorbeikam – es sah aus wie die Piper, mit der er im Cockpit-Simulator geübt hatte – klopfte jemand an die Seitenscheiben des Cockpits. Tuomas blieb stehen. Ein Mann in Militäruniform schaute heraus und fragte mit einem breiten Grinsen im Gesicht:

«Willst du mal richtig fliegen, mein Sohn? Das Palaver könnte lange dauern», sagte er und deutete auf die Rücken der Männer, die in Richtung Büro marschierten.

Tuomas überlegte ... man hatte ihm gesagt, er solle nichts anfassen, aber vom Fliegen war nicht die Rede. Vielleicht war das im Preis der Lektion inbegriffen. Tuomas kletterte mit seinem Rucksack durch die andere Seitentür zum Piloten und schnallte sich an.

«Ich habe gleichgesehen, dass du ein mutiger Junge bist», sagte der Pilot. Er wandte Tuomas sein Gesicht zu. Die Augen des Mannes wirkten seltsam trüb. Bei näherem Hinsehen wirkte die ganze Kleidung des Mannes schäbig und altmodisch.

«Das ist meine Maschine. Es ist schön, nach langer Zeit wieder zu fliegen ... das letzte Mal muss vor fünfzig Jahren gewesen sein.»

Vor fünfzig Jahren? Der Mann war kaum älter als sein Vater!

«Weißt du, ich und dieses Flugzeug sind die besten Freunde. Und du bist jetzt der Dritte im Bunde. Aber lass uns den Vogel in die Luft bringen!»

Geschickt drückte der Pilot die Knöpfe auf dem Armaturenbrett und legte die Hebel um. Der Motor heulte auf obwohl in einem Museumsflugzeug kein Treibstoff mehr sein konnte! Die Maschine rollte zum Ausgang, dann über den Vorplatz, beschleunigte auf dem Asphalt und hob ab.

Die drei Männer, die bereits vor der Tür des Museumsbüros standen, drehten sich um, als sie den Motor starten hörten. Sie standen nicht lange mit offenen Mündern da.

«Verdammt, jemand klaut die Piper», rief der Direktor und eilte als Erster dem Flugzeug hinterher. Die anderen folgten. Alle drei rannten die Straße entlang, bis sie das Flugzeug abheben sahen.

«Wie kann das sein? Das Flugzeug war doch verschlossen und ohne Treibstoff», sagte der Direktor entsetzt.

«Das ist doch absurd ... Das ist die Piper Aztek, die vor fünfzig Jahren in einem See abgestürzt und gesunken ist.

Sie wurde geborgen und als Museumsflugzeug restauriert», sagte der Ausbilder und fasste sich an die Haare.

«Was ist mit dem Piloten passiert?», fragte Olli Arkko.

«Es gab keine Spur von ihm. Wir haben mit Tauchern gesucht. Es hieß, der Mann habe das Flugzeug absichtlich versenkt, weil er sich nicht von ihm trennen wollte. Er war gerade wegen seines Alkoholproblems entlassen worden. Er war ein Draufgänger im Krieg. Er hat gesagt, ihn kann nichts umbringen».

«Könnte er …?»

«Unmöglich. Der Mann wäre jetzt hundert Jahre alt. Und niemand könnte ein Flugzeug ohne Treibstoff fliegen lassen ... es sei denn …», begann Tuomas' Ausbilder und hielt inne.

«Es sei denn was?» Olli war neugierig.

«Das solltest du nicht verbreiten», fuhr der Geschäftsführer seinen Mitarbeiter an. «Außerdem ist das völliger Blödsinn!»

Der Ausbilder zuckte die Schultern:

«Natürlich. Aber manche sagen, dass es hier im Hangar spukt. Aber ich habe noch nie von fliegenden Geistern gehört.»

Das Gespräch wurde jäh unterbrochen, als das Dröhnen des Flugzeugs wieder lauter wurde. Die Maschine kam zurück! Bei der Landung berührte sie fast die Köpfe der Männer, die sich auf den Bauch warfen. Dann rollte das Flugzeug zurück zum Hangar und parkte auf seinem Platz in der Halle.

Tuomas hatte schon zu Beginn des Fluges gemerkt, dass der Pilot nicht ganz normal war. Er lachte laut und warf Tuomas Seitenblicke zu, um zu sehen, wie sein Kunstflug auf den Jungen wirkte. Unter der abgetragenen Pilotenmütze lugten schmutzige Nackenhaare hervor.

Scharlachrote Haare ... und waren die trüben Augen des Mannes nicht blau? Der Mund des Mannes plapperte ununterbrochen während des Fluges.

«Hör zu, mein Sohn, mit diesem Flugzeug sind schon viele Menschen zu Tode gebombt worden! Das waren noch Zeiten! Direkt hinter die feindlichen Linien und dann PAM! In der Fremdenlegion, wo ich früher war, hat es mir einen Heidenspaß gemacht, in der Wüste Kameltreiber zu jagen. Sie sprangen wie Flöhe in den Sand, wenn ich über sie hinweg donnerte. Sie nannten mich den roten Teufel. Ihre Gewehre waren machtlos gegen mich. Denn ich bin unsterblich.»

Als das Flugzeug gelandet war und im Hangar stand, lachte der unheimliche Pilot:

«Hast du gesehen, wie schnell die drei den Asphalt geküsst haben? Hättest du nicht den Steuerknüppel hochgerissen, hätte ich sie um Köpfe kürzer gemacht. Und die wollen Flieger sein!»

Der Mann zog einen Flachmann aus der Brusttasche seiner Lederjacke und nahm einen langen, genüsslichen Schluck.

Tuomas wusste jetzt, dass die Kräfte der Lava-Leute auch nach dem Tod noch in den schlimmsten Bösewichten wirken konnten. Der Geisterpilot hätte gerade fast drei Menschen getötet, darunter seinen Vater. Die Todesursache wäre ein Rätsel geblieben. Alle Flugzeuge standen dort seit Jahren, ohne Treibstoff und ohne Piloten. Außer Tuomas war niemand dort. Einem Schuljungen hätte man die Tat aber kaum zur Last gelegt. Hätte er behauptet, der Täter sei ein längst verstorbener Geisterpilot gewesen, wäre ihm ein Aufenthalt in der Psychiatrie sicher gewesen.

Tuomas wusste, was zu tun war. Die alte Nonne im Klosterkrankenhaus hatte sich in einen normalen Menschen verwandelt, als sie den Wunderstein in den Händen hielt. Dasselbe war dem Rallyefahrer Markkanen passiert.

Tuomas holte den Rubin aus seinem Rucksack.

«Wenn du schon alles gesehen und erlebt hast, rate mal, was das ist», sagte er und reichte dem Piloten den Stein.

Der nahm den Rubin in die Hand, drehte ihn um und betrachtete ihn lange. Zu lange! Vor Tuomas' Augen begann der Pilot durchsichtig zu werden. Tuomas konnte dem zu Staub zerfallenen Mann gerade noch den Rubin aus der Hand reißen. Als Tuomas das Flugzeug verließ, lagen auf dem Pilotensitz nur noch ein paar Kleidungsstücke und eine altmodische Mütze.

Als der Museumsdirektor, der Ausbilder und Olli Arkko den Hangar erreicht hatten, saß Tuomas ruhig auf der Bank neben dem Ticketschalter.

«Hast du gesehen, wer das Flugzeug geflogen hat?», keuchte der Direktor.

«Ich konnte nicht genau hinsehen, aber da war jemand, ein älterer Mann in Militäruniform.»

Die Männer spähten durch das Cockpitfenster, aber es war niemand drin.

«Hast du jemanden gesehen, der das Flugzeug verlassen hat?», fragte der Direktor Tuomas.

«Ich habe niemanden gesehen», antwortete Tuomas achselzuckend.

«Das ist merkwürdig. Unheimlich. Das kann doch nicht wahr sein. Einigen wir uns darauf, dass es nicht passiert ist. Wenn so etwas bekannt würde, würden sich die Eltern nicht mehr trauen, ihre Kinder ins Museum zu bringen.»

Als Tuomas und sein Vater auf dem Weg nach draußen an der Piper vorbeikamen, schaute Tuomas in Richtung Cockpit der Piper. Da war niemand mehr am Fenster.

.

12.

Vor der Abfahrt im Auto verkündete Vater Olli: «Nächste Nacht im Zelt! Ich habe im Internet einen schönen Campingplatz in der Nähe der Stadt Joensuu gefunden.»

Der Zeltplatz, den sie gegen Abend erreichten, lag direkt am See und schien in Ordnung zu sein. In der Hochsaison war der Campingplatz gut besucht, aber Olli und Tuomas fanden noch einen freien Platz direkt neben dem Wohnwagenpark. Olli begann zusammen mit Tuomas die Campingausrüstung aus dem Auto zu laden. Alles war noch in ungeöffneten Verkaufsverpackungen, auch Ollis Schlafsack.

«Wann hast du das letzte Mal gezeltet?», fragte Tuomas vorsichtig.

«Vielleicht damals bei der Armee. Da haben wir ein paar Nächte in einem Mannschaftszelt verbracht. Aber das allerletzte Mal war in Dubai, als wir in einem Zeltlager eines Scheichs in der Wüste übernachtet haben. Aber die Zelte glichen eher Stoffpalästen mit echten Perserteppichen auf dem Boden.»

Das Kuppelzelt, das der Vater kaufte, war für drei Personen ausgelegt.

«Der Verkäufer hat mir versichert, dass es leicht aufzubauen ist», sagt der Vater. Mit einem Taschenmesser riss er die Plastikverpackungen auf und verteilte den Inhalt auf dem Platz. Bald lag da ein Sammelsurium aus Stoffschläuchen, Metallrohren, Haken und Seilen.

«Das ist viel Zeug», staunte der Vater, «genug für zwei Zelte.»

«Im Internet gibt es Anleitungen zum Zeltaufbau für Dummies», versuchte es Tuomas.

«Die brauchen wir nicht. Mit ein bisschen Köpfchen kann man so etwas aufbauen», brummte der Vater. Er studierte die Zeltstangen.

«Das ist eine Angelrute, viel zu lang für ein kleines Zelt», schimpfte er, als sich eine Stange zu voller Größe entfaltete.

Vor dem benachbarten Wohnwagen saßen drei junge Männer mit Migrationshintergrund auf Zeltstühlen und rauchten. Interessiert sahen sie zu, wie Olli und Tuomas ihr Zelt aufbauten. Dann stand einer von ihnen auf und kam näher.

«Kann ich euch helfen?», fragte er in gutem Finnisch.

«Das ist nämlich nicht so einfach.»

Der Vater schien verärgert, aber er hatte schon gemerkt, dass Zeltaufbau nicht seine Spezialität war.

«Das ist ein neues Modell für mich», verteidigte er sich.

Der junge Mann winkte seine Kollegen heran, und während Tuomas und Olli zusahen, wurde aus dem Sammelsurium von Zeltzubehör, Ecke für Ecke, Bogen für Bogen, Keil für Keil ein richtiges Zelt. Innerhalb von zehn Minuten stand das Zelt.

«Wir haben viel gezeltet, bevor wir uns einen Wohnwagen gekauft haben. Deshalb geht uns das so leicht von der Hand», erklärt der junge Mann, der als Erster zur Hilfe gekommen ist. Beim Lächeln blitzen seine weißen Zähne aus dem dunklen Gesicht.

Der Vater hatte seinen Stolz schon heruntergeschluckt. Er bedankte sich höflich für die Hilfe und wollte jedem der jungen Männer einen Zehner anbieten, doch sie lehnten ab:

«Man muss immer den Nachbarn helfen».

Nach einem späten Pizzaessen im Campingrestaurant schlief der Vater sofort ein, nachdem er in seinen Schlafsack gekrochen war.

«Er muss auf Reisen gelernt haben, auch im Stehen zu schlafen», dachte Tuomas, der selbst keine Ruhe fand. Natürlich hatte der Vater nicht daran gedacht, Luftmatratzen zu kaufen, und so war der Boden unter dem Schlafsack hart. Außerdem störten die ungewohnten Geräusche, die vom Campingplatz und von den entfernten Straßen durch die Zeltwände drangen.

In der Nacht schreckte Tuomas auf. Sein Vater schnarchte, aber das war nicht der Grund, warum er aufwachte. Genauso wenig wie Nonnas Stein, der sich wieder heiß auf seiner nackten Brust anfühlte. Schreie und Gemurmel kamen von der Schotterstraße, die durch den Campingplatz führte. Die Schreie schienen auf den Wohnwagen zuzugehen.

«Aha, die Mamus als Nachtschwärmer unterwegs», dachte Tuomas, ärgerte sich aber sofort, das Schimpfwort für Einwanderer benutzt zu haben. Schließlich waren die jungen Wohnwagen-Nachbarn sehr hilfsbereit gewesen.

Er schlüpfte aus seinem Schlafsack und öffnete vorsichtig den Reißverschluss des Zeltes. Draußen war es dunkel, denn fast alle Lichter auf dem Campingplatz waren ausgeschaltet. Doch mit seinen Nachtsicht-Augen konnte Tuomas erkennen, dass die Nachtschwärmer nicht in den Wohnwagen gegangen waren, sondern daneben standen und mit etwas hantierten. Sie hielten Kanister in der Hand, aus denen sie etwas auf die Wände und das Dach des Wohnwagens gossen – Benzin! Der stechende Geruch drang Tuomas bereits in die Nase. Die Männer wollten den Wagen und seine Insassen verbrennen!

Jetzt erinnerte sich Tuomas daran, dass er gelesen hatte, dass die Glatzen-Banden vor allem in der Stadt Joensuu Einwanderer und alle Ausländer hassten. Diese wurden nachts auf der Straße zusammengeschlagen, ihre bescheidenen Geschäfte zerstört.

Nun schoben die Männer weitere Kanister unter den Wohnwagen. Dort würden sie explodieren und ein riesiges Feuer entfachen. Mit ihren Handys würden die Brandstifter aus der Ferne ihre Heldentat filmen.

Zuletzt legte einer der Männer einen stabilen Holzklotz vor die Tür des Wohnwagens. Alles lief exakt und schnell nach einem genauen Plan ab. Die Männer teilten sich auf, um den Wohnwagen an allen vier Seiten gleichzeitig anzuzünden.

Doch bevor sie die Feuerzeuge zücken konnten, passierte etwas, das in ihrem Plan gar nicht vorgesehen war. Die Benzinkanister, die unter den Wohnwagen geschoben worden waren, tauchten wie von Geisterhand gezogen nacheinander auf und stiegen unbemerkt hinter den Männern in die Luft. Die Kanister schwebten einen Moment lang über den Männern, dann öffneten sich die Verschlüsse, die Kanister kippten um und das Benzin begann sich über die Männer zu ergießen. Da sich alle vier zum Zeitpunkt des Vorfalls auf verschiedenen Seiten des Wagens befanden und auf das Kommando des Anführers warteten, wussten sie zunächst nicht, dass allen das Gleiche widerfahren war. Die übergossenen Männer versammelten sich bei ihrem Anführer vor dem Wohnwagen. Das Benzin brannte in den Augen und auf der Haut, die Kleidung stank.

«Was zum Teufel ist das?», flüsterte einer.

«Egal, bringen wir's zu Ende», murmelte der Bandenboss und zündete das Feuerzeug in seiner Hand an.

Im Nu breitete sich das Feuer von seiner benzinfeuchten Hand über seinen Ärmel, seine Kleidung und seinen benzingetränkten Kopf aus. Der Mann stand in Flammen. Und nicht nur er, sondern auch die Männer, die neben ihm standen. Wild schreiend rannten alle vier wie brennende Fackeln ihrer einzigen Rettung entgegen – dem zwanzig Meter entfernten Seeufer. Im Wasser erloschen die Flammen schnell und das kühle Nass linderte die Schmerzen, doch die Haut der vier war bereits stark verbrannt. Die herbeigerufene Feuerwehr fischte die halb bewusstlosen Männer aus dem Wasser und übergab sie dem Rettungsdienst.

Tuomas, der nach eigenen Angaben durch den Lärm aufgewacht und zufällig Zeuge des Geschehens geworden war, teilte der Polizei seine Vermutungen über die Absichten der Männer mit. Die neben dem Wohnwagen gefundenen leeren Benzinkanister bestätigten seine Aussage.

«Die dummen Kerle hätten sich fast selbst verbrannt», wunderte sich die Polizei, «aber jetzt werden sie erst einmal niemanden mehr belästigen. Ein Glück, dass der Alarm so schnell kam (von Tuomas natürlich). Wäre der Wohnwagen in Flammen aufgegangen, hätte das Feuer auf die ganze Gegend übergreifen können.»

Vater Olli ist entsetzt: «Unser Zelt steht gleich nebenan. Wir hätten auch verbrennen können!»

Nachdem die Polizei den Holzklotz vor der Tür entfernt hatte, konnten die jungen Insassen ihren Wohnwagen verlassen. Sie waren so schockiert, dass sie beschlossen, den Campingplatz noch in derselben Nacht zu verlassen und sich einen Ort zu suchen, an dem Ausländer nicht so feindselig behandelt werden.

Der Brandanschlag erregte großes Aufsehen. Am nächsten Tag strömten Journalisten und andere Neugierige an den Ort des Geschehens. Olli und Tuomas bauten ihr Zelt gleich morgens ab, was viel einfacher war als es aufzubauen. Tuomas ahnte, dass das Zelt für den Rest des Urlaubs im Kofferraum bleiben würde.

Die Reise ging weiter zu den Bären von Kuhmo. Normalerweise bombardierte Tuomas seinen Vater während der Autofahrt mit allen möglichen Fragen, nur um seine Aufmerksamkeit zu bekommen, aber diesmal saß er so still, dass Olli ihn fragen musste, ob alles in Ordnung sei.

«Wie fühlen sich Verbrennungen an?», fragte der Junge überraschend.

Das war es also: die Erinnerung an den Unfall vor Jahren, bei dem Tuomas in einem brennenden Auto fast gestorben wäre, aber keine Verbrennungen erlitten hatte, was medizinisch unmöglich war.

«Denkst du an die Brandstifter? Bis ihre Haut verheilt ist, haben sie höllische Schmerzen. Wenn sie überhaupt überleben. Aber sie haben es selbst verursacht», antwortete der Vater.

Natürlich hatte die Bande die Kanister selbst mitgebracht und wollte den Wohnwagen samt Insassen verbrennen. Aber Tuomas hatte sie mit Benzin übergossen! Er konnte nicht ahnen, dass jemand so dumm sein würde, ein Feuer zu entzünden, wenn er selbst mit Benzin übergossen war. Die Männer im Wohnwagen und vielleicht auch viele andere Camper waren nicht zu Schaden gekommen, aber trotzdem ... ein Schuldgefühl drückte auf sein Herz. Wie konnte man gleichzeitig Gutes und Böses tun?

Tuomas hatte viel über das Großwild-Zentrum in Kuhmo gelesen, wo es nicht nur Bären, sondern auch Vielfraße, Luchse, Füchse, Rehe und Rentiere gab. Sein größtes Interesse galt den Bären. In einem Video malt der riesige

Bär Juuso mit seiner großen Pranke Bilder und isst Eiscreme.

In Zoos wurden Bären immer von Menschen getrennt gehalten, weil sie als unberechenbare Raubtiere galten. Im Kuhmo-Zentrum gingen die Pfleger bei der Fütterung frei zwischen den Tieren umher. Gelegentlich schmatze Juuso seinem Pfleger sogar mit der Zunge auf die Wange. Die Bären waren als Jungtiere im Haus des Tierzentrums-Besitzers aufgewachsen und hatten ihr ganzes Leben in dem riesigen Gehege verbracht. Sie wussten nicht, dass es noch ein anderes Leben gab. Wahrscheinlich war ihnen nicht einmal bewusst, dass sie Gefangene waren, schließlich waren die Zuschauer hinter den Zäunen aus ihrer Sicht genauso eingesperrt.

Als Olli und Tuomas am Bärengehege ankamen, hatte der Bärenpfleger gerade seinen Liebling, den 500 Kilo schweren Juuso, mit Weintrauben verwöhnt und war auf dem Weg durch das Gehegetor auf die Zuschauerseite. Er war ein alter Mann und langsam in seinen Bewegungen. Unter den Zuschauern stand eine modisch gekleidete Dame neben dem Tor, zu ihren Füßen eine leicht geöffnete Tasche. Der Kopf eines kleinen Hundes schaute heraus. Es war verboten, Hunde in das Zentrum mitzunehmen, da der Geruch der Raubtiere sie erschrecken und ihr Gebell die friedlichen Tiere des Tierparks in Panik versetzen könnte. Die Dame glaubte nicht, dass das Verbot sie und ihren Liebling betraf. Sie hob ihren kleinen Hund – es schien ein chinesischer Palasthund zu sein – aus der Tasche auf ihren Schoß und zwitscherte: «Schau mal, Bobo, da drüben ist ein furchtbar großes Tier, aber keine Sorge, Mama passt auf dich auf.»

Doch Bobo hatte genug vom Stillsitzen. Statt auf Mamas Schoß zu bleiben, sprang er auf und schoss wie ein Pfeil auf die offene Tür des Geheges zu, als der Bärenvater gerade herauskam. Im nächsten Moment flitzt der kleine Hund durch das Bärengehege und direkt unter Juusos Esstisch.

Der Bär war verblüfft. So eine Ratte hatte er noch nie gesehen. Er fing an, den Hund mit seinen Tatzen unter dem Tisch zu packen, aber der Hund flüchtete immer auf die andere Seite. Juuso war ein schlauer Bär: Als Nächstes würde er mit seiner enormen Kraft den ganzen Tisch umwerfen und dann den seltsamen Plagegeist fangen.

Die Zuschauer verfolgten das unerwartete Schauspiel mit angehaltenem Atem. Das Frauchen des Hundes war der Ohnmacht nahe und rief dem Bärenpfleger zu, er solle sofort loslaufen und den armen Bobo retten. Es nützte nichts, obwohl die Dame unmissverständlich darauf hingewiesen wurde, dass das Mitbringen von Hunden in ein Raubtierzentrum streng verboten ist. Und dass es keinen Sinn macht, wenn sich ein Mensch zwischen den Bären und den Hund stellt, da der Bär sehr unruhig und unberechenbar ist. Er könnte sogar einem Pfleger mit seiner riesigen Pranke den Kopf von den Schultern schlagen. Ein Tierarzt vom städtischen Tierkrankenhaus müsste herbeigerufen werden, um Juuso eine Betäubungsspritze zu verabreichen, aber das war bei Juuso noch nie versucht worden, und man wusste nicht, wie stark die Dosis für seinen riesigen Körper sein musste. Man befürchtete, dass eine zu hohe Dosis den Bären töten könnte. Außerdem würde es fast eine Stunde dauern, bis der Arzt eintrifft.

Bobos Verhalten machte die Situation nicht besser. Er drehte sich wie ein Kreisel unter dem Tisch, wich geschickt der Bärentatze aus und bellte die ganze Zeit schrill. Seine Tage schienen gezählt, denn Juuso begann bereits, die Tischkante anzuheben.

Plötzlich erstarrte der Bär und starrte auf etwas am Boden. Ein Igel hatte sich zwischen Tisch und Bär geschoben. So einen hatte Juuso noch nie in seinem Gehege gesehen. Das Tier schien nicht gefährlich zu sein, aber es weckte die Neugier des intelligenten Tieres. Er stupste den Igel mit der Pfote an, woraufhin dieser laut schnaufte und sich noch mehr zusammenrollte. Der Bär stupste den Igel mit der Schnauze an – und prallte knurrend einen Meter zurück, denn die Stacheln des Igels waren scharf wie Nadeln.

Der kleine Hund Bobo witterte seine Chance und trippelte davon. Juuso bemerkte das, ließ den Igel in Ruhe und rannte dem Hund hinterher. Bären sind unglaublich schnell, wenn sie in Bewegung sind. Bobo, ein kurzbeiniger Waschmoppenhund, hätte keine Chance gehabt, das Rennen zu gewinnen, wenn nicht wieder etwas Unerwartetes passiert wäre. Ein großer, dunkler Schatten breitete sich über dem kleinen, flüchtenden Hund aus. Ein Steinadler, wie man ihn in dieser Gegend noch nie gesehen hatte, stürzte mit halsbrecherischer Geschwindigkeit herab und schlug seine mächtigen Krallen in den dichten, pelzigen Rücken des Hundes. Ohne abzubremsen, erhob sich der Raubvogel mit seiner Beute wieder in die Lüfte. Juusos fassungsloser Blick folgte Bobos verschwindender Leine in den Himmel. Als der Bär zum Futtertisch zurückkehrte, war auch der stachelige Igel verschwunden.

Viele Zuschauer hatten das spannende Geschehen auf Video festgehalten. Die Videos wurden anschließend verglichen. Es gab so viele verschiedene Qualitäten wie Filmemacher, aber in einem waren sich alle einig: Der Igel hatte rote Stacheln. Knallrote! Kein Igelexperte hatte je von einer solchen Mutation gehört. Eine Sensation! Schade nur, dass von dem Igel kein einziger Stachel übriggeblieben war, auch nicht an Juusos Schnauze, die ebenfalls untersucht wurde, nachdem sich das Tier beruhigt hatte. Es wurde vermutet, dass der Steinadler den Igel sogar in seine Krallen gerissen hatte – es ging alles so schnell.

Bobo hingegen war unverletzt. Er wurde am Rande des Parkplatzes des Raubtierzentrums gefunden, angeleint und an ein Schild gebunden, das das Mitbringen von Hunden in das Zentrum verbot.

Tuomas ärgerte sich, dass er vor der Verwandlung keine Zeit gehabt hatte, sich über die Gestalt des Igels und insbesondere über die Farbe seiner Stacheln Gedanken zu machen, aber es war alles zu schnell passiert. Nicht einmal Nonna hatte Zeit gehabt, mit ihrem Steinanhänger Alarm zu schlagen, und Tuomas selbst war nicht einmal in Gefahr gewesen. Aber immerhin war das unschuldige Hündchen gerettet, und der mächtige Bär musste nicht betäubt werden – vielleicht in den ewigen Schlaf.

13.

Am letzten Tag ihres Urlaubs kamen Vater-Olli und Tuomas in Savonlinna an. Das idyllische Städtchen lag am Saimaa, dem größten See Finnlands, und war berühmt für seine Opernfestspiele, die in einer mittelalterlichen Wasserburg außerhalb der Stadt stattfanden. Glücklicherweise war die Festspielsaison gerade vorbei, sodass die Stadt nicht von Touristen überlaufen war und keine Gefahr bestand, dass der Vater Tuomas zu einer Opernaufführung schleppte, an der Tuomas kein Interesse hatte. Dafür ließ er sich von seinem Vater zu einer Führung durch das Schloss überreden. Olli war einmal mit seiner Klasse auf Klassenfahrt in Savonlinna gewesen und wollte nun Tuomas alles zeigen. Nach der Burgführung wollten sie vor der endgültigen Heimreise noch etwas essen und gingen ins Hafencafé.

Auch dort waren nicht viele Gäste. In der Nähe saßen vier Männer an ihren Kaffeebechern, die anscheinend zur selben Gesellschaft gehörten, obwohl sie an getrennten Tischen saßen. Einer von ihnen war fast zwei Meter groß und offensichtlich ein Bodybuilder. Seine Armmuskeln spannten die Ärmel seiner Anzugjacke. Sein Tischnachbar war, seiner grauen Dienstkleidung nach zu urteilen, der Chauffeur der Gruppe. Er hatte seine Mütze neben die Kaffeetasse auf den Tisch gelegt und surfte auf seinem Handy, ohne auf den lauten Wortwechsel am anderen Tisch zu achten. Das Gespräch dort wurde auf Englisch geführt, und es handelte sich offenbar um das Problem eines Ausländers am Tisch.

Der südländisch dunkle, schon etwas glatzköpfige Herr brachte erregt seinen tiefen Enthusiasmus über die Finnen zum Ausdruck. Temperamentvolle Gesten begleiteten seine Rede, die teure Rolex-Uhr und die Goldringe blitzten in der Sonne. Der Gescholtene, ein unscheinbarer Brillenträger mittleren Alters, breitete hilflos die Hände aus und bedauerte:

«Es tut mir so leid, Herr Luca».

«De Luca!» korrigierte der Glatzkopf böse.

«Natürlich: De Luca. Es tut mir leid, aber das ist in Finnland nicht möglich.»

«Das sind Idioten ... das ist viel Geld!» schnaubte der Angesprochene.

Olli hatte für sich und Tuomas die Spezialität des Hafencafés gekauft – Pfannkuchen mit Apfelmarmelade – dazu Kaffee für sich und eine Cola für Tuomas.

«Was wollen wir noch machen, bevor wir nach Hause fahren?», fragte der Vater, als sie mit dem Essen fertig waren und Tuomas seine süßen Finger sauber leckte. Irgendwo am fernen Hafenkai ertönte gerade das Signalhorn eines Passagierschiffes.

«Lass uns doch eine kleine Fahrt auf dem Saimaa machen», schlug der Vater vor. Tuomas war einverstanden, denn er hatte noch nie eine Schiffsreise auf finnischen Gewässern erlebt. Zu Hause hatten sie nur ein altes Ruderboot zum Fischen.

Vater Olli brachte noch den Müll zur Mülltonne und schaute sich dabei die Leute am Nachbartisch genauer an. Ein Lächeln breitete sich auf seinem Gesicht aus.

«Na, na, na - wenn das nicht Saku Anttila ist!» Der Brillenträger am Nachbartisch starrte Olli einen Moment lang an, dann breitete sich auch auf seinem Gesicht ein Lächeln aus:

«Olli Arkko! Der Wunderpilot persönlich! Was machst du in Savonlinna?»

«Ich mache Urlaub. Und du?»

«Ich bin der Tourismusdirektor der Stadt.»

Der Glatzkopf sah verärgert aus, weil er von dem Gespräch ausgeschlossen war. Olli bemerkte das und sagte:

«Vielleicht kannst du mich deinem Gast vorstellen?»

Als er die Hand ausstreckte, sprang der muskulöse Hüne am Nebentisch auf. Der Tourismusmanager machte eine beschwichtigende Geste, worauf der Mann in seinen Stuhl zurücksank.

«Herr De Luca, darf ich Ihnen Olli Arkko vorstellen, ein ehemaliger Armeekamerad und ein unglaublich guter Pilot.»

Auch Tuomas war aufgestanden und gesellte sich zu den Männern.

«Das ist mein Sohn Tuomas», stellte der Vater Tuomas vor. Tuomas reichte dem Fremden höflich die Hand und sagte in perfektem Italienisch:

«Buon pomeriggio», also «Guten Nachmittag». Ein erstauntes Lächeln breitete sich auf dem Gesicht des Fremden aus, dann nahm er Tuomas' Hand zwischen seine wulstigen Hände und schüttelte die Hand des Jungen so enthusiastisch, dass es fast weh tat.

«Du sprichst Italienisch?»

«Meine Mutter war Italienerin.»

«Wunderbar! Mein Vater ist aus Italien nach England ausgewandert und hat immer Italienisch mit mir gesprochen. Oh, la bella Italia!»

Da ertönte in der Ferne wieder das Schiffshorn.

«Bald ist Abfahrtszeit, wenn Sie das so ankündigen. Mein Sohn und ich wollten eine zweistündige Bootsfahrt machen.

«Ich habe auch daran gedacht, dies Herrn De Luca vorzuschlagen ... ein kleiner Trost, wenn andere Geschäfte nicht klappen», sagte Anttila, der Tourismusmanager der Stadt.

Der ausländische Besucher stimmte gerne zu, denn er wollte nicht aufhören, Italienisch zu sprechen, da er nun einen Zuhörer hatte, der diese Sprache verstand. Auch seine Untertanen am Nebentisch erhoben sich und schlossen sich an.

«Ihr zwei bleibt an Land und wartet. Auf dem Schiff ist es sicher, und ich habe Eskorte.»

Er kramte in seiner Brieftasche, zog einen Hunderter heraus und drückte ihn dem Leibwächter in die Hand.

«Geh und kauf ein Andenken für Gina. Du weißt, was Kinder mögen.» Er erklärte:

«Gina ist meine erste Enkelin. Sie wird bald vier Jahre alt und erwartet immer Souvenirs von meinen Reisen.»

Als Anttila zur Kasse ging, um für seine Gruppe freien Eintritt zu organisieren, bemerkte Tuomas, dass zwei Männer, die in der Nähe des Kiosks in Prospekten geblättert hatten, schnell Schiffskarten kauften und sich in die Schlange einreihten. Einer der Männer hatte zuvor einen Telefonanruf erhalten, den er nur kurz beantwortete.

Anttila führte seine Gäste auf das Vorderdeck. Als alle auf den Bänken Platz genommen hatten, seufzte De Luca:

«Es ist eine Erleichterung, einmal ohne Babysitter unterwegs zu sein. Anton ist ein guter Mann, aber zu pflichtbewusst, er erzählt meiner Frau alles, was ich tue ..., wenn ich mich von meinen Sorgen befreien will ... mein Blutdruck steigt angeblich deswegen zu hoch.»

Während er sprach, zog er eine flache Cognacflasche aus der Brustasche seines feinen Leinenanzugs, öffnete rasch den Schraubverschluss und nahm einen langen, genüsslichen Schluck. Höflich bot er den anderen das Getränk an, doch alle lehnten ab und verwiesen auf die Nulltoleranz für Alkohol am Steuer in Finnland. De Luca steckte die Flasche wieder in seine Jacke und fuhr fort:

«Da ich bekanntlich ein reicher Mann bin – sehr reich – gab es viele Versuche, mich und Mitglieder meiner Familie zu entführen und Lösegeld zu erpressen. Deshalb habe ich immer mindestens einen Leibwächter bei mir. Aber soweit ich weiß, ist Finnland ein ziemlich sicheres Land, und ich glaube nicht, dass eine kleine Bootsfahrt wie diese gefährlich ist.»

Olli Arkko wandte sich an De Luca.

«Ich habe zufällig gehört, dass Sie einige Schwierigkeiten mit uns Finnen hatten. Vielleicht kann ich Ihnen helfen?»

«Ich möchte hier etwas kaufen, das mir sehr wichtig ist. Ich würde einen sehr hohen Preis dafür bezahlen, aber niemand will mit mir Geschäfte machen! Überall sonst auf der Welt habe ich meine Wünsche erfüllt bekommen, aber die Finnen ... die wollen kein Geld. Und für dieses Immobiliengeschäft bin ich extra mit meinem Privatflugzeug nach Finnland geflogen.»

Der Tourismusdirektor schaltete sich ein.

«Herr De Luca sammelt Burgen. Er hat schon ein Dutzend in vielen Ländern, aber noch nicht in Skandinavien. Jetzt will er Schloss Olavinlinna kaufen. Wir haben dort schon eine Besichtigungstour gemacht.»

Olli Arkko musste fast lachen, so verrückt war die Idee.

«Ich erklärte, dass das Schloss eines der wertvollsten historischen Gebäude Finnlands ist und dem Staat gehört und unter dessen Schutz steht, sodass es niemand als Privatbesitzer kaufen kann. Außerdem finden hier die weltberühmten Opernfestspiele statt.

De Luca war so aufgeregt, dass er fast schrie:

«Von mir aus könnte man dort das ganze Jahr über singen. Ich denke darüber nach, dort ein Kasino einzurichten. Nicht jeder will sich dieses blöde Operngeschwätz anhören, die Leute brauchen andere Vergnügungen. Ich würde im Schloss Hotelzimmer für Touristen bauen! Das wäre ein Gewinn für alle, für die ganze Stadt und für Finnland!»

Herr De Luca war richtig in Fahrt gekommen. Olli Arkko sorgte sich um seinen Blutdruck und machte einen neuen Vorschlag:

«Wie wäre es mit einem großen Casino-Schiff, von dem aus die Gäste während der Fahrt gleichzeitig die Landschaft bewundern können?»

«In der Tat ... ich besitze bereits einige Kreuzfahrtschiffe. Ich könnte jederzeit eines aus dem Mittelmeer hierherbringen. Hier könnten die Touristen auf dem Schiff die Lichter am Himmel bewundern, die Nordlichter? Ich habe gelesen, dass Touristen sogar aus China und Indien kommen, um sie zu sehen. Sie hätten das ganze Jahr über etwas zu bewundern.»

Tuomas wollte seinen Vater in die Seite stoßen und ihm zuflüstern, dass keine Kreuzfahrtschiffe durch den Saimaa-Kanal in die Seenregion fahren können und dass sie im Winter, wenn die Seen zugefroren sind, gar nicht erst auslaufen. Und dass Nordlichter nur in dunklen Winternächten zu sehen sind. Aber Tuomas schwieg, denn es wäre unhöflich gewesen, zu flüstern. Vielleicht würden die finnischen Seen in Zukunft nicht mehr zufrieren, weil sich das Klima so schnell erwärmte. Und vielleicht würde der Reeder seine Schiffe zu Eisbrechern umbauen. Und das Nordlicht durch eine Lasershow ersetzen.

Der Millionär – wahrscheinlich war er sogar ein Multimilliardär – war gerade dabei, seinen Plan mit dem Casino-Schiff zu entwickeln, als über ihnen ein Lautsprecher ertönte, gefolgt von einer Durchsage:

«Hier spricht Kapitän Toivonen. Alle Passagiere und Besatzungsmitglieder werden gebeten, sich im Schiffsrestaurant einzufinden. Bitte halten Sie Ihre Mobiltelefone bereit.»

Tourismusdirektor Anttila hob überrascht die Augenbrauen.

«Haben Sie ein neues Programm für Touristen entwickelt?», wunderte er sich.

Alle gingen in das Restaurant in der Mitte des Schiffes. In dem engen Gang war es so voll, dass niemand sehen konnte, was vorne in der Schlange vor sich ging. Denn dort stand ein bewaffneter Mann und befahl allen, die das Restaurant betraten, ihre Handys in den großen Müllsack neben der Tür zu werfen. Wenn jemand zögerte, machte der Mann mit drohendem Blick aus der Pistole klar, dass man gehorchen müsse.

Tuomas hatte Zeit, sich eine Alternative auszudenken. Als er an der Reihe war, hielt er dem Bewaffneten seine leeren Hände entgegen. Dieser Mann hatte mit seinem Partner vor dem Auslaufen des Schiffes am Hafenkiosk herumgehangen. Tuomas wusste schon, was der Kapitän gleich verkünden würde:

«Hier spricht Kapitän Toivonen. Unser Schiff wurde gekapert, aber ich bitte alle, Ruhe zu bewahren und den Anweisungen der Entführer Folge zu leisten, damit niemand in Gefahr gerät.»

Aus der Menge der Passagiere drangen Schreie und Stöhnen, aber der Entführer an der Tür feuerte einen Schuss in die Decke, und sofort war es still. Der Mann hatte tatsächlich scharfe Munition im Lauf.

«Ich frage mich, wohin Sie das Schiff steuern», flüsterte der Tourismusdirektor, «nach dem Hafen gibt es weit und breit keine Anlegestelle oder lange Mole zum Anlegen.»

Diese überraschende Tatsache hatte der Kapitän auch dem anderen Entführer mitgeteilt, der in der Steuerkabine Wache hielt. Ursprünglich hatten die Entführer geplant, das Schiff in eine fünf Kilometer entfernte Bucht zu steuern, zu der eine schmale Privatstraße von einer nahe gelegenen Hauptstraße führte.

«Nur in der Mitte der Bucht gibt es eine Fahrrinne, die tief genug für das Schiff ist. In Ufernähe sind überall Felsen und große Felsbrocken. Das Ufer kann man nur mit kleinen Booten erreichen», behauptete der Kapitän.

Die Entführer mussten umdisponieren. Als die geplante Bucht in der Ferne auftauchte, befahl der Entführer dem Kapitän, die Maschinen zu stoppen. Dann zwang er den Kapitän mit vorgehaltener Waffe, vor ihm auszusteigen und die Tür zu schließen, damit niemand mit dem Funkgerät Alarm schlagen konnte.

Der Kapitän musste vor dem Entführer auf das Oberdeck des Schiffes klettern, wo ein großes Rettungsboot für Notfälle stationiert war. Mit Hilfe eines Krans wurde das Rettungsboot vom Dach an die Seite des Schiffes gebracht und dann in der Luft hängend ins Wasser gelassen.

Als Tuomas vom Restaurantfenster aus sah, wie das Rettungsboot herabgelassen wurde, ahnte er, dass die Männer an Land gehen und ihre Reise mit dem Auto fortsetzen würden. Es war auch klar, wem die Entführung galt. Tuomas hatte seine Hand in die schweißnasse von Herrn De Luca gesteckt. Der Mann schien vor Angst zu zittern. Tuomas hoffte, dass der Mann in dieser stressigen Situation keinen Herzinfarkt bekommen würde.

«Keine Sorge, wir schaffen das schon», flüsterte Tuomas. Er hätte sich unsichtbar machen und angreifen können, aber jetzt war der zweite Entführer mit dem Kapitän da, und die Bewaffneten schienen unberechenbar. Er musste auf eine bessere Gelegenheit warten, wenn keine panischen Passagiere in der Nähe waren.

Der Entführer, der in der Tür des Restaurants stand, richtete seinen Blick auf De Luca.

«Du da, du kommst jetzt mit uns.» Obwohl Herr De Luca kein Finnisch verstand, machten die Gesten des Entführers und die Art, wie er seine Waffe auf ihn richtete, die Bedeutung klar. De Luca machte einen Schritt zur Tür, aber Tuomas hielt seine Hand fest. Der Kidnapper bemerkte die Geste.

«Und du, Junge, du kannst auch mitkommen!» «Nein, nein, nehmt mich!» rief Vater Olli.

Der Entführer grinste.

«Der Junge ist ein guter Dolmetscher und macht keine Probleme. Kommt jetzt!»

Olli Arkko hatte Angst. Er hatte bemerkt, dass Tuomas sein Handy unter die Mütze geschoben hatte und konnte sich vorstellen, wie die Entführer reagieren würden, wenn sie merkten, dass Tuomas sie ausgetrickst hatte.

Nachdem die Entführer und ihre Opfer das Rettungsboot erreicht hatten, wurde es zu Wasser gelassen und von den Drahtseilen gelöst. Tuomas und De Luca wurden in die Mitte des Bootes kommandiert.

«Was soll das? Es hat nicht einmal einen Motor!», bemerkten die Entführer erst jetzt. Immerhin lagen im Boot Ruder, die an den Dollen befestigt waren.

«Fang jetzt an zu rudern, Luukku! Du musst etwas für dein Leben tun!»

Tuomas erklärte De Luca, was die Männer von ihm verlangten. De Luca schüttelte den Kopf:

«Ich kann nicht! Mein Rücken ist frisch operiert.» Tuomas übersetzte die Antwort.

«Dann fang an zu rudern, Junge.»

«Ich habe nicht die Kraft, so ein schweres Boot zu bewegen», sagte Tuomas.

«Arska an die Ruder», brüllte der Mann am Heck des Bootes. Arska, der bereits am Bug des Bootes gesessen hatte, stand auf, um mit Tuomas und De Luca zu tauschen. Das Boot kenterte fast, als zwei große Männer, die beide nicht daran gewöhnt waren, auf so wackeligem Untergrund zu balancieren, versuchten, aneinander vorbeizukommen. Arska setzte sich an die Ruder.

Auf beiden Decks hatten sich alle Passagiere versammelt, um ihre Abfahrt zu beobachten. Sie waren erleichtert, dass die Gefahr gebannt war, aber ihre Gesichter blickten finster auf ihre Handys. Der zweite Entführer hatte den Müllsack mit an Bord genommen, in den die Passagiere ihre Handys werfen sollten. Im Boot schüttelte der Mann die ganze Sammlung von Mobiltelefonen aus dem Sack auf den Grund des Saimaa. Ein Heulen wie von einem Wolfsrudel drang aus den Kehlen der Zuschauer.

Der Verlust der teuren Handys war die eine Sache, aber noch schlimmer war, dass die Zuschauer nun nicht mehr in der Lage waren, diese aufregenden Ereignisse zu filmen und in aller Eile auf allen Social-Media-Kanälen zu posten. Sie mussten sich nun damit begnügen, ohne Beweise einfach zu behaupten, dass auch sie als Augenzeugen dabei waren. Ein Junge war so wütend, dass er dem Entführer, der hinten im Boot saß, einen Apfel an den Kopf warf. Der Getroffene zog seine Pistole und gab einen Warnschuss in die Luft ab, der die Zuschauer sofort in die Flucht schlug.

«Der Nächste trifft», brüllte der Mann.

Arska hatte das Boot in Bewegung gebracht, aber auch ihre Ruderkünste schienen von den Angelausflügen ihrer Kindheit zu stammen. Langsam ging die Fahrt weiter. Als sie die Hälfte der Strecke zwischen Boot und Strand zurückgelegt hatten, beschloss Tuomas zu handeln.

«Hei Arska, ich muss mit dir reden», sagte er vorsichtig.

Arska hörte auf zu rudern und drehte sich um.

«Wenn du pissen musst, tu es über den Rand», brummte er und wollte sich wieder dem Rudern zuwenden. Doch Tuomas hatte seinen Blick bereits eingefangen und sich in sein Gehirn geschlichen.

«Hei, dieses Boot ist undicht wie ein Sieb», schrie Tuomas.

Und tatsächlich konnte Arska sehen, wie das Wasser durch die Seiten des Bootes quoll, obwohl diese aus Glasfaser waren. Tuomas stand im Boot auf, lief zu Arska und packte ihn an den Schultern, als hätte er große Angst. Von dort aus hatte er direkten Kontakt zum zweiten Entführer, der im Heck saß.

«Das Boot hat ein Leck!» rief Arska.

«Das Boot wird sinken! Wir werden ertrinken!» wiederholte Tuomas und starrte dem Mann auf dem Hecksitz unverwandt in die Augen. Nun waren beide Entführer überzeugt, dass das Boot sinken würde, obwohl Boote aus Fiberglas nicht sinken, selbst wenn sie voll Wasser sind. Die Männer gerieten in Panik, sprangen über Bord und begannen, zum nächsten Ufer zu krabbeln.

«Wenigstens können sie schwimmen», dachte Tuomas und war erleichtert, dass er nicht für das Ertrinken der Männer verantwortlich war. Die Schwimmer dachten nicht daran, ihre Opfer zu retten.

De Luca hatte das Verhalten und die Flucht seiner Entführer mit Verwunderung beobachtet.

«Was ist mit ihnen geschehen? Besteht Gefahr? Gibt es hier Haie oder Krokodile?»

«Es gibt nichts zu befürchten», beruhigte Tuomas, «aber es war eine gute Idee.»

«Die Bösewichte entkommen!»

«Die werden schon gefasst, keine Sorge.» De Luca zog eine Flasche Cognac aus der Brusttasche und genehmigte sich einen kräftigen Schluck.

«Das ist echt wirklich nötig.»

Als sich die Schwimmer dem Ufer näherten, tauchte aus dem Uferweg ein Auto auf.

«Porca miseria! Das ist mein Mietwagen! Ist der Chauffeur auch da?»

«Ja, ist er», ergänzte Tuomas. «Ich habe gesehen, wie er diese Männer angerufen hat, und ich habe gehört, wie er gesagt hat, dass der Gorilla nicht mit auf die Bootsfahrt kommt. Er meinte deinen Leibwächter.»

«Und jetzt verschwinden sie alle!» De Luca fluchte.

Der Chauffeur hatte den Wagen weiter oben an der Straße geparkt, war ausgestiegen und beobachtete nun verwundert durch ein Fernglas am Wagen gelehnt, wie seine kriminellen Partner in Richtung Sandufer krabbelten, während die Entführungsopfer immer noch im Boot in der Mitte der Bucht saßen.

Es war an der Zeit, dass Tuomas wieder seine Wunderkräfte spielen ließ. Tuomas war zwar in Menschengestalt geboren, aber dank seiner Herkunft verfügte er über alle möglichen Wunderkräfte. Er konnte unsichtbar werden oder sich in alles verwandeln, was er wollte. Die Umstände hatten Tuomas bereits gezwungen, ein Kilometerstein, eine Steinmauer, ein Gorilla, ein Vogel oder ein Igel zu sein. Was würde jetzt am besten funktionieren?

«Warte, ich bin gleich wieder da», sagte Tuomas und ließ De Luca in einen hypnotischen Schlaf fallen.

Als die Entführer fast den Boden unter den Füßen erreicht hatten, hob ein Wesen seinen Kopf aus dem Sand am Ufer. Ein Riesenkrokodil! Sein schuppiger, sieben Meter langer Körper glitzerte in der Sonne. Es öffnete sein Maul und entblößte zwei riesige Zahnreihen. Seine winzigen Augen fixierten die im Wasser erstarrten Menschen. Sein Schwanz peitschte durch den Sand und seine mächtigen Beine waren zu beiden Seiten des Körpers gespreizt, bereit für einen blitzschnellen Angriff.

Auch der Fahrer war nähergekommen.

«Was glotzt ihr so? Was ist denn passiert? Warum habt ihr Luukku im Boot gelassen?»

Die Männer wagten sich nicht zu rühren.

«Erschießt die Bestie!», rief Arska schließlich. Jetzt entdeckte auch der Fahrer das Krokodil.

«Meine Waffe ist im Wagen! Erschieß es selbst!»

«Wir haben unsere Waffen im Boot gelassen!»

Das Krokodil wurde durch die lauten Rufe der Männer nervös und bewegte sich auf den Fahrer zu. Der sprintete zurück zum Auto.

«Lasst uns nicht hier! Das Monster wird uns fressen!» riefen die Männer im Wasser, drehten sich um und begannen, vom Ufer wegzuschwimmen, aber der Fahrer hatte sich bereits ins Auto geflüchtet. Er startete den Motor und fuhr rückwärts. Die Fahrt wurde jedoch sofort unterbrochen, als drei Polizeiwagen den Uferweg hinunterfuhren. Bewaffnete Polizisten stürmten heraus. Der flüchtende Fahrer wurde aufgefordert, auszusteigen. Erklärungen halfen nichts, die Polizei schien über alles informiert zu sein.

Als die Polizei am Strand eintraf, war das Krokodil verschwunden. Die im Wasser treibenden Männer versuchten, sich unsichtbar zu machen, als die Polizisten ans Ufer kamen. Keiner von ihnen konnte tauchen, und es war sehr schwierig, die Nase wie eine Bisamratte über Wasser zu halten, um zu atmen. Von dem Krokodil war zum Glück nichts mehr zu sehen.

Die Polizisten wollten zu ihren Autos zurück, und die Räuber dachten, sie seien gerettet. Da klatschte etwas Großes hinter ihnen auf das Wasser: der riesige Schwanz des Krokodils!

Die Polizisten sagten hinterher, sie hätten noch nie Verbrecher gesehen, die so schnell gerannt seien, um gefasst zu werden.

Tuomas war zu diesem Zeitpunkt bereits mit De Luca auf dem Boot und hatte ihn aus der Hypnose geweckt, um die Schlussszene der versuchten Entführung am Strand mit zu erleben.

«Woher wusste die Polizei, wo die Entführer zu finden waren?», fragte sich De Luca.

Tuomas nahm seine Mütze vom Kopf und zog ein kleines Handy aus dem Futter:

«Ich habe die Notrufzentrale angerufen, als ich noch in der Schlange vor dem Restaurant stand. Das Handy war die ganze Zeit an. Außerdem hatte ich ein Foto von dem Mercedes gemacht, der auf der Straße neben dem Restaurant geparkt hatte. Ich schickte das Foto an die Polizei, und die fand die Autovermietung, das Auto und den Fahrer. Und da alle so teuren Autos einen Peilsender haben, konnte die Polizei das Auto leicht aufspüren. So einfach.» De Luca klopfte Tuomas auf die Schulter.

«Du bist ein richtiger Zauberer!»

Wie sich herausstellte, hatte er recht.

Vom Schiff aus hatte man das Geschehen auf dem See mit Spannung verfolgt. Das Signalhorn ertönte.

«Wir sollten zum Schiff zurückrudern, aber das Boot ist schwer zu rudern und du hast einen kaputten Rücken», sagte Tuomas.

«Ach was! Das habe ich nur so gesagt. Lass mich rudern. Ich war in der Rudermannschaft der Universität», verkündete De Luca stolz. Tuomas ließ ihn gerne seine Kräfte zeigen, obwohl er das mit seinen Spezialkräften auch selbst hätte schaffen können.

Bald kam das Boot mit Schwung an. Die Helden wurden an Bord gehoben und mit Hurra-Rufen begrüßt. Der Jubel steigerte sich zu einem lauten Sturm, als De Luca Tuomas verkünden ließ, dass jeder, der sein Handy im See verloren habe, auf Kosten von De Lucas Firma ein neues kaufen könne, egal zu welchem Preis.

«Und du, Tuomas, bist mit deiner Familie in jedem meiner Schlösser willkommen! Und natürlich auf dem Casino-Kreuzer, den ich tatsächlich in diese Gewässer bringen lasse.»

Alles in allem war der gemeinsame Urlaub ein Erfolg, auch wenn Tuomas noch eine wichtige Frage auf dem Herzen hatte. Auf der Rückfahrt von Savonlinna nach Arvola wagte er es, seinen Vater zu fragen.

«Vater, findest du mich komisch?»

«Warum? Nein, natürlich nicht.»

«Aber wenn ich irgendwie unnormal wäre, würdest du mich trotzdem mögen?»

«Selbst wenn du drei Arme und fünf Beine hättest, wärst du immer noch mein lieber Sohn.»

Armer Vater. Was würde er sagen, wenn Tuomas ihm erzählte, dass er eigentlich noch seltsamer war als ein fünfbeiniges Wesen. Dass er nicht einmal ein Mensch war. Dass er sich in alles verwandeln konnte, was er wollte, und dass er am Ende in die Vulkanhöhlen ziehen musste, um dort für immer zu leben. So etwas durfte man niemandem erzählen, schon gar nicht dem eigenen Vater.

Tuomas freute sich auf Jaska. Tuomas konnte ihm alles erzählen und Jaska kicherte immer, wenn er von Tuomas' neuen Abenteuern hörte. Er hatte wenig Abwechslung in seinem Leben auf dem staubigen Arkko Hof. Und Tuomas vermisste auch Ressu. Der Hund hatte die ganze Woche kaum gefressen und warf Tuomas und Olli vor Freude fast um, als sie nach Hause kamen. .

14.

Ressu liebte und bewunderte seinen jungen Herrn bedingungslos. Alma stand auf der Ressu-Werteskala als Napffüllerin nur an zweiter Stelle. Als Oma Irma bemerkte, dass der Welpe sich zu einem schicken Rassehund zu entwickeln schien, begann auch sie, das neue Familienmitglied zu akzeptieren.

Ressu selbst war fest entschlossen, die Herrin des Hauses zu erobern, und verehrte sie, indem er ihr mal die Hand leckte, mal zu ihren Füßen lag und sie anbetend ansah.

Eines Tages, als Tuomas von der Schule nach Hause kam, öffnete sich die Tür zur Bibliothek und Ressu streckte seine Schnauze in den Flur. Der Junge war entsetzt: Ressu war in Omas Revier eingedrungen! Da kam der ganze Hund aus der Tür und galoppierte auf den Jungen zu. Er schien ein schlechtes Gewissen zu haben, und das zu Recht. Die Stimme der Oma drang durch die offene Tür:

«Komm her, Tuomas».

Tuomas ging in die Bibliothek, um für das schlechte Benehmen des Hundes getadelt zu werden. Die Oma hatte ein halb ausgetrunkenes Glas Wein auf einem kleinen Tisch neben ihrem Fernsehsessel stehen und wirkte weniger angespannt als sonst. Sie schaute ihn an wie – einen Menschen? – und fragte:

«Wie läuft's in der Schule?»

Tuomas war verblüfft, stammelte dann aber:

«Ganz gut».

Von diesem Tag an verbrachte der Hund Tuomas' Schultage mit Oma Irma in der Bibliothek, und die Gespräche zwischen Oma und Enkel wurden häufiger.

Irma Arkko ärgerte sich, dass Ressu keinen Stammbaum hatte, obwohl er zu einer in Finnland seltenen Hunderasse gehörte, was ein Tierarzt bestätigt hatte. Irma hätte Ressu gerne zu Hundeausstellungen mitgenommen. Sie hätte dem Hund auch einen schöneren Namen gegeben und schlug Rex vor, was auf Lateinisch König bedeutet.

Tuomas lehnte diesen Namen ab. Er erinnerte ihn zu sehr an den Vulkan und seinen König.

Wie durch ein Wunder ging Irma an schönen Herbsttagen mit dem Hund spazieren. Sie waren ein schönes Paar, das musste man zugeben: eine große, schlanke Frau und ein Hund des gleichen Schlags.

Tuomas hatte mit seinem Vater vereinbart, Großmutter nichts von Ressus Geschichte zu erzählen. Aber sie erfuhr, dass diese Windhundrasse aus Sizilien stammte.

«Vater und ich waren dort. Und wir waren auf dem Ätna, aber da gab es damals keine Eruptionen.»

«Verstehe ich das richtig, dass die Familie deiner Mutter von dort stammt?»

«Ja. Und von dort sind sie nach Italien gekommen, als der Ätna ausgebrochen ist. Aber sie haben dort ein kleines Haus zurückgelassen. Wir waren auch dort. Und das gehört jetzt mir, seit meine italienische Großmutter gestorben ist ... und davor meine Mutter.»

«Na sowas. Ein richtiges Haus.»

«Eigentlich nur eine Hütte aus Steinen und ein kleiner Garten am Hang des Vulkans. Aber von dort kann man das Meer sehen.»

«Es könnte interessant sein, mit dir nach Sizilien zu fahren. Dein Großvater ist viel gereist, vielleicht bin ich jetzt an der Reihe.»

Tuomas war erstaunt. Oma war schon sehr alt. Bestimmt über sechzig. Würde sie die Strapazen des Reisens überleben – den Trubel auf den Flughäfen, das Fliegen, die Sprachen und die fremden Speisen und Gebräuche fremder Völker?

Obwohl … es würde Spaß machen, mit Oma zu reisen – jetzt, wo das Eis zwischen ihnen gebrochen war.

Oma fragte ihn nach der Schule nach seinen Hausaufgaben, obwohl sie fast jedes Mal murmelte, dass das neue Schulsystem so anders sei als zu ihrer Zeit. Ressu lag zu ihren Füßen auf dem Teppich in der Bibliothek, öffnete ab und zu die Augen, um sich zu vergewissern, dass sie beide da waren, und seufzte, als er wieder einschlief. Seufzte er vor Glück, weil er die Familie wiedervereint hatte?

15.

Der Sommer war vorbei. Die Abende wurden dunkler, die Schule begann. In diesem Herbst ging Tuomas gerne zur Schule, weil er dort schon viele Freunde hatte. Vor allem Mirko und seine besten Freunde Väinö, Matias, Onni und Elmeri bezogen Tuomas nun in all ihre Aktivitäten ein, auch wenn diese nicht immer mit Tuomas' eigenen Moralvorstellungen übereinstimmten. Wie das Verstecken von Aadas Schultasche in der Jungentoilette. Oder Ronja die Ärmel ihres Mantels zuzubinden, der an einem Nagel im Schrank hing. Kindisch.

Einmal in der Mittagspause, als sich die Jungen nach dem Essen an ihren Lieblingsplatz in der Sandgrube hinter den alten Kiefern auf dem Schulhof zurückgezogen hatten, fragte Mirko: «Glaubt ihr an Gespenster?»

Tuomas befürchtete, dass sie gleich über das Geisterauto in der Mittsommernacht sprechen würden, aber Mirko hatte etwas anderes zu erzählen. Er hatte ein Licht im oberen Stockwerk der alten Kirche gesehen, als er spätabends mit dem Fahrrad vorbeifuhr.

Die alte Holzkirche war vor fast hundert Jahren gebaut worden, einen Kilometer vom Dorfzentrum entfernt. Als das neue Kirchgemeindehaus gebaut wurde, wurde die alte Kirche ganz aufgegeben. Da es sich jedoch um ein historisches Gebäude handelte, durfte es nicht abgerissen werden. So stand sie umgeben von alten Kiefern auf einem Hügel. Die Türen waren verschlossen, der Strom abgestellt. Auch die raumhohen, mit Zierblech verkleideten Rundöfen, mit denen die Kirche im Winter geheizt wurde, waren unbrauchbar, denn die Schornsteine auf dem Kirchendach waren abmontiert worden. Ab und zu fuhr der

Küster mit seinem Auto um die Kirche herum, um zu sehen, ob die Fenster noch intakt waren und kein Meteorit das Blechdach durchschlagen hatte.

Die Kirche war aus den Balken dreier stattlicher Villen gebaut worden, die einst auf der Karelischen Landenge gestanden hatten. Nach dem Ersten Weltkrieg enteignete die Sowjetunion viel Privateigentum und verkaufte es. In Arvola erfuhr ein tüchtiger Geschäftsmann von den Villen, kaufte sie und ließ die abgebauten Balken in Eisenbahnwaggons nach Arvola transportieren, um daraus eine Kirche zu bauen.

Zu diesem Zeitpunkt waren die Wälder um Arvola bereits so stark abgeholzt, dass es an Baumaterial mangelte.

Niemand wusste, dass mit den abgerissenen Villen auch unsichtbare und unsterbliche Kirchenbewohner nach Arvola umgesiedelt wurden. Kobolde, Elfen, Hausgeister was auch immer. Es war ein Rätsel, wie sie in die karelischen Villen gekommen waren. In Karelien herrschte damals ein reges geistiges Leben, von dort wurden auch die Gedichte gesammelt, aus denen das finnische Nationalepos Kalevala entstand.

Vielleicht waren dort auch die Geister besonders aktiv. Jahrzehntelang verfolgten diese unsichtbaren Bewohner die Gottesdienste in Arvola, auch wenn sie nicht so lustig waren wie die Feste der Gutsherren in Karelien. Als die Kirche nicht mehr gebraucht wurde, hatten die Geister nur noch Gesellschaft von Mäusen im Keller und Fledermäusen auf dem Dachboden.

«Es ist seltsam, dass dort Lichter brennen, obwohl niemand in der Kirche wohnt», sagte Mirko.

«Sollen wir spionieren?», fragte Matias. «Gespenster können nichts tun, weil es sie nicht gibt.»

Zu Hause fragte Tuomas Alma nach der Vergangenheit der Kirche. Sie erzählte, dass es im zweiten Stock des Kirchengebäudes (wo Mirko die Lichter gesehen hatte) zwei Wohnungen gab, die aber seit Jahrzehnten leer standen.

«Wenn du möchtest, werde ich den alten Küster bitten, dir einmal das Innere der Kirche zu zeigen. Die Familie Arkko hat einst den Bauplatz für die Kirche gestiftet, also hast du das Recht, sie zu besichtigen. Und der Küster ist ein alter Schulfreund von mir, ich glaube, er war in mich verknallt», lächelt Alma und errötete ein wenig.

Die Jungs vergaßen die Kirchengespenster, als ganz Finnland über ein dreistes Verbrechen sprach, das sich gerade ereignet hatte. In Hollywood-Manier wurde ein gepanzerter Wagen überfallen, der auf dem Weg vom Flughafen zur Bank war und offenbar eine wertvolle Ladung transportierte. Genaue Angaben über die gestohlenen Gegenstände wurden nicht gemacht, aber es gab Gerüchte über Goldbarren. Der Überfall wurde offenbar von vier Männern verübt, die wenige Tage zuvor aus einem Gefängnis in Südfinnland ausgebrochen waren. Es wurde vermutet, dass sich die Flüchtigen irgendwo versteckt hielten und darauf warteten, dass sich die Lage beruhigte, damit sie das Land verlassen und sich später an ihrer Beute erfreuen konnten.

Einige Tage später fragte Tuomas Jaska, ob er etwas über den Spuk in der Kirche wisse. Jaska hatte ihm erzählt, dass in der Kirche Olevainen (Kirchenwesen) wohnen. Könnten sie hinter den Lichterscheinungen stecken? Jaska versicherte ihm, dass Elfen keine Lichter bräuchten und dass die Wesen in der Kirche gar keine Elfen seien, sondern einfach nur Wesen. Für Jaska waren alle existierenden Geister Wesen, über denen Jaska und die Elfen standen. Jaska versprach jedoch, herauszufinden, was in der Kirche vor sich ging.

«Wir kommunizieren miteinander und manchmal auch mit den Teufeln auf dem Teufelsberg.»

Am nächsten Tag erzählte Jaska, dass die Wesen in der Kirche verärgert waren. Ihre Privatsphäre sei gestört worden. Es waren Leute da, die einen schrecklichen Lärm machten. Jemand spielte auf einem alten, verstimmten Harmonium im Kirchenraum und sang fürchterlich. Diese Leute hatten sich oben in der Kirche in der ehemaligen Küsterwohnung niedergelassen.

Tuomas' Neugier war geweckt. Würde er es wagen, die verlassene Kirche zu betreten und zu erkunden? Mit seinen Kameraden oder allein? In der Gruppe würde er sich sicherer fühlen, aber die anderen konnten nicht still sein. Irgendwer redete immer oder stolperte und hustete, und dann brauchten sie auch noch die Taschenlampen. Tuomas dagegen konnte in der Dunkelheit ohne Lichtquelle sehen. Wenn etwas Unerlaubtes im Kirchengebäude geschah, durfte man die Täter nicht vorwarnen. Aber was würden die Bewohner der Kirche von Tuomas' Besuch halten?

«Schwer zu sagen», sagte Jaska. Die Kirchenwesen hatten noch nie mit Menschen direkt zu tun gehabt. Aber andererseits war Tuomas ja auch kein richtiger Mensch. Wie sahen diese «Wesen» selbst aus? Konnte man sie sehen oder musste man sie sich vorstellen? Groß? So groß wie ein Däumling? Kräftig gebaut oder federleicht? Jaska konnte Tuomas nichts über sie erzählen, denn er hatte den Arkko-Hof nie verlassen.

Tuomas bat Jaska, den Kirchenwesen zu übermitteln, dass er sie bald besuchen würde.

Als es am Freitagabend dunkel wurde und alle zu Bett gegangen waren, zog Tuomas seinen Kapuzenpullover und seine Tennisschuhe an, öffnete das Fenster und kletterte hinaus. Tagsüber hatte er schon einen alten Sägebock an die Hauswand geschleppt, damit er, wenn er zurückkam, unbemerkt auf die Fensterbank klettern und in sein Zimmer gelangen konnte.

Er hatte versucht, Ressu klarzumachen, dass er zu Hause bleiben und sich ruhig verhalten sollte. Hoffentlich verstand der Welpe das und weckte mit seinem Winseln nicht die Oma, die Alarm schlagen würde, wenn der Junge nicht in seinem Zimmer oder im ganzen Haus war. Tuomas holte sein Fahrrad aus dem Schuppen und fuhr in Richtung Dorf.

Es war schon dunkel, aber das war Tuomas egal, denn mit seinen seltsamen Augen konnte er auch im Dunkeln sehen. Stattdessen dachte er nicht daran, dass andere Verkehrsteilnehmer ihn sehen sollten. Erst als ein Autofahrer wütend hupte, erinnerte er sich daran, sein Fahrradlicht einzuschalten. Auf dem Weg zur alten Kirche schaltete er das Licht wieder aus. Die Menschen in der verlassenen Kirche sollten ihn nicht bemerken.

Die Kirche erhob sich wie ein riesiger weißer Koloss aus der Dunkelheit ... wirklich unheimlich. Der Glockenturm mit seinen geschlossenen Fensterläden zeichnete sich gegen den Nachthimmel ab. Tuomas versteckte sein Fahrrad in einem Gebüsch und näherte sich vorsichtig dem Gebäude. Wie kam man da hinein? Er stieg die Stufen zur Eingangstür hinauf und drückte vorsichtig die Klinke: verschlossen. Dann ging er zur Rückseite der Kirche: Auch hier gab es ein paar verfallene Türen, vielleicht zum Keller und zum Küchentrakt. Er ging weiter zur Giebelseite, auch hier gab es zwei Türen. Bei der einen fehlte die Treppe völlig. Vor der anderen waren Paletten zu einer Treppe aufgestapelt.

Tuomas kletterte über sie zur Tür und wollte gerade nachsehen, ob sie verschlossen war, als ein Auto neben dem Gebäude vorfuhr. Seine Scheinwerfer trafen den Jungen, der auf der Treppe stand. Kurzerhand machte er sich unsichtbar, musste aber zu seinem Entsetzen feststellen, dass seine unsichtbare Gestalt doch einen Schatten auf die Tür warf. Ja, natürlich! Die seltsame Energie, aus der er bestand, ließ das Licht nicht durch, sondern absorbierte es. Und zeichnete seinen Umriss als schwarze Silhouette vor dem hellen Hintergrund!

Tuomas wagte nicht, sich zu rühren. Dann erloschen die Scheinwerfer des Wagens und jemand stieg aus. War es der alte Küster auf seiner Inspektionstour? Tuomas rannte die Treppe hinunter und kauerte sich an die Wand. Der Mann hatte den Kofferraum geöffnet und mehrere volle Einkaufstüten herausgenommen. Der Mann war dick und nach seinen Bewegungen zu urteilen ein älterer Mann. Er hat eine Stirnlampe auf dem Kopf befestigt und eingeschaltet. Außerdem trug er eine Sonnenbrille, einen dünnen blonden Schnurrbart unter der Nase und trotz des warmen Augustabends schwarze Lederhandschuhe an den Händen. Der Mann hob die Säcke auf die Paletten-treppe, stieg dann selbst ächzend hinauf und stieß vorsich-tig die Tür auf. Er lauschte einen Moment und begann dann, die Säcke ins Innere zu heben. Bevor der Mann ein-trat, schaute er sich aufmerksam um. Spürte er Tuomas, der neben der Treppe hockte? Zumindest klopfte sein Herz so laut, dass man es fast hören konnte.

Gab es oben in der Kirche eine illegale Spielhöhle? Hielt sich dort die untätige Dorfjugend abends auf, um sich zu betrinken oder gar Drogen zu nehmen? Einen rich-tigen Jugendraum gab es im Dorf nicht. Lebten dort Flüchtlinge, die untergetaucht waren? War der Mann ein Sozialarbeiter, der heimlich Menschen in Not helfen woll-te? Nun, er würde es herausfinden.

Gerade als der Mann die Tür hinter sich zugezogen hatte und Tuomas aufstehen wollte, zog ihm jemand am Ohr. Er erschrak so sehr, dass ihm ein leiser Schrei entfuhr. Wer hatte ihn überfallen? Aber kaum jemand würde im Voraus vor bösen Absichten warnen. Etwas schwebte vor ihm ... und um ihn herum ... wie graue Rauch- oder Staubwolken, aufsteigend und fallend, ständig die Form wechselnd. Da war ein Summen, ein Flüstern, ein unverständliches Getöse in seinem Kopf. Dann sagte jemand mit gebieterischer Stimme:

«Ruhe! Es müssen nicht alle gleichzeitig sprechen. Der Junge versteht nichts.»

Die Stimmen verstummten, und die vagen Wolken begannen sich zu klaren Formen zu formen: Ringe, Bälle und schließlich kleine Menschengestalten. Tuomas verstand: Das waren die Kirchenwesen, von denen Jaska ihm erzählt hatte!

Sie wirbelten um den Jungen herum, alle in außerordentlicher Aufregung über die Begegnung mit einem Menschen, der ihre Existenz wahrnehmen konnte. Tuomas war unmerklich wieder sichtbar geworden.

«Komm mit, ich will dir etwas zeigen.»

Tuomas folgte den Wesen bis hinter die Kirche. Eines der Wesen stieß die in den Angeln hängende Tür auf und sie traten in die feuchte Dunkelheit des Kellers.

«Was ist hier so wichtig, dass ich es sehen muss?»

In den Kellergängen lagen Mäusekot und zerbrochene Flaschen, deren Scherben unter den Schuhen knirschten. Auf den Böden lagen ausgeangelte Türen zu den Kellerabteilen. Überall Gerümpel: kaputte Stühle und Regale, Farbeimer, ausrangierte rote Teppichrollen aus dem Kirchensaal, Ziegelhaufen ...

«Wohin bringen sie mich?» dachte Tuomas, als die ganze Gruppe vor einer Tür stehen blieb, die noch ganz zu sein schien. Eine der Gestalten öffnete die Tür. In dem fast leeren Raum stand in der Ecke ein hoher Stapel Kartons und Lumpen. Das Wesen befahl Tuomas, näher zu kommen. Tuomas hob einen der Lappen auf. Darunter lagen stabile Holzkisten mit einer Art Stempel. Der Deckel einer Kiste war geöffnet. Tuomas schaute sich den Inhalt genauer an und zuckte zusammen. Er erkannte sofort: Die Kiste war gefüllt mit glänzenden Goldbarren! Das bedeutete, dass die Menschen, die sich in der Kirche versteckten, gefährliche Ausbrecher waren, nach denen die ganze Polizei des Landes fahndete.

Wenn die Räuber ihr Versteck verließen, würden sie die Barren mitnehmen. Und wenn sie die Beute woanders hinbrächten? Die Räuber berauben? Die Kirchenwesen versprachen, diese Idee in die Tat umzusetzen.

Tuomas wollte schnell etwas über die unbefugten Bewohner der Kirche herausfinden, denen der dicke Mann offenbar Essen gebracht hatte. .

16.

Der Mann mit den Lebensmitteltüten hieß Kovanen, Pentti Kovanen, und er hatte in der Tat schon viel mit Bedürftigen zu tun gehabt. Nicht um ihnen zu helfen, sondern im Gegenteil: Er selbst war die Ursache ihrer Not. Als Bankdirektor hatte er Kredite an Menschen vergeben, die keine Chance hatten, sie zurückzuzahlen, und die Kreditnehmer dann in den Bankrott getrieben. Sogar von Selbstmorden war die Rede.

Pentti Kovanen stieg im Schein seiner Stirnlampe die schmale Treppe in den zweiten Stock der Kirche hinauf und klopfte an die Wohnungstür.

«Essen kommt», rief er laut und wartete, bis sich die Tür vor ihm öffnete. Da stand ein bärtiger junger Mann mit einer Pistole in der Hand.

«Hallo Lennu», grüßte Kovanen. Als der Mann Kovanen erkannte, entspannte er sich, legte die Waffe nieder, griff nach einer Tasche und trug sie hinein. Der Raum, der sich hinter ihm öffnete, war dunkel, nur die Kerzen auf dem Tisch spendeten ein schwaches Licht. Die beiden anderen Bewohner des Zimmers lagen auf schmutzigen Matratzen. Jetzt standen sie auf und halfen, den Inhalt der Lebensmitteltüten auf den wackeligen Tisch zu laden. Die Männer waren hungrig, das sah man an ihren gierigen Blicken, als sie sich über die Lebensmittel hermachten. Es gab Hamburger, Brötchen, Sandwiches, Käse, Bananen, Bierflaschen und Mineralwasser.

«Habt ihr den Scheißeimer in den Brunnen geleert?», fragte Kovanen.

Die Verrichtung der Notdurft war in dem Versteck ein Problem, da es keine Toiletten gab. In die Sägespäne auf dem Dachboden hätte eine ganze Armee kacken können, aber Kovanen wollte keine sichtbaren Spuren hinterlassen. Er lobte sich selbst dafür, dass er an den alten Brunnen auf dem Kirchenareal gedacht hatte. Der Brunnen war mit einer schweren Zementabdeckung versehen, damit die Kinder nicht hineinfielen. Was auch immer dort hineingeworfen wurde, blieb sicher verborgen.

«Erkki ist jetzt der Scheißkutscher. Dann kann er unterwegs in der Kirche die Messe lesen», grinst Anton.

Anton und Lennu, kurz Lennart, waren Esten. Sie hatten lange in Finnland gelebt und die Sprache ganz gut gelernt. Sie hatten sich die Haare bis auf die tätowierte Kopfhaut abrasiert. Der dritte Mann hieß Asko, ein kräftiger Mann mit dem Aussehen eines Gewichthebers. Normalerweise schwieg er, weil er stotterte.

Lennu grinste.

«Erkki hätte Priester werden sollen, statt Knastbruder.»

Erkki, Kovanens einziger Sohn – oder vielmehr der Sohn seiner zweiten Frau – hatte dank Kovanen einen Job in einer Bank bekommen, war aber der Spielsucht verfallen, die ihn in immer größere Schulden und schließlich ins Gefängnis gebracht hatte. Kovanen hatte Erkki verboten, im Gefängnis jemandem von der Vater-Sohn-Beziehung zu erzählen.

«Wie lange müssen wir noch in diesem Rattenloch bleiben?», fragte Anton, nachdem er nach dem Essen eine Flasche Bier geleert und heftig gerülpst hatte.

«Geduld», sagte Kovanen. «Alle suchen jetzt nach euch. Der Grenzverkehr wird mit Argusaugen beobachtet.»

Die Männer, die sich in der Kirche versteckten, waren tatsächlich die Räuber des Goldbarrentransports. Sie wurden von der gesamten finnischen Polizei gesucht.

Kovanen fuhr fort:

«Ich werde euch bald nacheinander in Sicherheit bringen. Anton und Lennu gehen nach Estland, Asko nach Schweden. Erkki werde ich auch irgendwo unterbringen.» «Woher wissen wir, dass wir das Geld bekommen? Wovon sollen wir leben?»

«Ich kann mich nicht in Geld verwandeln, aber für den Anfang bekommt ihr genug. Man muss das Gold in Ruhe und mit Bedacht zu Geld machen, wie es im Geschäftsleben üblich ist.»

«Und wie soll das gehen?»

«Die Goldbarren sind zu ihrem vollen Wert versichert. Die Versicherungsgesellschaft müsste dem Eigentümer, der Empfängerbank, eine hohe Summe auszahlen. Aber wenn die Person, der die Barren jetzt gehören, der Versicherung anbieten würde, das Gold zum halben Preis zu verkaufen, würde die Versicherung ein gutes Geschäft machen und die Bank würde ihr Geld zurückbekommen. Es wäre, als ob nichts passiert wäre. Man würde euch nicht mehr wegen der Barren verfolgen. Bald werdet ihr Kumpel von mir einen ordentlichen Batzen Geld bekommen.»

«Woher wissen wir, wann die Goldbarren zu Geld werden, wenn wir woanders wohnen?»

«Erkki wird es euch sagen. Ihr könnt ihm vertrauen, und er vertraut mir.»

«Aber wenn ich nur einen Barren als Souvenir mitnehmen dürfte ... Ich könnte ihn während der Reise in meiner Unterhose verstecken.»

Die Anderen schüttelten sich vor Lachen. Die Stimmung lockerte sich, selbst das starke Bier begann zu wirken. Kovanen war zufrieden. Alles lief nach Plan.

«Aber wenn ihr erwischt werdet, wartet das Geld auf euch, wenn ihr aus dem Gefängnis kommt. Ich werde alles vorbereiten. Aber zum konkreten Programm: morgen Abend bringe ich euch zu einem Ort, wo ihr in die Sauna gehen, euch waschen und saubere Kleidung bekommen könnt. Vielleicht kann ich euch am Montag schon neue Pässe besorgen. Ihr zwei Glatzköpfe bekommt Perücken, sonst erregt ihr zu viel Aufmerksamkeit. Und damit der Abend gemütlicher wird und ihr in dieser bescheidenen Hütte besser schlafen könnt, habe ich etwas Besseres für euch als Bier, das nur zum Pinkeln anregt.»

Kovanen zog drei große Plastikflaschen mit Wodka aus seiner Jackentasche. Die Männer waren begeistert. Gierig streckten sie ihre Hände nach den Flaschen aus, öffneten sie sofort und begannen zu trinken.

«Ich gehe Erkki suchen. Der muss auch was essen. Aber jetzt auf Wiedersehen bis morgen.»

Kovanen winkte mit der behandschuhten Hand und ging. Er würde nirgendwo Fingerabdrücke hinterlassen, nicht einmal auf Einkaufstüten oder Flaschenverschlüssen. Er hatte auf dem großen Markt in der Stadt eingekauft und bar bezahlt. Er war nicht aufgefallen.

17.

Erik Holm – Erkki – kam im Alter von zehn Jahren nach Finnland, als seine Mutter den geschiedenen Bankdirektor Kovanen heiratete. Er war ein unruhiges Kind, das nur durch Musik beruhigt werden konnte. Erkki sang gern und hatte eine schöne Tenorstimme oder zumindest eine laute Stimme. Wenn er sang, hallte seine Stimme durch das ganze Gefängnis. Leider hatte Erkki kein musikalisches Gehör, das heißt, er sang kläglich falsch, ohne es selbst zu merken. Verbote halfen nicht und Strafen waren auch keine Option, da Erkki nicht wirklich gegen die Gefängnisregeln verstieß. Jedenfalls waren alle erleichtert, als sie erfuhren, dass Erkki zu den Ausbrechern gehörte, die auf unbekannte Weise aus dem Gefängnis entkommen waren.

Pentti Kovanen war schockiert, als sein Stiefsohn mitten in der Nacht an der Tür klingelte und sich Zutritt verschaffte. Noch schockierter war Kovanen, als er erfuhr, dass in der Birkenallee vor dem Haus ein gestohlener Lieferwagen mit drei weiteren entflohenen Sträflingen und einer Ladung Gold stand, die in Sicherheit gebracht werden sollten.

Irgendetwas war mit dem ursprünglichen Plan schiefgelaufen. Zuerst dachte Kovanen an sein Sommerhaus als vorübergehendes Versteck, aber wenn die Polizei herausfand, dass Erkki zur Familie Kovanen gehörte, würden sie sicher alle Orte durchsuchen, die Kovanen gehörten. Dann fiel Kovanen die verlassene Kirche im Nachbardorf ein, wo er seine Bankkarriere begonnen und einige Jahre als Junggeselle gelebt hatte. Niemand käme auf die Idee, ausgerechnet in einer alten Kirche nach Verbrechern zu suchen.

Mit Kovanen an der Spitze machte sich die vierköpfige Verbrecherbande spät in der Nacht auf den Weg zur Dorfkirche. Die Türen zum Treppenhaus und zur oberen Wohnung waren verschlossen, aber das war für die erfahrenen Häftlinge kein Problem. Der Unterschlupf in der Kirche kam Erkki sehr gelegen. Nachdem er sich im Kirchenraum umgesehen und an die Decke gerufen hatte, stellte er fest, dass die Akustik viel besser war als im Gefängnis. Die schmutzigen Fensterscheiben waren so hoch, dass niemand hineinschauen konnte, und selbst der lauteste Gesang drang nicht durch die dicken Balkenwände nach draußen. Zum ersten Mal in seinem Leben hatte Erkki einen eigenen Konzertsaal! Im Regal lag ein Stapel verstaubter Gesangbücher. Erkki begann, Texte zu singen, von denen er sich an die Melodie zu erinnern glaubte. Als es dunkel wurde, sang Erkki im Schein einer Taschenlampe. Die Kameraden blieben oben. Sie hatten genug von Erkkis Gesang gehört.

Die Wesen zeigten Tuomas den direkten Weg zur Kirche. Leise schlich er sich in den Vorraum der Kirche, wo eine offene Tür in den Kirchensaal führte. Gerade als er in der Tür stehen blieb, ertönte von irgendwoher eine laute Stimme.

«DER ENGEL SANG VOM HIMMEL HERAB: WARUM SEID IHR SO ÄNGSTLICH?»

Dann verstummte der Sänger. Tuomas war vor Schreck fast zu Boden gefallen, selbst die Kirchenwesen, die sich hinter ihm angeschlichen hatten, waren in die Ecken des Vorraums geflüchtet. Wer hatte in der verlassenen Kirche geschrien? Hatte ihn ein Engel aus dem Himmel erschreckt? Aber singen Engel so falsch? Das würde Gott nicht gefallen.

Tuomas kam mit seinen Spekulationen nicht weiter, als sich die Seitentür neben dem Altar öffnete und eine vertraute Stirnlampe herausschien: der Träger der Einkaufstaschen! Der Mann kam am Altar vorbei in die Kirche und sah sich suchend um. Dann schallte es wieder hoch von der Kirchendecke:

«**HOOSIAANNAA HOOSIAANNAA HOOSIAAN-NAA HOOSIAANNAA HOOSIAANNAAA!** Hei Papa!» Die Stimme kam von der Kanzel.

«Erschreck die Leute nicht mit deinem Lärm! Komm sofort runter!»

«Ich mache keinen Lärm, ich singe. Die Akustik hier ist hervorragend, hör mal: **HOOSIAANNAAAAAA!!!**»

«Okay, okay, aber hör jetzt auf.»

Der Sänger kletterte die Stufen von der Kanzel hinunter und ging auf den Mann mit der Stirnlampe zu.

«Hast du Essen mitgebracht? Die Eingeweide rufen schon Hosianna».

«Deine Kameraden haben ihr Essen schon bekommen und noch etwas Besseres. Aber du kommst jetzt nach Hause. Deine Mama wartet mit Makkaroni-Auflauf und Blaubeerkuchen auf dich. Und ich bin sicher, du willst dich waschen und in deiner alten Dachkammer schlafen. Morgen werden wir sehen, wie deine Reise weitergeht.»

«Was ist mit den anderen?»

«Die hole ich morgen Abend ab, nachdem ich die Fluchtwege geplant habe.»

«Was ist mit den Barren? Wo willst du sie verstecken?»

«Das brauchst du jetzt nicht zu wissen. Ich kümmere mich um alle Geldangelegenheiten, das weißt du doch.»

«Okay, Papa. Aber ich will mich noch von meinen Freunden verabschieden. Ich weiß nicht, wann ich sie wiedersehen werde.»

«Lass nur. Wir haben es eilig. Sie amüsieren sich prächtig, wir sollten sie nicht stören.»

Der junge Mann schien ihm zuzustimmen. Die beiden Gestalten verschwanden durch die Seitentür. Kurz darauf startete draußen das Auto des Mannes und fuhr davon.

Tuomas war sehr verärgert. Er konnte keinen der beiden Männer beschreiben, außer dass der eine falsch sang. Er hatte nicht einmal Zeit gehabt, mit seiner Handykamera ein Foto von dem Auto zu machen, so eilig hatten die Kirchengeister ihn weggeschleift. Aber immerhin waren die anderen Kriminellen noch im Gebäude.

Tuomas wählte den Notruf.

Während Tuomas auf die Polizei wartete, ging er zu seinem Fahrrad, das er im Gebüsch versteckt hatte. Unter den Zweigen sprang jemand hervor – Ressu natürlich. Er war aus dem Fenster gesprungen und ihm gefolgt, hatte sich aber nicht getraut, früher herauszukommen, weil er gegen das Verbot seines Herrn verstoßen hatte. Tuomas wollte den ungezogenen Welpen nicht tadeln, er leistete ihm Gesellschaft.

Es dauerte mindestens eine halbe Stunde, bis die Scheinwerfer eines Autos auf der Straße zum Kirchenhügel auftauchten. Nur ein einziger Streifenwagen erschien – vielleicht hatte man Tuomas' Meldung nicht allzu ernst genommen. Ein Schuljunge macht sich wichtig und hat angeblich Sträflinge entdeckt, die im ganzen Land gejagt werden – und das in einer Kirche! Das Auto parkte etwas weiter weg, das Licht war aus. Tuomas ging zum Wagen und klopfte an die Scheibe.

«Hast du die Meldung gemacht?»

«Ja, da oben in der Kirche sind noch Räuber. Zwei sind mit dem Auto weggefahren.»

«Zwei sind weggefahren? Wie viele sind es? Vielleicht sind es ganz andere und es ist falscher Alarm. Und was machst du hier mitten in der Nacht? Du solltest doch im Bett sein.»

«Ich musste den Hund ausführen. Er ist noch jung.» Die Polizisten diskutierten miteinander.

«Na, dann sehen wir uns das mal an, schließlich sind wir den ganzen Weg hierhergefahren. Das ist sowieso Hausfriedensbruch, die Leute könnten die alte Hütte abfackeln.»

Tuomas seufzt erleichtert.

«Du bleibst hier und wartest mit deinem Hund.»

Der Junge hatte nichts dagegen. Im Vorbeigehen streichelte ein Polizist Ressu über den Kopf, der sich über die zusätzliche Aufmerksamkeit freute. Die Polizisten sahen in ihren Uniformen gut aus, als sie auf die Kirche zugingen. Tuomas hatte ihnen erklärt, welche Tür offen war und wie sie hinauf kamen. Tuomas sah, wie sie auf der Innentreppe ihre Taschenlampen anzündeten, und von dort aus leuchtete das Licht Stufe für Stufe nach oben. Er hörte den Ruf:

POLIZEI!

Und dann nichts mehr. Keine Schüsse, keine Rufe, keine Befehle. Waren die Räuber unbemerkt verschwunden? Das wäre peinlich gewesen.

Dann erschien ein Polizist an der Außentür und sprang die Treppe hinunter. Er telefonierte mit seinem Handy. Tuomas wollte zu ihm gehen, aber der Polizist winkte ihn weg.

«Bleib hier. Ich brauche noch Informationen.»

«Es wäre gut, wenn niemand zu Hause davon erfährt ...
die wären sauer, wenn ich hier so spät noch allein herum-
laufe.»

«Mal sehen ...»

Jetzt begann die Sirene eines Krankenwagens in der
Feuerwache am anderen Dorfrand zu heulen.

Auch sonst passierte viel. Mehrere Polizeiautos fuhren
mit Blaulicht auf die Kirche zu, was wiederum Neugierige
in Bewegung setzte.

Brennt die alte Kirche? War dort jemand eingeschlos-
sen? Unter den Menschen, die von der Polizei zurückge-
halten wurden, war auch Mirko. Tuomas ging mit Ressu
zu seinem Mitschüler.

«Wie kommst du jetzt hierher?», wunderte sich Mirko.
Er wohnte direkt am Weg, nur einen halben Kilometer von
der Kirche entfernt, und war dem Krankenwagen sofort
gefolgt.

«Ich habe über deine Gespenstergeschichten nachgedacht und bin gekommen, um mir das anzusehen», antwortete Tuomas. «Aber das waren keine Geister, sondern
Kriminelle.»

Plötzlich fing Ressu an zu bellen und rannte davon.
Vergeblich versuchte Tuomas, ihn zurückzurufen. Der
Hund sollte wirklich gehorchen lernen! Ressu wollte einen
anderen Hund kennen lernen, der gerade angekommen
war. Sein Besitzer schien verärgert und zog seinen Hund
an der Leine näher zu sich.

«Tytti, komm zu Papa.»

Der Mann schnaubte Tuomas böse an:

«Du solltest dein Knochengerüst anleinen, das schreibt
das finnische Gesetz vor.»

«Tut mir leid, er ist mir von zu Hause nachgelaufen.
Deshalb habe ich keine Leine.»

Im selben Moment wurde Tuomas klar, dass er die Hand, die Tyttis Leine hielt, schon einmal gesehen hatte– oder vielmehr denselben schwarzen Lederhandschuh. Und auch die Stimme des Mannes kam ihm bekannt vor: Der Mann hatte in der dunklen Kirche mit einem der entflohenen Sträflinge gesprochen. Und der hatte ihn Papa genannt. Dieser Papa von Tytti war also auch der Papa des Sträflings!

«Was für ein schöner Hund! Ist das ein Collie?»

Tuomas beschloss, den Hundebesitzer besser kennen zu lernen.

«Es ist ein ‚blue merle‘, ein glatthaariger, blau marmorierter Champion», sagte der Mann mit deutlicher Betonung und sichtlichem Stolz.

«So einen hätte ich auch gerne. Darf ich ein Foto davon machen, damit ich es Papa zeigen kann?»

Und ohne eine Antwort abzuwarten, machte Tuomas ein paar Fotos von Tytti – auch wenn der Winkel so ungeschickt gewählt war, dass nur der Kopf des Hundes zu sehen war, dafür aber der Hundehalter.

«Danke», sagte Tuomas und schlich davon, Ressu am Halsband.

Der Krankenwagen fuhr direkt vor die Seitentür der Kirche. Eine scheinbar bewusstlose Person wurde auf einer Trage durch die Tür getragen und in den Krankenwagen gelegt. Dann wurde eine weitere Bahre hinausgetragen, gefolgt von einer dritten. Die Zuschauer, die in einiger Entfernung stehen mussten, konnten die Gesichter der transportierten Personen nicht genau erkennen, aber da alle mit Infusionsschläuchen versehen waren, lebten sie wahrscheinlich noch.

«Was ist mit denen passiert? Besoffen, oder was?», wunderte sich Mirko, zu dem Tuomas mit seinem Hund zurückgekehrt war. Tuomas hatte den Besitzer des Collies beobachtet, als die bewusstlosen Männer in den Krankenwagen getragen wurden. Der Mann wirkte enttäuscht, vielleicht sogar wütend. Dann drehte er sich plötzlich um und ging weg.

«Kannst du Ressu kurz halten? Ich muss schnell …»

Tuomas schob Ressu neben Mirko und zog seine Hand an Ressus Halsband. Dann folgte er dem Collie-Mann. Er machte sich unsichtbar, und das war auch nötig, denn Hund und Herrchen schauten ständig hinter sich.

Der Mann hatte sein Auto ein gutes Stück von der Kirche entfernt am Straßenrand geparkt. Als er Tytti in den Hundekäfig gesperrt und sich hinters Steuer gesetzt hatte, stand Tuomas bereits hinter dem Auto und fotografierte das Nummernschild. Nun wäre der Fahrzeughalter nicht mehr anonym.

Nachdem Kovanen mit Erkki von der Kirche nach Hause gekommen war, hatte er kurz das freudige Wiedersehen zwischen seiner Frau und ihrem Sohn beobachtet, von dem er wusste, dass es bald zu den üblichen Streitereien und Tränen kommen würde. Dann hatte er die Hundeleine aus der Garderobe geholt, woraufhin Tytti-Collie aufgeregt zu springen begann.

«Ich gehe mit dem Hund Gassi. Ihr braucht nicht zu warten. Geht einfach ins Bett», hatte er seiner Familie gesagt. Aber der Hund war nur eine Ausrede. Kovanen wollte zur Kirche zurückkehren, um sich zu vergewissern, dass das Gift im Wodka gewirkt hatte. Er hatte nicht vor, die Beute des Überfalls mit anderen zu teilen. Er würde Erkki so weit wie möglich ins Ausland schicken, am liebsten nach Amerika zu Verwandten.

Wenn die drei Kumpane des Stiefsohnes im Himmel oder in der untersten Hölle schmorten, brauchte Kovanen keine Angst zu haben, dass man die Leichen der vergifteten Männer finden würde. Ursprünglich wollte er die Toten in den fast bodenlosen Brunnen neben der Kirche werfen. Niemand würde dort nach ihnen suchen, denn niemand wusste, dass sie in der Gegend gewesen waren. Und selbst wenn man die Leichen gefunden hätte, würde man Erkki für schuldig halten, die anderen drei vergiftet zu haben und mit dem Gold geflohen zu sein – ein Grund mehr, den Jungen so schnell wie möglich aus Finnland herauszubringen.

Der Hauptgrund für die Rückkehr zur Kirche war seine Sorge um die Goldbarren. Neugierige Kinder könnten das Versteck bald entdecken – alte, unbewohnte Häuser und Ruinen zogen kleine Rotznasen an wie Honig die Bienen ... Die Kisten mit den Barren mussten schnell an einen sicheren Ort gebracht werden, und der befand sich auf dem Grundstück von Kovanens Sommerhaus: ein alter Steinkeller, versteckt unter Gras und Büschen.

Kovanen hielt seinen Wagen in einiger Entfernung zur Kirche an, um nicht gesehen zu werden, falls die Polizei die Umgebung der Kirche fotografierte. Aber er musste herausfinden, was vor sich ging, und so mischte er sich als harmloser Hundebesitzer unter die anderen Schaulustigen. In der Nacht hätte die Polizei keine Zeit gehabt, das Gebäude genauer zu untersuchen. Niemand würde sich für die baufällige Hintertür und den Keller der Kirche interessieren. Kovanen fuhr deshalb seinen Wagen auf den leeren Parkplatz am Hafen des Dorfes und beschloss, ein paar Stunden zu schlafen, bevor er zur Kirche zurückkehrte, um die Barren abzuholen. Tytti seufzte ein paar Mal in ihrem Käfig, aber dann machte auch sie es sich bequem.

18.

Tuomas kam mit Ressu nach Hause. Es war ganz schön anstrengend, den Hund durch das Fenster zu bugsieren und gleichzeitig auf dem Sägebock zu balancieren. Zum Glück bemerkte Jaska die missliche Lage des Jungen und kam ihm zu Hilfe. Als alle drei drinnen waren, platzte Jaska fast vor Neugier. Nicht der Schatz interessierte ihn, sondern die Kirchenwesen, die mit Jaska verwandt waren, die er aber selbst noch nie gesehen hatte.

«Man kann sie nicht beschreiben ... diese unsichtbaren Luftwirbel ... wie kleine Fürze, nur dass sie nicht stinken.» Damit musste sich Jaska zufriedengeben. Tuomas fuhr fort:

«Ich muss noch in die Kirche, denn ich habe in den Gedanken des Hundebesitzers gelesen, dass er heute Abend zum Versteck der Barren zurückkommt. Halte Ressu drinnen, damit er mir nicht wieder hinterherläuft. Er würde anfangen zu bellen und der Mann könnte mich entdecken».

Tuomas radelte gegen Mitternacht zur Kirche und versteckte sich und sein Fahrrad im Gebüsch hinter der Kirche. Die Polizei und alle Schaulustigen waren weg, nur das bunte Absperrband der Polizei flatterte vor der Seitentür der Kirche. Tuomas setzte sich ins Moos und wartete. Zum Glück war es noch warm ... schlaffördernd warm.

Das Geräusch des Automotors weckte ihn. Hatte er so fest geschlafen, dass der Hundebesitzer seinen Schatz schon abgeholt hatte? Nein, er war gerade mit seinem Auto hinter der Kirche vorgefahren. Tuomas konnte gerade noch sein Handy zücken und ein Foto machen, bevor der Mann im Schein seiner Stirnlampe durch die kaputte

Tür schlüpfte. Wegen der Dunkelheit wären die Bilder zwar schlecht, aber immerhin ein Beweis. Da der Mann noch eine Weile im Keller bleiben würde, wagte es Tuomas, sich an das Auto heranzuschleichen. Tytti-Collie stand in ihrem Käfig auf, aber zum Glück hatte sie Tuomas schon erkannt und fing nicht an zu bellen. Tuomas fotografierte auch Tytti durch die Heckscheibe und kehrte dann in sein Versteck zurück.

Im Keller öffnete Kovanen vorsichtig die Tür zu seiner Schatzkammer, obwohl in dem verlassenen Gebäude niemand mehr lauschte. Alles schien unberührt, all das Gerümpel und die Kisten darunter. Etwas anderes wäre auch nicht möglich gewesen.

Kovanen machte sich nicht die Mühe, die Kisten zu öffnen. Dafür war jetzt keine Zeit, denn die Barren mussten sofort abtransportiert werden. Ächzend griff Kovanen nach der ersten Kiste. Waren sie vorher auch so schwer gewesen? Erkki und seine Kameraden hatten die Kisten aus dem Fluchtauto in den Keller geschleppt, danach hatte Kovanen das Auto der Männer in der Scheune eines leerstehenden Bauernhofes am Rande des Dorfes versteckt. In den Händen der kräftigen Ausbrecher hatten die Kisten viel leichter gewirkt. Doch die Goldbarren waren ihr Gewicht wert!

Kovanen hatte nicht geplant, die Barren an die Versicherung zu verkaufen, obwohl er Erkkis Kumpels davon erzählt hatte. Der Wert des Geldes schwankte – Gold dagegen litt nicht unter Währungsschwankungen, es rostete nicht, es schimmelte nicht.

Kovanen war kein Sportler, aber mit «sisu» – finnischer Ausdauer – schleppte er eine Kiste nach der anderen durch die engen, niedrigen Kellergänge in sein Auto. Acht Kisten passten auf die Rückbank und den zweiten Vordersitz, die neunte und zehnte wollte er neben den Käfig von Tytti stellen. Bald würden Goldbarren im Wert von jeweils fast vierzigtausend Euro friedlich in seinem Auto schlummern!

Als er die letzte Kiste abstellte, spürte er einen stechenden Schmerz im Rücken. Hexenschuss! Verdammt, das auch noch! Ob er die Kisten heute Nacht noch in den geheimen Keller des Sommerhauses schaffen würde? Sonst müssten sie unter einer Plane versteckt neben dem Sommerhaus warten, bis er am nächsten Tag mit Hilfe von Schmerzmitteln weitermachen konnte. Zum Glück war morgen Samstag und er musste nicht zur Bank.

Tuomas machte die letzten Fotos vom Fahrer, wie er die Kisten aus dem Keller trug und wie er wegfuhr. Zu Hause schaut sich Tuomas die Fotos an. Sie waren gut. Der Mann war gefasst.

Am Samstagmorgen meldeten die Nachrichten, dass drei der für den Überfall verantwortlichen Ausbrecher gefasst worden seien, während ein vierter noch auf freiem Fuß sei. Auch die Beute war noch nicht gefunden worden. Die drei Festgenommenen wurden ins Krankenhaus eingeliefert. Der Grund dafür wurde in den Nachrichten nicht genannt, ebenso wenig wie der Ort, an dem die Festnahme stattgefunden hatte.

Erkki griff Papa Kovanen am Frühstückstisch an:

«Hast du sie vergiftet? Wolltest du mich auch umbringen? Das kann ich mir gut vorstellen.»

«Ich habe ihnen etwas Schnaps gegeben, aber sie mussten nicht alles auf einmal schlucken.»

«Wenn ich das glauben könnte …»

«Ob du es glaubst oder nicht. Das ist deine Sache. Aber solange du zu Hause bist, bleibst du oben. Da kannst du dich auf dem Dachboden verstecken, falls die Polizei dich sucht. Und du, Jana – wenn wir gefragt werden, ob der Junge sich bei uns gemeldet hat, haben wir nichts anderes gehört als die Nachrichten.»

Nachdem Kovanen gefrühstückt und zwei Schmerztabletten eingenommen hatte, wollte er sich trotz seines Hexenschusses auf den Weg ins Sommerhaus machen.

«Ich muss die Hütte winterfest machen. Diesen Herbst wird sie niemand mehr benutzen.»

Seine Frau packte ihm belegte Brote und Kaffee in eine Thermoskanne. Sie war froh, mit ihrem Sohn allein zu sein, denn bald würde der arme Junge für längere Zeit ins Ausland reisen müssen.

Die holprige Landstraße stellte Kovanens Rücken auf eine harte Probe, doch gleichzeitig kribbelte ein wohliges Gefühl der Vorfreude in ihm. Die Türpfosten zu seinem Paradies waren aus Goldbarren!

Kovanen war sich sicher, dass Erkki seiner Mutter von den Goldbarren erzählt hatte. Und dass Pappa-Pentti den Schatz mit niemandem teilen würde. Kovanen kannte seine Frau: Auch sie würde keinen einzigen Barren hergeben. Wahrscheinlich plante Jana schon, was sie kaufen würde, wenn der außergewöhnliche Geldfluss nicht mehr auffiel.

Als Bankier hatte Kovanen bereits beschlossen, das Gold gewinnbringend anzulegen, damit es nicht ungenutzt blieb. Doch im Moment musste er noch regelmäßig arbeiten, im selben alten Haus leben. Er könnte nicht einmal sein Auto gegen ein besseres eintauschen. Aber die Zeit würde kommen. Es war unmöglich, dass Erkkis Freunde überleben würden, und selbst wenn, würden sie nie herausfinden, wer sie betrogen hatte und wo das Gold war.

Kovanen hatte in seiner Zeit als Bankdirektor in Arvola ein altes Sommerhaus in der Nähe des Dorfes günstig aus einer Konkursmasse erworben. Im Laufe der Jahre wurde das auf einer bewaldeten Landzunge gelegene Landhaus zu einer luxuriösen Villa umgebaut.

Seine kostbare Fracht, mit einer zerrissenen Plane bedeckt, wartete im Hof zwischen zwei Brennholzstapeln. Er holte eine Schubkarre, sah sich noch einmal um, entfernte dann die Plane und griff nach der ersten Kiste. Die Sterne flogen ihm vor den Augen und sein Rücken schmerzte, aber immerhin schienen die Schmerztabletten so gut zu wirken, dass er die schweren Kisten ohne Auspacken zum Versteck transportieren konnte. Das Rad der Schubkarre sank so tief in den weichen Rasenteppich ein, dass er immer nur eine Kiste aufladen konnte.

Nach zehn Fahrten standen alle Kisten fein säuberlich aufgereiht vor dem alten Steinkeller. Kovanen begann, das Gestrüpp vor dem Kellereingang zu roden, um die Kisten hineinbringen zu können. Eine aufgeschreckte Eidechse huschte zwischen seinen Beinen hindurch in die Freiheit. Drinnen roch es nach feuchter Erde. Zwischen den Mauersteinen wuchs Tüpfelfarn, aber der Boden schien trocken zu sein. Den Kisten würde eine längere Lagerung nichts anhaben, dem Inhalt schon gar nicht. Gold rostet und schimmelt nicht.

Bevor Kovanen die letzte Kiste in den Keller trug, siegte seine Neugier. Er wollte einmal bei Tageslicht einen Goldbarren in den Händen halten, ihn sogar zärtlich küssen. Vielleicht würde er wider alle Vernunft einen mit nach Hause nehmen, es gab genug Verstecke in dem großen Haus.

Der Deckel der Kiste war zugenagelt, und Kovanen musste ein Brecheisen aus dem Geräteschuppen holen, um ihn aufzuhebeln. Was dann geschah ...

Kovanens Herz setzte für ein paar Schläge aus. Statt glänzender Goldbarren war die Kiste mit alten Ziegelsteinen gefüllt. Es war ein unglaublicher Anblick. Unerklärlich.

Kovanen sank neben der Kiste auf den Rasen und schnappte nach Luft. Die wertvolle Goldladung, die mit dem Flugzeug eingeflogen worden war, konnte kein Betrug sein. Aber wann könnte jemand die Barren gegen Ziegelsteine ausgetauscht haben?

Dann kam ihm ein schrecklicher Gedanke: Was war in den anderen Kisten, die er so grimmig in den Keller geschleppt hatte? Kovanen taumelte mit der Brechstange zu den Kisten. Eine nach der anderen riss er auf. Alle hatten den gleichen Inhalt: nur Ziegelsteine. Nicht einmal ein Barren als Lohn für die Mühe. Kovanen begann, die Ziegel mit der Brechstange zu zerschlagen. Tränen liefen dem großen Mann über die Wangen.

.

19.

Wo waren die Goldbarren? Das fragte sich auch die Polizei, nachdem sie die alte Kirche vergeblich vom Dachboden bis zum Keller durchsucht hatte. Hatten die Räuber ihre Beute anderswo versteckt, bevor sie in die Kirche von Arvola kamen? Hatte ein viertes Bandenmitglied das Gold mitgenommen, nachdem es versucht hatte, die anderen zu vergiften? Denn die Laboruntersuchungen ergaben, dass die Ausbrecher nicht nur drei große Flaschen Wodka geleert, sondern auch eine ordentliche Portion Gift zu sich genommen hatten, so dass es sich um einen Mordversuch handelte.

Die Männer waren noch bewusstlos und es war nicht klar, ob sie überleben würden. Der Zustand der Männer wurde Außenstehenden nicht mitgeteilt, und der Flur vor ihrem Zimmer wurde ständig bewacht, für den Fall, dass der Mörder sein Werk vollenden wollte.

Wo also waren die Goldbarren? Als Tuomas erkannte, dass die Kisten verschwinden könnten, wenn die Polizei nicht bald eintrifft, hatte er die Kirchenwesen gebeten, die Barren in Sicherheit zu bringen. Die Wesen hatten hervorragende Arbeit geleistet, die Kisten mit irgendwelchem Schrott gefüllt und auch die Deckel der Kisten geschickt wie die besten Handwerker verschlossen. Aber wohin hatten sie die Barren gebracht?

Tuomas bat Jaska, den Wesen zu sagen, dass er zu ihnen kommen wolle, sobald das Interesse der Polizei an der Kirche nachgelassen habe und keine Neugierigen mehr in der Nähe seien. Am Freitagabend fuhr er wieder zur Kirche und ging direkt in den Keller. Er spürte sofort, dass die Wesen um ihn herumschwebten, aber diesmal nahmen sie keine sichtbare Gestalt an und sprachen ihn nicht an.

Was war mit ihnen los?

«Ich danke euch allen. Ihr habt einen kostbaren Schatz gerettet. Wie habt ihr ihn so gut versteckt, dass ihn nicht einmal die Polizei finden kann?», fragte er.

Keine Antwort, nur vages Gemurmel. Dann entschloss sich eines der Wesen, sich zu zeigen, und tauchte direkt vor Tuomas' Gesicht auf.

«Wir haben beschlossen, das Gold nicht herzugeben. Gold ist ein schlimmeres Gift für die Menschen als der Trank, den der Bandenchef diesen armen Männern gegeben hat. Gold ist begehrt, deshalb ziehen die Menschen in den Krieg und töten sich gegenseitig. Dieses Gold wird nicht mehr Böses verursachen. Es ist und bleibt verborgen.»

Tuomas war überrascht und wütend. Er hatte gedacht, er könne den Ermttlern die Fotos vom Tatort und die Identität des Haupttäters vorlegen, die er anhand des Autokennzeichens ermittelt hatte. Dessen Frau war auf der Website des regionalen Collie-Clubs als Besitzerin eines Preishundes aufgeführt.

Und nun konnte Tuomas die Polizei wegen der Sturheit der Wesen nicht zum Schatz führen! Er konnte keinen einzigen Goldbarren präsentieren. Es würde nichts nützen, wenn er erzählte, dass seltsame Kirchengeister das geraubte Gold noch einmal geplündert hätten und sich weigerten, das Versteck preiszugeben. Natürlich würde man Tuomas selbst verdächtigen. Nun würden der Bankdirektor und sein Sohn straffrei ausgehen. Der Sohn war sicher schon aus Finnland geflohen, und Vater Kovanen ging unschuldig seinen Bankgeschäften nach. Ihre einzige Strafe war, dass von dem Goldschatz kein Körnchen mehr übrig war. Tuomas kümmerte sich nicht um die Verluste der Bank und der Versicherung, die genug Mittel hatten, um Millionen und Milliarden in alle möglichen profitablen Projekte zu investieren.

20.

Erik «Erkki» Holm, der mit der neuen Frau in die Familie Kovanen gekommen war, hatte sich im Gefängnis einen Pferdeschwanz wachsen lassen und sah auch sonst etwas weiblicher aus. Mutter Jana befahl ihm, sich den flauschigen Bart abzurasieren, schnitt ihm die Stirnhaare ab, breitete den Pferdeschwanz über die Schultern aus und verwandelte ihn schließlich mit gekonntem Make-up in eine passable junge Frau, die ihrer Mutter vor zwanzig Jahren ähnelte.

Obwohl die finnisch-schwedische Grenze in Tornio frei passierbar war, waren die Grenzbeamten vielleicht wachsamer als sonst. Um auf Nummer sicher zu gehen, bekam der Junge für den Grenzübertritt den abgelaufenen Pass seiner Mutter. Auf der schwedischen Seite konnte der Junge seine Geschlechtsorientierung selbst wählen und bekäme einen entsprechenden Ausweis.

Die Mutter fuhr mit ihrem Sohn nach Tornio und von dort über die Grenze nach Schweden. Sie hatte Verwandte, bei denen Erkki bleiben konnte, bis sich die Situation beruhigt hatte. Beide gingen davon aus, dass die Familie nun über nahezu unbegrenzte Geldmittel verfügte.

Pentti Kovanen war wütend: Ein riesiges Vermögen war ihm gestohlen worden! Obwohl es ihm rechtlich gesehen nicht gehörte, war es schon in seinem Besitz, also fast sein Eigentum. Kovanen war sogar auf sich selbst wütend. Schließlich hätte er ahnen müssen, dass der Transport die ganze Zeit überwacht wurde. Jemand hatte die Diebe ständig beobachtet, bereit, sich die Barren zu schnappen, sobald sie irgendwo abgeladen wurden. Und dieser Jemand war keine Strafverfolgungsbehörde, sonst wären die

Diebe sofort nach dem Überfall verhaftet worden. Nein, es war jemand von größerem Kaliber, und der wusste jetzt von Kovanens Rolle. Der Unbekannte würde die Barren behalten und Kovanen zusätzlich bedrohen und erpressen. Er konnte den Unbekannten nicht einmal bestechen, indem er ihm einen Anteil an der Beute versprach, da dem Unbekannten bereits alles gehörte.

Kovanen dachte auch an die Möglichkeit, dass einer der flüchtigen Räuber Verdacht geschöpft und die Barren in seinem eigenen Versteck deponiert haben könnte. Dann würde sie niemand finden, wenn der Täter an der Vergiftung stirbt. Der Goldschatz würde für immer in irgendeiner Scheunenecke oder einem Moorgrab liegen bleiben. Verdammt noch mal! Aber war einer der vier klug genug, einen solchen Plan auszuhecken? Erkki? Kovanen bezweifelte es. Er bekam heftige Kopfschmerzen.

Die drei Räuber lagen immer noch bewusstlos im Krankenhaus, und wenn sie überlebten, würden sie ins Gefängnis kommen. Natürlich hatte die Polizei bereits herausgefunden, dass der flüchtige Ausbrecher Erkki der Sohn von Jana Kovanen war, und das Ehepaar Kovanen war mehrmals verhört worden, aber es gab nicht den geringsten Beweis gegen sie.

Kovanen wartete jeden Tag an seinem Arbeitsplatz darauf, von der Polizei verhaftet zu werden. Jedes Mal, wenn ein Polizeiauto auf der Straße vorbeifuhr, bekam er eine Panikattacke. Da nichts passierte, wusste er, dass der Große Unbekannte auch auf der falschen Seite des Gesetzes stand und etwas wirklich Schlimmes mit ihm vorhatte.

Nur der Große Unbekannte hatte die Beweise.

Im Schlaf knirschte Kovanen mit den Zähnen.

21.

Seit Jahrzehnten gab es in Arvola einen Dorfverein, der sich für die Bedürfnisse der Dorfbewohner einsetzte. Trotz der Bemühungen des Vereins hatte Arvola jedoch viele wichtige öffentliche Einrichtungen verloren, darunter die Bank und das Postamt. Das Fehlen dieser beiden Einrichtungen störte die Jugendlichen nicht sonderlich. Die Jugendlichen trafen sich auf dem Parkplatz des Marktes, tobten in den Laavus der umliegenden Wälder oder froren im Winter im unbewachten Bootshafen. Manchmal ging ein Boot oder eine Lagerhütte in Flammen auf, schließlich brauchten auch Jugendliche Wärme. Die Jugendlichen wehrten sich gegen die Erwachsenen, indem sie Briefkästen anzündeten und ihre eigenen, tiefsinnigen Sprüche («Osku ist ein Schwein», «Zur Hölle mit der Polizei») an Zäune und Gebäude sprühten.

Alma war von Anfang an im Dorfverein engagiert und gehörte dem Vorstand an. Sie wurde jedes Jahr einstimmig von der Mitgliederversammlung wiedergewählt, weil sie Kuchen für die Basare backte, für das leibliche Wohl bei Vereinsveranstaltungen sorgte und den Frühjahrsputzt im Dorf organisierte. Alma war auch das lebende Geschichtsarchiv des Vereins und des Dorfes. Wo war vor fünfzig Jahren der Dorfladen von Mökkönen? Wo wohnten die Schuster? Wann brannte die Telefonzentrale ab? Alma wusste alles.

Als Alma bemerkte, dass Tuomas nach der Entdeckung der flüchtigen Goldräuber traurig war, obwohl er nach der Polizeiaktion etwas Lob erhalten hatte, beschloss sie, für Tuomas etwas Abwechslung zu organisieren.

«Nächsten Samstag wird uns der Küster die Türen der alten Kirche öffnen», kündigte Alma an.

Doch der geplante Besuch konnte den Jungen nicht begeistern. Er war immer noch wütend über den Verrat der Wesen. Vielleicht ärgerte es ihn am meisten, dass er keine größere Heldenrolle bekommen hatte.

Der Küster wartete bereits im Vorraum der Kirche, als Alma und Tuomas mit Almas Auto auf den Kirchplatz fuhren. Kaum waren sie drinnen, spürte Tuomas die neugierigen Kirchenwesen. Ihr Flüstern störte Tuomas, der dem Vortrag des Küsters zuhören wollte.

Jetzt sah Tuomas die Kirche zum ersten Mal bei Tageslicht – wow! Er hatte die reich geschmückten Hallen großer Kirchen und sogar Kathedralen im Ausland gesehen, aber die schlichte Schönheit der alten Holzkirche war überwältigend. Ein hölzerner Stern hoch oben an der Decke, ein dunkles Altarbild und robuste alte Holzbänke beruhigten die Gemüter.

Sie setzten sich auf die vorderste Bank gegenüber dem Altarbild: Jesus betete kniend in Gethsemane. Doch das Bild war nur eine Kopie. Ein Original oder ein Motiv mit mehreren Personen, wie die drei Räuber am Kreuz, wäre für die Gemeinde zu teuer gewesen, erklärte der Küster.

Der Küster erzählte, wie die Kirche vor fast hundert Jahren von den Dorfbewohnern gebaut wurde und wie sie im Laufe der Jahrzehnte die Menschen zusammengeführt hat. Nun sollte das neue Kirchgemeindehaus alles ersetzen. Die Glocken im Turm wurden für das neue Gebäude akzeptiert, aber das Altarbild war für moderne Menschen zu altmodisch. Die Wand hinter dem Altar im neuen Kirchensaal war mit einem meterlangen, blassen Stoffmuster verziert, auf dem man nur mit viel Phantasie menschliche Figuren erkennen konnte. Die Akustik des Raumes war noch bescheidener. Wenn der Pfarrer am Altar predigte, konnte man seine Lippen sich bewegen sehen, aber seine Worte erreichten die Zuhörer nur, wenn sie von der Decke abprallten. Selbst der beste Chor musste sein ganzes Volumen in die Kirche einbringen, damit die Aufführung gelang. Da aber alles Neue großartig ist, wagte niemand zu kritisieren, denn der Schaden war schon angerichtet.

Der Kirchenvorstand betrachtete die alte Kirche nur noch als Last und wartete darauf, dass sie so baufällig wurde, dass sie eine Gefahr für die Menschen darstellte. Dann sollte sie abgerissen werden. Das freiwerdende Grundstück mit Seeblick könnte dann für viel Geld an irgendeine Baufirma verkauft werden. Bald würden dort mehrstöckige Wohnhäuser stehen, schließlich war die Kirche auch hoch, wenn die Baugenehmigung auf dieser Grundlage erteilt würde.

Der Küster seufzte:

«Bald wird es in Arvola keine Erinnerung mehr an die alten Zeiten geben. Für eine so alte Kirche gibt es keine Zukunft. Und für uns alte Menschen auch nicht.»

«Auch der Verein von Arvola hat das Schicksal der Kirche bedauert», wusste Alma.

«Die Gemeinde war sogar bereit, dem Verein das Gebäude zu schenken, um es loszuwerden. Aber was machen wir damit, wenn wir es nicht reparieren können? Wir hatten einen Renovierungsplan ausgearbeitet, aber die Kosten dafür wären so hoch, dass es ein Horror wäre. Aber ich hätte viele Ideen, was man mit dem alten Gebäude machen könnte.»

Dann begann Alma von ihren Träumen zu erzählen. Tuomas war erstaunt, wie viel Fantasie unter Almas grauer Dauerwelle steckte. Alma hatte einen Konzert- und Theatersaal im Kirchenraum geplant, ein Café in den Nebenräumen, Klubräume für Jung und Alt im Dachgeschoss, Arbeitsräume für Künstler in den baufälligen Wohnungen im Obergeschoss ... und einen Aussichtspunkt im Glockenturm ... Zuletzt seufzte Alma tief und verstummte. Der Küster strich ihr tröstend über die Hand.

«Ja, ja, liebe Alma, wenigstens haben wir noch unsere Träume. Aber lass uns mit dem Rundgang weitermachen.»

Eine breite Wendeltreppe führte vom Eingangsraum der Kirche zum Chor und zur ehemaligen Küsterwohnung. Raumhohe Fenster ließen das Licht von allen Seiten herein. Alma hatte recht: Das wäre ein gutes Atelier für einen Maler. Der Küster führte die Besucher auch in die andere Wohnung, in der sich die Goldräuber versteckt hatten.

Zuletzt öffnete der Küster eine unscheinbare Tür auf dem obersten Treppenabsatz. Dahinter führte eine schmale Treppe nach oben, die, dem Staub und den Sägespänen nach zu urteilen, seit vielen Jahren nicht mehr benutzt worden war. Der Küster und Tuomas begannen zu klettern, und Alma folgte ihnen niesend und stöhnend.

Oben angekommen, konnte man den ganzen Dachboden überblicken. Der Raum war riesig. Sogar die Seitenfenster waren so hoch wie die in der Kirche. Der Küster führte sie in die Mitte des Dachbodens, wo eine schmale Treppe zum Glockenturm führte.

«Da gehe ich nicht hinauf», sagte Alma.

«Aber wir Männer schon», lächelte der Küster Tuomas an. «Oder hast du Höhenangst, junger Mann?»

Die Kletterei nahm kein Ende, aber schließlich wehte von oben ein kühler Wind und es wurde heller. Als der Küster das runde Turmzimmer erreicht hatte, öffnete er alle Fensterläden. Tuomas atmete tief durch. Um ihn her-

126

um breitete sich das Dorf Arvola in einer völlig neuen Perspektive aus, fast wie aus einem Flugzeug. Der Blick schweifte weit: blaue Seen, endlose Wälder, sogar der Kirchturm der Stadt war in der Ferne zu erkennen. Tuomas war froh, dass er sein Handy dabei hatte. Er ging von Fenster zu Fenster und machte Fotos.

«Du darfst niemandem erzählen, dass ich dich hierhergebracht habe. Das ist eigentlich nicht erlaubt, weil die Treppe in so einem schlechten Zustand ist.»

Tuomas versprach, es geheim zu halten. Aber er wusste, dass sie nicht allein waren. Die Kirchenwesen wirbelten um sie herum und zischten so lästig, dass er sie fast anschreien wollte, sie sollten still sein ... verdammte Betrüger.

Sie stiegen aus. Als sie wieder in der Kirche waren, wo Alma schon auf sie wartete, sagte der Küster:

«Natürlich gibt es Keller unter der Kirche, aber da gibt es nichts zu sehen.»

Er musste wieder an seine Arbeit. Ende des Jahres würde er in den Ruhestand gehen und aus dem Kirchgemeindehaus ausziehen, damit ein neuer Küster einziehen konnte.

Alma und Tuomas bedankten sich für die Einführung, dann schloss der Küster die Tür mit seinem Schlüssel ab, verabschiedete sich und ging zu seinem Auto. Tuomas machte noch ein paar Fotos von der Kirche. Dann setzten er und Alma sich auf die Stufen vor der Kirche.

«Ich hoffe, dass ich nicht mehr lebe, wenn die Kirche dem Erdboden gleichgemacht wird», seufzte Alma. «Mein Herz würde stehen bleiben. Ich war hier in der Sonntagsschule, im Konfirmandenunterricht, in der Christmette und auf unzähligen Hochzeiten. Auch deine Großeltern haben hier geheiratet. Es war immer so schön und jeder hat hier Freunde und Bekannte getroffen. In die neue Kirche kommen nicht so viele Leute – letzte Weihnachten waren es ein paar Dutzend Gemeindemitglieder, die zum Singen gekommen sind, obwohl niemand dort seine eigene Stimme hören kann. Das ist der Lauf der Welt, und wir haben nichts zu sagen.»

Alma und Tuomas gingen nach Hause. Tuomas verabschiedete sich nicht einmal von den Wesen, obwohl er ihre Anwesenheit spürte. Kurz nach dem Kirchenbesuch teilte Jaska Tuomas jedoch mit, dass die Wesen ihn treffen wollten. Sie hätten etwas mit ihm zu besprechen. Tuomas war immer noch wütend auf sie, aber die Neugier siegte.

Die Wesen erschienen, sobald der Junge die Kellertür eingetreten hatte, die noch an einem Scharnier hing.

«Wir machen uns Sorgen. Als du neulich mit anderen Besuchern hier warst, haben wir gehört, dass die Kirche zerstört werden soll. Das ist unser Zuhause. Sie wurde schon einmal abgerissen. Aber uns ging es hier lange sehr gut. Wir hatten immer Programm, Musik und Feste, genau wie zu Hause in Karelien. Jetzt ist alles langweilig und leer, schlimmer noch. Die Kinder haben angefangen, Steine gegen die Fenster zu werfen, und das Regenwasser läuft rein. Die Jugendlichen sitzen auf der Holztreppe und rauchen Zigaretten. Wir mussten schon mehrmals ein Feuer löschen. Sie versuchen auch, durch die Seitentür einzubrechen.

«Das liegt daran, dass es in Arvola keinen Ort gibt, an dem sich die Jugendlichen treffen können. Und es gibt keine Möglichkeit, die Kirche zu bewachen. Sie wird wahrscheinlich abgerissen werden, wie Alma und der Küster gesagt haben».

Die Wesen verhandelten miteinander.

«Wir haben es so verstanden, dass die Kirche wieder benutzt wird, wenn es Geld für die Reparatur gibt.»

Tuomas verstand: «Ihr meint, wenn …?»

«Genau. Wir würden das Gold dafür geben.»

«Mit einem Ehrenwort?»

«Mit dem ewigen Ehrenwort der Wesen.» In Tuomas' Gehirn ratterte es.

«Leiht mir mal kurz einen Barren. Ich werde in der Kirche ein paar Fotos davon machen. Dann könnt ihr ihn wieder mitnehmen und irgendwo verstecken.»

Einige der Wesen verschwanden, andere begleiteten Tuomas in den Kirchenraum. Auf dem Deckel des Harmoniums glänzte bereits ein ziegelgroßer, flacher Goldbarren. Bewundernd nahm Tuomas ihn in die Hand. Es kommt nicht jeden Tag vor, dass man so einen Barren anfassen darf ... Dann legte er ihn auf den dunkelroten Samt des Altarrandes und machte Fotos. Dann trug er ihn hoch zur Kanzel, von der aus die Pfarrer ihre Predigten auf die Gemeinde niederprasseln ließen. Vom Kirchenraum aus machte er mehrere Aufnahmen. Er hatte eine Idee.

Als er nach Hause kam, fragte er Alma, wie man ein solches Gebäude übernehmen könne. Alma war zwar nur die Haushälterin des Gutshofes, aber sie war sehr belesen und als Vorstandsmitglied des Dorfvereins über alle Planungen gut informiert.

«Ich denke, man sollte eine Stiftung gründen, an welche die Gemeinde die Kirche verkauft oder verschenkt. Die Stiftung würde dann Geld sammeln und es für Reparaturen verwenden. Nachdem die Kirche schon einmal vor dem Abriss gerettet werden musste, organisierte der Arvola-Verein eine landesweite Sammlung, bei der die Bevölkerung und viele Firmen spendeten. Doch nun ist die Kir-

che in einem so desolaten Zustand, dass keine noch so
große Summe an Geld und Spenden helfen kann.

Die nächsten Stunden verbrachte Tuomas mit Googeln.

Dann begann er, die Fotos zu bearbeiten.

22.

Pentti Kovanen erhielt auf seinem Smartphone eine Nachricht von einer unbekannten Nummer:

«An der Wand der Außentoilette in deinem Sommerhaus hängt eine wichtige Nachricht für dich. Ich weiß, was du getan hast. Mit freundlichen Grüßen, Herr der Barren.»

«Was ist das für ein Aprilscherz?», fragte sich Kovanen. «Niemand kann mich mit dem Überfall in Verbindung bringen. Nur meine Frau und Erkki wissen davon. Oder fängt der große Unbekannte jetzt an, unangenehm zu werden?»

Die Nachricht beunruhigte Kovanen so sehr, dass er noch am selben Abend zu seinem Ferienhaus fuhr. Die Außentoilette war nie abgeschlossen, wer hätte da außer ein paar Rollen Toilettenpapier etwas Wertvolles finden können?

Kovanen ging vorsichtig hinein. Woher zum Teufel sollte er wissen, ob der Herr der Barren eine Bombe gelegt hatte? Die Reservepapierrolle war an einem langen Nagel an der Wand befestigt, damit sie im Winter nicht von Mäusen zerfressen werden konnte, und dahinter hing eine weiße Plastiktüte. Darin befand sich ein brauner Umschlag, den Kovanen öffnete und sich auf den Toilettendeckel setzen musste, so sehr traf ihn der Inhalt.

In dem Umschlag befanden sich ein halbes Dutzend Fotos. Auf drei von ihnen spielte Kovanen die Hauptrolle: Er trug Kisten mit Ziegelsteinen aus dem Kirchenkeller, die verdammten Ziegelsteine! Kovanen in seinem Auto, das neben der Rückwand der Kirche stand, von hinten aufgenommen, so dass die Nummernschilder und sogar

Tytti, die aus dem Fenster schaute, deutlich zu erkennen waren.

Obwohl die Fotos nachts aufgenommen wurden, waren sie sehr klar. Und die letzten beiden Bilder zeigten genau, wie viel der geheimnisvolle «Herr der Barren» über die Rollen von Kovanen und Erkki wusste. Es handelte sich um Innenaufnahmen aus dem Kirchenraum, in dem Erkkis Kopf (sein Gesicht war in einem Fahndungsaufruf der Polizei in der Zeitung veröffentlicht worden) durch Fotomanipulation auf die Kanzelbank gesetzt worden war – hinter einen glänzenden Goldbarren. Auf dem zweiten Bild lag der Barren auf dem Rand des Altars, und diesmal lag Kovanens Kopf daneben.

Unter den Bildern befand sich sogar eine Unterschrift: HOOSIANNA für den Jungen – genau wie Erkki es in der dunklen Kirche von der Kanzel gesungen hatte. Wie konnte das jemand hören? Und auf dem Kopf von Kovanen stand: «*Böses wird bestraft. Morte ai truffatori!*» Kovanen kannte die genaue Übersetzung nicht, es war wahrscheinlich Italienisch, aber «morte» bedeutete «Tod». War die Mafia hinter ihm her? Kovanen fröstelte, als er auf der Klobrille saß. Auf dem Umschlag lag noch ein Zettel mit Text, zumindest auf Finnisch.

Wenn du meine Befehle befolgst, darfst du vielleicht leben. Zuerst gründest du eine Stiftung zur Renovierung der Dorfkirche von Arvola. Dann gebe ich dir zehn Goldbarren, die du verkaufen musst. Das Geld legst du auf das Stiftungskonto bei deiner Bank. Genauere Anweisungen folgen. Versuch nicht, mich zu betrügen. Ich beobachte dich genau. Morte ai truffatori. Herr der Goldbarren.

Kovanen wurde schwindelig. Der Wald, der das Ferienhaus umgab, schien voller Augen zu sein, die seine Handlungen oder sogar seine Gedanken beobachteten

23.

Zwei Wochen später kam Alma voller Enthusiasmus aus einer Sitzung des Dorfvereins. «Die Zeit der Wunder ist noch nicht vorbei!», verkündete sie Tuomas, als sie beim abendlichen Tee in der Küche saßen.

«Jetzt will sich jemand einen Platz im Himmel erkaufen, indem er sein Geld in die Renovierung der alten Kirche steckt. Der Vorsitzende des Dorfvereins hat angekündigt, dass dafür eine Stiftung gegründet werden soll. Ein Grundstück rund um die Kirche wurde bereits auf seinen Namen gekauft, das Gebäude selbst der Kirchengemeinde zu einem geringen Preis abgekauft. Die Herren der Kirchengemeinde hätten ein großes Dankeschön an Gott geschickt und sich selbst Cognac gekauft. Es hätte die Kirchgemeinde viel Geld gekostet, das alte Gebäude zu renovieren oder gar abzureißen, und jetzt konnten sie es so praktisch loswerden».

«Wirklich schön. Genauso, wie du und der Küster es euch damals gewünscht habt.» Alma warf dem Jungen einen prüfenden Blick zu, dann breitete sich ein Lächeln auf ihrem faltigen Gesicht aus.

«Du armer Tuomas, du zappelst wie ein Wurm am Haken. Es lohnt sich nicht. Sieh doch: Elfen und Geister sind richtige Plappermäuler. Jaska hat mir erzählt, was es mit diesem Wunder auf sich hat. Aber keine Angst, ich kann Geheimnisse für mich behalten.

«Weiß der Küster Bescheid?»

«Kasperi hat sich jahrzehntelang um die Kirche gekümmert und früher sogar darin gewohnt. Er hat schon festgestellt, dass es in der Kirche noch andere Geister als den Heiligen Geist gibt. Mit keinem von ihnen kann er Kontakt aufnehmen. Aber Kasperi kann man vertrauen.»

Soso: Alma war mit dem Küster so gut befreundet, dass er schon «Kasperi» genannt wurde. Vielleicht war es aber auch ganz gut, ein paar Erwachsene zu haben, die sich um das Gold und die Post der Stiftung kümmerten.

«Hör mal, Alma – sind wir ganz bei Trost, du und ich und der Vater, wenn wir mit Elfen und allen möglichen Wesen reden?»

«Beunruhigt dich das?»

«Natürlich. Es gibt noch viele andere ... seltsame Dinge.»

«Das Leben ist seltsam. Man kann nicht alles verstehen, man muss sich darauf einlassen. Lebe so gut und so richtig, wie du kannst.»

Das war die klarste Antwort, die Tuomas von der alten Haushälterin bekam, und Tuomas wollte ihr nicht noch mehr seltsame Dinge über seine Herkunft anvertrauen.

24.

Bankdirektor Pentti Kovanen fluchte, wenn er morgens aufwachte, und fluchte, wenn er abends zu Bett ging. Tagsüber konnte er das nicht, weil er bei der Arbeit ein fröhliches Gesicht machen musste. Inzwischen hatte er die angekündigten zehn Goldbarren erhalten – nicht besessen! – die er unauffällig und ohne viel Aufhebens an zwei zwielichtige Goldhändler verkauft hatte, die nicht nach der Herkunft des Goldes fragten. Der Erlös war zwar nicht so hoch, wie es der offizielle Goldpreis gewesen wäre, aber der geheimnisvolle Herr der Barren – der seine Aufträge bereits mit H.B. abgekürzt unterzeichnete – war mit dem Preisangebot einverstanden.

Natürlich musste ihm für die Buchhaltung eine Quittung vorgelegt werden, ebenso ein Kontoauszug, der die Überweisung der Summe auf das Renovierungskonto der Kirche bestätigte.

Beim ersten Mal wurden die Barren nach einem Hinweis ordentlich gestapelt und abgedeckt im Kirchenkeller entdeckt, wo sie sich schon einmal befanden. Weitere Aufträge und Forderungen für die Stiftung wurden in einem Briefkasten deponiert, der am Stamm einer alten Kiefer neben der Kirche befestigt war. Dort warf Kovanen auch seine eigenen Antworten, Vorschläge und Fragen ein. Jemand holte sie ab, aber wer und wann? Es war, als hätte er es mit Geistern zu tun, aber natürlich glaubte er nicht an solche Dinge. Nicht in diesem Leben und auch nicht im nächsten!

Er wollte die Identität des Erpressers herausfinden. Er versteckte an einem knorrigen Baum in der Nähe eine Wildkamera, die auf den Briefkasten gerichtet war. Als er die Aufnahmen überprüfen wollte, war die Kamera verschwunden und durch ein handgezeichnetes Smiley-Gesicht auf einem Ast ersetzt worden. Später fand er die Kamera am Tor des Ferienhauses. Die Aufnahmen zeigten einige Tiere in der Nähe des Hauses, darunter ein paar Elche, einen Fuchs und ein Wildschwein sowie ein Pärchen, das stundenlang auf den Stühlen der offenen Terrasse saß und seinen Schnaps trank.

Bald darauf erhielt Kovanen den Auftrag, einen Briefkasten für die Stiftung im Dienstleistungszentrum des Dorfes zu eröffnen. Zwei Schlüssel sollten in den alten Briefkasten an der Kiefer neben der Kirche geworfen werden. Kovanen verbrachte die halbe Nacht in seinem Auto auf dem Kirchenparkplatz und starrte auf den Briefkasten, um zu sehen, wer ihn leeren würde. Am frühen Morgen war er kurz am Steuer eingeschlafen. Als er aufwachte und zum Briefkasten eilte, waren die Schlüssel verschwunden. Wer beobachtete ihn so genau, dass er wusste, wann er unaufmerksam war? Es war sehr unheimlich. Kovanen fuhr nach Hause und kippte sich ein großes Glas Cognac hinunter, um sich zu beruhigen.

Tuomas, Alma oder der Küster steckten die Post für Kovanen in den neuen Briefkasten, und Kovanen warf im Gegenzug die Kontoauszüge und Rechnungskopien sowie alle Fragen, die er an den Herrn der Barren hatte, ein.

Jedes Mal, wenn das Renovierungskonto der Stiftung so niedrig war, dass die Rechnungen eine neue Geldspritze erforderten, landeten ein oder zwei Goldbarren in einer Plastiktüte im Briefkasten, zusammen mit einem Auftrag des Herrn der Barren, den Goldhandel zu betreiben. Der unbekannte Auftraggeber schien den Goldmarkt sehr genau zu beobachten und kannte die aktuellen Preise für Goldbarren. Wenn Kovanen versuchte, zu betrügen und einen Teil des Geldes für sich selbst einzustecken, erwartete ihn bei der nächsten Leerung des Briefkastens eine düstere Botschaft mit einem Totenkopf:

«*Morte ai truffatori! ...Tod den Betrügern...*».

25.

Das Ziel der Stiftung war die Renovierung der Kirche für öffentliche Zwecke wie Konzerte und Theateraufführungen. Für die Jugend sollten Klubräume eingerichtet und sogar der Glockenturm für Besucher zugänglich gemacht werden. So befahl der Herr der Barren.

Zum Vorsitzenden des Stiftungsrates wurde der Bankdirektor Pentti Kovanen gewählt. Die anderen Vorstandsmitglieder wurden von dem eigenwilligen Herrn der Barren wie folgt ernannt:

1. Als Sekretärin die ehemalige Lehrerin Maire Happola, die eine bemerkenswerte Chronik über die alte Kirche verfasst hatte.

2. Alma Pesonen, die Haushälterin des Gutes Arkko, die bereits im Vorstand des Dorfvereins tätig war.

3. Kasperi Rantala, der bald pensionierte Küster der Kirchengemeinde.

4. Päivi Jssakainen, ehemalige Jugendbetreuerin.

5. Osmo Romo, ein im Dorf lebender Architekt.

Aber niemand aus den Reihen der altehrwürdigen Vereine Rotary oder Lions von Arvola! Eine seltsame Kombination für Kovanen, der sich fragte, wer von den Genannten mit dem Herrn der Barren unter einer Decke stecken könnte. Sicherlich nicht die pummelige Magd des Gutshofes Arkko; von einer alten Jungfer würde man so etwas nicht erwarten. Auch der altersschwache Küster kam nicht in Frage. Die Lehrerin Happola schien zu moralisch für solch schmutzige Beziehungen, während der Architekt Romo wenigstens von der Renovierung profitierte...

Jssakainen war in vielerlei Hinsicht verdächtig. Im ehemaligen Jugendhaus war sie eine furchtlose Leiterin, die, wenn nötig, mit der Faust auf den Tisch schlug und die Unruhestifter anbrüllte: «WENN IHR NICHT PARIERT, BEFÖRDERE ICH JEDEN EINZELNEN AN DEN OHREN HINAUS!»

Die Jugendlichen hatten über Jssakainens Wutausbrüche gelacht, aber sie hatten mehr Respekt vor ihr als vor ihren eigenen Eltern. Jssakainen hatte sich schon um die Eltern vieler Jugendlicher gekümmert. Wenn eines ihrer Schäfchen besonders schwierig war, brauchte Jssakainen nur an dessen Vater oder Mutter zu denken, und schon hatte sie mehr Verständnis für die Probleme des betroffenen Jugendlichen. Auch nach ihrer vorzeitigen Pensionierung stand Jssakainen immer fest auf der Seite der Jugend von Arvola. Nach den Stiftungsstatuten sollte auch die alte Kirche Jugendarbeit leisten – Kovanen fragte sich, ob Issakainen hier ihr eigenes Süppchen kochte.

Die Mitglieder der Stiftung arbeiteten ehrenamtlich, es wurden nur Sitzungs- und Reisekosten erstattet, aber alle (außer Kovanen) waren mit Begeisterung bei der Sache, denn die Rettung des wertvollen Gebäudes für die Nutzung durch die Einwohner von Arvola war ihnen eine Herzensangelegenheit.

26.

Natürlich erregte ein Projekt dieser Größenordnung große Aufmerksamkeit. Als in der Lokalzeitung ein Artikel über die Stiftung erschien, in dem Pentti Kovanen als Stiftungsgründer genannt wurde – der Spender des Geldes wollte jedoch anonym bleiben (nach Angaben des Vereinsvorsitzenden hatte er nur die Information erhalten, dass es sich bei dem Spender um einen im Ausland lebenden ehemaligen Einwohner von Arvola handelte, der in der Konfirmandenschule aus der Kollektenkasse der Kirche gestohlen hatte und nun für seine Tat büßen wollte) – bekam Kovanens Frau Jana einen hysterischen Anfall.

«Bist du völlig verrückt geworden? Du wirfst unser Vermögen weg, um eine alte Ruine zu renovieren! Und auch Erik wartet in Schweden auf seinen Anteil».

Kovanen versuchte, die Zwangslage zu erklären, aber seine Frau wollte nichts hören. Am nächsten Tag packte Jana ihre Sachen, nahm das zweite Auto der Familie – das bessere – und fuhr mit Hund Tytti im Käfig zurück nach Kiruna, wo Erik sich in der Obhut von Jaanas Eltern befand. Die Eltern lebten in sehr bescheidenen Verhältnissen. Jaana Kovanen hatte ihnen eine stattliche Belohnung für die Pflege von Erik versprochen, aber sie hatten noch nichts erhalten. Sie waren nicht glücklich darüber, dass ihre verheiratete Tochter auch noch mittellos zurückkehren sollte. Auch Jana gefiel der Gedanke nicht. Kaum hatte sie ihren Sohn Erik in die Arme geschlossen und ihre Koffer im Hotel ausgepackt, schickte sie Pentti Kovanen einen Antrag auf regelmäßige Unterhaltszahlungen für Mutter, Sohn und die reinrassige Hündin Tytti. Unvorhergesehene Ausgaben sollten extra vergütet werden.

«Und versuch nicht, dich rauszureden, sonst erzählen wir alles der Polizei.»

Kovanen kannte seine Frau. Zweifellos würde sie ihre Drohung wahr machen. Auch wenn er keine Chance hatte, an die Goldbarren heranzukommen, war er immer noch ein gut bezahlter Bankdirektor, verfügte über Einkünfte aus erfolgreichen Investitionen, besaß ein Einfamilienhaus und ein Ferienhaus, dessen Verkauf sie verlangen konnte, wenn ihr die Mittel für den Lebensunterhalt fehlten.

Kovanen befand sich zwischen zwei Erpressern. Er konnte nur hoffen, dass der unbekannte Spender des Stiftungsvermögens ein älterer Mensch war, der zu gegebener Zeit über die Grenze gehen würde, ohne die Barren mit ins Grab zu nehmen, so dass Kovanen selbst der neue Besitzer der Barren werden könnte. Hätte Kovanen geahnt, dass sein unbekannter Auftraggeber nur ein Schuljunge war und dass der Schlüssel zur Schatztruhe in den Händen unsterblicher Geister lag, wäre er am Morgen im Bett geblieben. Hätte sich abgemeldet und der Welt ihren Lauf gelassen…

27.

Die Arbeit zur Rettung der alten Kirche war nun die Aufgabe der Erwachsenen. Tuomas konnte wieder ein normaler Schuljunge sein, der mit den anderen Jungs Skateboard fuhr oder Fußball spielte und mit Ressu im Wald spazieren ging.

Eines Nachts wurde Tuomas unsanft geweckt: Jemand riss ihm die Bettdecke weg und klatschte ihm ins Gesicht.

«Wach auf! Wach auf!»

War Alma so aufgeregt? Hatte Tuomas zu lange geschlafen und würde er zu spät zur Schule kommen? Obwohl Tuomas die Augen öffnete, blieb es dunkel, es war noch Nacht. Und die heisere Stimme gehörte nicht Alma, sondern Jaska, deren durchsichtige Gestalt Tuomas jetzt neben dem Bett stehen und auf und ab hüpfen sah.

«Steh auf! Der Laavu brennt!»

Laavu? Dort hatte Tuomas am Mittsommerabend mit seinen Freunden gegrillt. Im Herbst hatte die ganze Klasse eine Fahrradtour dorthin gemacht. «Laavu», der Holzunterstand, gehörte zwar zum Gut Arkko, aber jeder durfte ihn benutzen, ohne um Erlaubnis zu fragen. Der schmale Weg zum Laavu führte von der Hauptstraße am Gutshof vorbei.

Im Laavu prasselten neugierige Fragen der Klassenkameraden auf Tuomas ein.

«Wie ist es, in so einem alten Gutshaus zu wohnen? Gibt es dort Gespenster? Hast du keine Angst?»

Tuomas murmelte etwas Unverbindliches. Was würden seine Klassenkameraden wohl sagen, wenn er ihnen erzählte, dass es dort einen seltsamen Hund gab, dass er selbst nicht ganz von dieser Welt war und dass dort auch ein Gespenst sein Unwesen trieb, das einen Nasenring trug und gerne Mondtanz aufführte.

Und nun zerrte ihn dieser Geist mitten in der Nacht mit aller Gewalt aus dem Bett. Er war kein Laavu-Wächter! Für Brände war die Feuerwehr zuständig! Und woher wusste Jaska überhaupt, dass die Laavu brannte? Tuomas stand widerwillig auf und schlüpfte mit nackten Füßen in seine Pantoffeln. Der Oktoberregen prasselte gegen das Fenster, und im Zimmer war es nach dem warmen Bett eiskalt, weil der kleine elektrische Heizkörper neben dem Schreibtisch nicht genug wärmte.

«Beeil dich! Beeil dich! Mach schon!» Jaska zischte und schob Tuomas vor sich her in den Flur und von dort auf die kalte Terrasse, deren große Fenster auf den See hinausgingen. Tatsächlich loderte mitten im dunklen Wald ein Feuer. Der Laavu war oft nächtlicher Treffpunkt der Dorfjugend. Ohne Erwachsene ging es dort manchmal etwas wild zu.

«Ja, da brennt es. Na und?» Tuomas war noch halb im Schlaf.

«Der Rat findet die Not» sagte Jaska und drückte Tuomas das Handy in die Hand, das er auf dem Nachttisch liegen gelassen hatte.

«Du meinst: in der Not findet man den Rat… ach so… ein Notfall… die Notrufnummer?»

Tuomas wählte die Nummer der Feuerwehr. Sie war so tief in den Köpfen der Schüler verankert, dass jeder sie im Schlaf kannte. Als der diensthabende Beamte sich meldete, erzählte Tuomas vom Feuer in Laavu und wo es brannte. Der Beamte erkundigte sich nach Tuomas' Personalien und versprach, ein Löschfahrzeug zu schicken. Nach dem Telefonat wollte Tuomas wieder ins Bett gehen, aber Jaska hüpfte und sprang immer noch wie verrückt herum.

«Feuer ist ein guter Gastgeber, aber ein schlechter Diener! Jetzt verbrennt der Diener den Wirt! Im Laavu!»

Jaska sah und wusste alles, was im Haus geschah. Jaska hatte nie gelogen. Waren Menschen durch das Feuer in Gefahr? Würde die Feuerwehr rechtzeitig kommen, um sie zu retten? Tuomas wusste nicht, was in seinem Kopf vorging, jedenfalls setzte sein rationales Denken aus und er verhielt sich wie ein Roboter. Er warf seine Pantoffeln auf den Boden der Terrasse, schlüpfte in die Gummistiefel, die neben der Tür auf ihn warteten, und lief, nur mit seinem Schlafanzug bekleidet, in die dunkle Nacht und den starken Regen hinaus. Vom Gutshaus führte ein schmaler Pfad direkt in den Wald. Tuomas lief schnell über Steine und knorrige Baumwurzeln, ohne zu stolpern. Seine Augen sahen auch in der Dunkelheit.

Als die Hütte in Sicht kam, schlugen die Flammen bereits hoch durch die Dachsparren und das Feuer erhellte die ganze Umgebung der Hütte. Offenbar hatten die Hüttenbesucher neben der Hütte Brennholz gestapelt, um bei Regenwetter nicht vom Brennholzlager am anderen Ende des Platzes Nachschub holen zu müssen. Die Funken des Lagerfeuers hatten das trockene Lagerholz entzündet und auch die Wände der Laavus in Brand gesetzt. Hinter dem Flammenmeer stand noch unversehrt der Laavutisch aus dicken Holzbalken.

«Janne ist drinnen! Janne brennt!» Ein Mädchen stürzte mit schreckgeweiteten Augen vom Waldrand.

«Alle rannten weg, aber Janne lief hinein, um das Bier zu retten, aber ein brennender Balken fiel auf ihn und jetzt liegt er unter dem Tisch», weinte das Mädchen.

«Janne ist mein Freund und wenn er stirbt, kann ich nicht ohne ihn leben», schluchzte das Mädchen leiser.

Tuomas zog die Gummistiefel aus. «Gummi schmilzt in der Hitze», war der letzte klare Gedanke, der ihm kam. Das Feuer und die glühende Hitze wirkten nicht beängstigend, sondern einladend ... heimelig ... Es war, als wäre irgendwo in der Vergangenheit die Erinnerung an ein viel größeres Feuer aufgetaucht ... Tuomas spürte, wie er zu einer Substanz wurde, oder vielmehr zu einer Substanzlosigkeit, der Feuer und Rauch nichts anhaben konnten. Mit Leichtigkeit schwebte er über den brennenden Balken in den Laavu.

Die meterlange, massive Holzbank vor dem Tisch war aus einem halbierten Baumstamm gefertigt, aber Tuomas warf sie wie ein Spielzeug weg. Unter dem Tisch sah er nun jemanden auf dem Bauch liegen, die Kapuze über den Kopf gezogen, regungslos – vielleicht schon tot? Tuomas zog den Liegenden unter dem Tisch hervor, hob ihn auf seine Arme, die eigentlich viel zu dünn und schwach waren, um eine so schwere Last zu tragen, jetzt aber eine ungeheure Kraft besaßen. Wieder glitt er über die lodernden Flammen des Laavu und trug den Geretteten mitten auf den Vorplatz des Laavu. Dort verwandelte er sich wieder in sein altes Selbst. Das Mädchen stürzte sich auf die reglos am Boden liegende Gestalt.

«Janne - Janne - lebst du noch?»

«Versuch, ihn zu beatmen», sagte Tuomas.

Er spürte wieder die Kälte der nassen Erde unter seinen nackten Füßen und die rauchige Nachtluft, die in seine Lungen drang. Erst jetzt begann er zu husten. Aus den Augenwinkeln sah er dunkle Gestalten vom Waldrand auftauchen und sich vorsichtig nähern. Die entflohenen Freunde des Jungen! Von der Hauptstraße her war das Heulen einer Feuerwehrsirene zu hören, und bald sah man durch den entlaubten Wald das Blinken eines Blaulichts.

«Die Feuerwehr hat Sauerstoffgeräte», sagte Tuomas. Das Mädchen sah Tuomas nicht an, sondern drückte ihrem Freund rhythmisch auf die Brust und blies ihm zwischendurch Luft in den Mund. Das Mädchen kannte sich offensichtlich mit Wiederbelebungsmaßnahmen aus. Da bald weitere Hilfe eintreffen würde, wurde er nicht mehr gebraucht.

Tuomas wollte so schnell wie möglich zurück in sein warmes Bett. Er verließ den Laavuplatz und ging den Waldweg entlang zurück zum Gutshaus, um den Rettungskräften nicht zu begegnen.

Im Zimmer angekommen, tauschte Tuomas sein nasses Pyjama gegen ein trockenes, schlüpfte unter die Decke und zog sie über sein Gesicht. Alles, was geschehen war, schien so unglaublich. Wie konnte er durch das Feuer laufen, ohne zu verbrennen? Wie konnte er eine viel schwerere Person in Sicherheit tragen?

«Ich werde morgen darüber nachdenken», beschloss Tuomas. Seine eiskalten Füsse begannen sich unter der Decke zu erwärmen, auf die Ressu sein zusätzliches Gewicht gelegt hatte. Tuomas schlief ein.

28.

Die Feuerwehrleute hatten dem bewusstlosen Janne eine Sauerstoffmaske aufgesetzt und ihn in Thermofolie eingewickelt. Sobald klar war, dass eine Person bei dem Brand verletzt worden war, wurde ein Krankenwagen zur Brandstelle gerufen. Glücklicherweise war der Rettungswagen ebenfalls im Depot der Feuerwache stationiert und konnte dem Löschfahrzeug innerhalb weniger Minuten zur Hütte folgen. Janne wurde vorsichtig auf die Trage gehoben und in den Wagen gelegt. Seine weinende Freundin durfte mitkommen, um über die Ereignisse und über den Jungen zu berichten.

Als der Krankenwagen die Hauptstraße erreichte, war ein Polizeiauto auf dem Weg zum Ort des Geschehens. Man ging davon aus, dass das Feuer vorsätzlich oder zumindest fahrlässig gelegt worden war, und die Verantwortlichen mussten ermittelt werden.

Eine Gruppe von Jungen – fünf an der Zahl, die das Schulalter bereits überschritten hatten und untätig im Dorf herumlungerten – hatte sich von Janne und seiner Freundin in den Schatten des Waldes zurückgezogen, als die Feuerwehr eintraf. Als sich das Blaulicht des Polizeiwagens näherte, machten sich die Jungen auf den Weg über den alten Waldweg zurück ins Dorf. Als sie sich außer Reichweite der Polizei wähnten, setzten sie sich unter eine große Tanne, um sich vor dem Regen zu schützen. Es herrschte lange Stille, während die Jungen über das Geschehene nachdachten.

«Musste Janne den Helden spielen und das Bier retten?», murmelte Emppu.

«Es wäre schön gewesen, dem Feuer zuzusehen und dabei Bier zu trinken», lachte Pietu und bekam einen schmerzhaften Tritt ins Bein.

«Dummkopf! Janne könnte tot sein, und du denkst nur ans Bier!» Masa explodierte.

Wieder schwiegen sie lange, bis Masa, der Älteste in der Runde, sich traute, die Frage zu stellen, die alle am meisten beschäftigte.

«Habt ihr gesehen, was ich gesehen habe?»

«Ich glaube, das haben wir alle.»

«Natürlich kann niemand durch das Feuer gehen. Kein normaler Mensch, überhaupt kein Mensch.»

«Hat jemand den Kerl gekannt?»

«Jedenfalls war er rothaarig. Und seine Haare standen nicht einmal in Flammen, als er aus dem Laavu zurückkam. Das kann nicht normal sein.»

Sie schwiegen wieder und verarbeiteten das Gesehene.

«Und wenn wir Muisku fragen? Sie hat es aus der Nähe gesehen.»

«Muisku wird nicht mehr mit uns reden. Jedenfalls nicht, wenn Janne stirbt.»

«Aber keiner von uns hätte Janne retten können, als er in das Feuer geriet. Es war seine eigene Schuld. Er hätte nicht gehen müssen.»

«Ja. Aber der rothaarige Kerl ist trotzdem durch das Feuer gegangen, um Janne zu retten. Ihm ist nichts passiert. Komische Sache.»

«Mein kleiner Bruder hat einen Rothaarigen in seiner Klasse. Ich werde Väinö fragen, ob er irgendwie ... anders ist.»

Am Morgen hat Tuomas den Wecker nicht gehört. Alma kam, um ihn zu wecken. Sie schnüffelte schon an der Zimmertür, weil die Luft nach Rauch roch. Als sie das

Licht der Deckenlampe einschaltete und an sein Bett trat, schrie sie vor Schreck so laut, dass Tuomas aufwachte.

«Was hast du getan? Du bist voller Ruß … und das Kissen ist schwarz … und die Laken! Warst du im Kamin?»

«Na ja, gestern Abend hat es im Laavu gebrannt, und ich …»

«Und natürlich musstest du nachsehen. Ihr Jungs!» Alma donnerte.

«Jetzt musst du duschen und dann schnell zum Frühstück und in die Schule. Ich fahre dich, sonst kommst du noch zu spät.»

Tuomas' Gummistiefel waren nirgends zu finden, als er zur Schule gehen musste. Der Junge erinnerte sich, dass er die Stiefel irgendwo in der Nähe des Laavus stehen gelassen hatte. Hoffentlich konnte er sie nach der Schule finden, sonst würde Alma böse werden.

Es bedurfte keiner großen detektivischen Fähigkeiten, um den Besitzer der am Brandort zurückgelassenen Stiefel ausfindig zu machen. Der linke Stiefel trug die Aufschrift «TUOMAS», die Stiefel hatten die Größe eines Dritt- oder Viertklässlers, und das Mädchen, das neben ihrem Freund im Krankenhaus schlief, hatte der Polizei von einem rothaarigen Jungen erzählt, der barfuß über die brennenden Balken gelaufen war.

Während des Englischunterrichts am Nachmittag klopfte es an der Tür und der Schulleiter trat ein. Sein Blick fiel auf Tuomas, der in der ersten Reihe saß.

«Tuomas, kommst du mal kurz raus? Ich muss mit dir reden.»

Tuomas stand auf und ging zur Tür. Die Klasse starrte ihn an.

Vom Flur aus konnte man den Parkplatz sehen, auf dem ein Polizeiauto stand. Tuomas lief ein kalter Schauer über den Rücken. Würden sie ihn für den Brand verantwortlich machen? Schließlich wohnte er fast nebenan.

Im Büro des Schulleiters saßen zwei Polizisten. Einer von ihnen, ein großer, kräftiger Mann namens Torniainen, genannt Torni (Turm), wohnte im Dorf und hatte den Ruf, sehr aufrichtig zu sein.

«Das ist Tuomas. Ihr habt Fragen an ihn. Darf ich zuhören, da Tuomas minderjährig ist?»

«Natürlich. Zuerst einmal – (Torniainen holte Tuomas'
Stiefel aus einer Plastiktüte) – ich glaube, die gehören dir.» Tuomas schaute auf die Stiefel und nickte.

«Kannst du mir sagen, wie sie alleine zur Brandstelle gelaufen sind?»

«Ich hatte sie an.»

«Und dann sind sie dortgeblieben? Hattest du es so eilig zu gehen?»

«Ich habe nur nicht daran gedacht, sie mitzunehmen.»

«Warst du mit den anderen Jungen dort, als die Hütte brannte?»

«Ich war zu Hause in Arkko, sah das Feuer und rannte dorthin.»

«Hast du dort jemanden gesehen?»

«Da war dieses ... Mädchen. Dieser Janne – geht es ihm gut? Oder ...?»

Tuomas wagte nicht weiterzusprechen.

«Janne hat Verbrennungen und eine Rauchvergiftung, aber er wird es überleben.»

Tuomas atmete erleichtert auf. Wenigstens würde er nicht wegen fahrlässiger Tötung angeklagt werden.

«Kanntest du die Jungen? Das Mädchen hat mir erzählt, dass es noch andere gab, aber die sind weggelaufen.»

«Sie waren alle viel älter. Ich habe sie nicht richtig gesehen. Ich wohne erst seit kurzem hier. Ich kenne eigentlich niemanden.»

«Komm näher», sagte Torniainen. Er sah sich Tuomas' Hände genau an, betastete seine Arme, fühlte und roch an seinen Haaren.

«Du bist nicht gerade ein Muskelprotz. Aber das Mädchen hat mir erzählt, dass du Janne von der Laavu in Sicherheit gebracht hast. Kaum zu glauben, denn Janne ist schon 17 und ein ziemlich schwerer und großer Kerl.»

«Sie hat nur ein bisschen gelabert. Alle hatten wohl getrunken. Sie war ziemlich durcheinander.»

«Vielleicht. Und du hast keine Verbrennungen, deine Haare sind nicht einmal angesengt. Das Mädchen muss sich ein Märchen ausgedacht haben.»

«Das stimmt. Ich bin übrigens derjenige, der die Feuerwehr gerufen hat.»

«Gut gemacht. Wir verdächtigen dich nicht. Du kannst wieder in die Klasse gehen. Nimm deine Stiefel mit, damit du sie nicht vergisst.»

Als Tuomas in sein Klassenzimmer zurückkehrte, lag ein Kribbeln von unausgesprochenen Fragen in der Luft. Man hatte ein Polizeiauto auf dem Schulhof gesehen, als Tuomas aus dem Klassenzimmer geholt wurde. Welches Verbrechen hatte Tuomas begangen? Der neue Schüler war in jeder Hinsicht rätselhaft. Hatte er etwas mit Italien zu tun, wo kriminelle Organisationen Polizisten und Politiker kontrollierten, wo Raubüberfälle und Morde ohne Konsequenzen begangen wurden? Und war er nicht sowieso merkwürdig? Aber Tuomas breitete nur die Hände vor der Klasse aus und zuckte mit den Schultern: falscher Alarm.

Und damit mussten sich alle zufrieden geben. Nur Väinö, dessen älterer Bruder Masa in der Nacht zuvor beim

Brand des Laavu gewesen war, ahnte, wonach die Polizei suchte. Väinö war geweckt worden, als Masa nach Hause kam, da sich die beiden Brüder ein Zimmer teilten. Masa hatte bis in die frühen Morgenstunden verrückte Dinge über Magie, Hexerei und Übermenschen erzählt ...

Aber Vorsicht, wenn Väinö den Mund aufmacht und jemandem davon erzählt: Die Folge wäre eine beispiellose Bestrafung durch die Faust des großen Bruders. Und Masa käme ins Gefängnis und seine Freunde auch. Also halt die Klappe, Väinö!

Nach der Schule wollte Tuomas zu Hause über den vergangenen Abend nachdenken. Aber Alma hing an ihm wie eine Klette. Sie wartete in der Küche mit einer heißen Schokolade: «Wie war es in der Schule? Hast du viele Hausaufgaben? Hast du dich nicht erkältet, als du gestern Abend ins Laavu musstest? Nimm noch ein paar Brötchen. Ich habe sie extra für dich gebacken!»

Tuomas murmelte, dass er wirklich eine Menge Hausaufgaben habe und verkroch sich in sein Zimmer. Wenigstens ließ Alma ihn in Ruhe seine Hausaufgaben machen.

Im Zimmer war es kühl. Der Heizkörper gab nicht genug Wärme ab. Alma hatte ein paar alte Flickenteppiche vom Dachboden geholt, aber durch die Ritzen in den Dielen zog es. Tuomas warf seinen Rucksack auf den Boden. Er zitterte vor Kälte und Angst. Er kroch ins Bett und zog sich die Decke über den Kopf. Jetzt musste er sich wieder auf das Denken konzentrieren.

Wie war das alles passiert: Er war barfuß im Schlafanzug mitten ins Feuer gerannt. Mit seinen eigenen Händen hatte er einen schweren, bewusstlosen Mann aus dem Laavu getragen. Er hatte keine Verbrennungen erlitten, die Flammen hatten nicht einmal seine Haare erreicht. So war es offenbar auch bei dem Autounfall gewesen, bei dem seine Mutter und sein Onkel ums Leben gekommen waren, den er aber ohne Verbrennungen überlebt hatte. Er war wirklich eine Missgeburt, ein Monster, ähnlich wie Jaska.

Die Polizei verlor nicht viel Zeit mit der Untersuchung des Brandes. Es stellte sich heraus, dass das Feuer zufällig vom Lagerfeuer auf die Holzwände übergegriffen hatte, so dass es sich nicht um Brandstiftung handelte, was strafrechtliche Konsequenzen gehabt hätte. Es wurde lediglich die Identität der beiden Personen im Laavu festgestellt, von denen der Junge in letzter Minute gerettet wurde und Verbrennungen erlitt, während die andere einen psychischen Schock erlitt. Dies wurde durch die hartnäckige Behauptung des Mädchens bestätigt, dass ein rothaariger Junge der Retter gewesen sei. Die Jungen, die für den Brand der Laavus verantwortlich waren, beruhigten sich.

Als Tuomas einige Wochen später mit seinem Fahrrad von der Schule den Hügel hinauf nach Hause fuhr, traf er hinter einer Kurve auf eine Gruppe von fünf Mopedfahrern. Die Jungen bildeten mit ihren Mopeds eine Straßensperre, vor der Tuomas anhalten musste. Der Größte von ihnen, offensichtlich der Anführer, fuhr neben Tuomas her und nahm ihm die Mütze ab.

«Bist du der Tuomas?»

«Ja. Hast du was dagegen?» Tuomas versuchte tapfer zu sein.

«Wir wissen nicht, wie du es geschafft hast, aber wir wollen uns bei dir für Janne bedanken.»

Der Mopedjunge setzte Tuomas umständlich die Mütze wieder auf den Kopf, brachte ihn in eine bessere Position und wandte sich an seinen Begleiter:

«Das werden wir uns merken!»

Wie auf einen Schlag raste die ganze Gruppe davon und verschwand in Richtung Dorf.

29.

Die Restaurierung der Kirche ging zügig voran. Der von der Stiftung beauftragte Architekt Romo leitete das Projekt und kümmerte sich um die Baugenehmigungen. Während des Winters hatten die örtlichen Bauarbeiter in Arvola nicht viel zu tun, so dass genügend Arbeitskräfte zur Verfügung standen.

Die Elektro- und Wasseranschlüsse, die Isolierung sowie die Lüftungs- und Heizungsanlage der Kirche mussten erneuert werden. Die raumhohen Rundöfen konnten nicht mehr verwendet werden, da die Kamine bereits abgebaut waren. Als der Architekt die Öfen abreißen wollte, leisteten die Kirchengeister heftigen Widerstand und erklärten Tuomas, dass sie keinen einzigen Goldbarren hergeben würden, wenn die Öfen zerstört würden. Tuomas erkannte an der Nervosität der Geister, dass sie die Goldbarren in den Rundöfen versteckt hatten und die Transportkisten im Keller mit den alten Ziegelsteinen gefüllt hatten. Niemand war je auf die Idee gekommen, in den Öfen nach den Barren zu suchen, selbst die Luken waren vor Jahren fest verschraubt worden. Die Geister setzten ihren Willen durch, aber um ihnen zu zeigen, dass er das Versteck der Barren entdeckt hatte, ließ Tuomas die Öfen mit goldener Farbe anstreichen. Das Ergebnis war überwältigend!

Alma war in ihrem Element, als es darum ging, im Erdgeschoss eine Cafeteria einzurichten, schließlich hatte sie die meiste Zeit ihres Lebens in der Küche verbracht.

Jedes Material, jedes Küchengerät, Geschirr und Besteck mussten ihren Segen haben.

Bei der Gestaltung der Jugendräume im Dachgeschoss biss der Architekt mit seinem künstlichen Gebiss noch mehr auf Granit, denn die ehemalige Jugendleiterin Jssakainen hatte genaue Vorstellungen von den Bedürfnissen und Wünschen der Jugendlichen. Es sollte Platz für Billardtische und andere Spiele geben, einen Raum zum Fernsehen und Musik hören, zum gemeinsamen Basteln oder für ein ruhiges Gespräch mit dem Jugendleiter.

Dann war der Kirchensaal an der Reihe. Das Altarbild musste abgenommen und eingelagert werden, denn die Kirche war keine Kirche mehr. Frau Issakainen, die politisch eher links stand, wollte das Bild als Tombolapreis für die Einweihungsfeier spenden, was der Küster kategorisch ablehnte. Frau Happola, die Sekretärin der Stiftung, schlug vor, das Bild der Missionsgesellschaft zu schenken, die es nach Afrika bringen sollte, um die Bekehrung der Heiden zu fördern. Dieser Vorschlag wurde einstimmig angenommen.

Der Altarraum sollte in eine Bühne umgewandelt werden. Auch die engen Kirchenbänke, die mit dem Boden verschraubt waren und deren gelber Lack abblätterte, sollten restauriert werden. Außerdem wurden die Bänke mit Rädern versehen. So konnten auch lange Bankreihen im Kirchenraum verschoben werden, um verschiedenen Gruppen Platz zu bieten. Die Bänke konnten auch an die Wände geschoben werden, um Platz zum Tanzen zu schaffen. Zusätzlich wurden die Sitze mit bequemen Kissen überzogen, so dass auch langweilige Programme leichter verdaulich wurden. Die Kanzel für zukünftige Redner wurde so belassen, wie sie war.

Die Touristen sollten mit einem Aufzug in den Kirchturm befördert werden. Da der Kirchturm zu schmal für einen Aufzug war, mussten die Besucher die letzten Meter über die schmale Treppe gehen. Umso mehr würden sie sich über die grandiose Aussicht über unendlichen Wäldern und Seerücken freuen.

In die ehemaligen Küsterwohnung sollte ein «Kulturstipendiat des Jahres» mit einem ansehnlichen Stipendium und freier Unterkunft gelockt werden, um Arvola mit seinen Werken zu verewigen. Der Künstler konnte Maler, Schriftsteller, Dichter, Forscher oder Fotograf sein; auch die Performance-Kunst wurde in die Liste aufgenommen, nachdem festgestellt worden war, dass es sich nicht um eine unmoralische Kunstform handelte.

Die zweite Wohnung, in der sich die Goldräuber versteckt hatten, sollte für einen Hausmeister umgebaut werden. Er wäre auch für den Ticketverkauf an die Turmbesucher zuständig.

Kasperi Rantanen, der demnächst sein Amt als Küster und damit auch seine Amtswohnung aufgeben würde, erklärte sich bereit, die Stelle und die Wohnung des Hausmeisters zu übernehmen, was als gute Idee angesehen wurde. Die endgültige Ernennung würde erst erfolgen, wenn der Geldgeber der Stiftung sein Einverständnis gegeben hat.

30.

In der Öffentlichkeit wurde weiter darüber spekuliert, wer das Kirchenprojekt finanziert hatte. Doch selbst der gewiefteste Journalist und von den Redaktionen beauftragte Privatdetektive konnten ihn nicht ausfindig machen. Der Präsident der Stiftung behauptete, auch er kenne nicht den richtigen Namen des Wohltäters, sondern nur seine Initialen H.B., was Neugierige dazu veranlasste, über alle ehemaligen Bewohner von Arvola zu rätseln. Unter ihnen war auch der ehemalige Ministerpräsident Harri Bolger – H.B. – der das Dorf jedoch nie besucht hatte.

Es schien jedoch genug Geld vorhanden zu sein, um die Renovierungsrechnungen zu bezahlen. Die Buchführung unterlag der strengen Kontrolle eines zuverlässigen Treuhandbüros. Die zweite, geheime Buchführung, die nur Tuomas, Alma und dem Küster bekannt war, betraf die Übergabe von Goldbarren an Pentti Kovanen und deren Umwandlung in Geldbeträge auf dem Stiftungskonto.

Kovanen hatte sich mit seinem Schicksal abgefunden und versuchte gar nicht mehr herauszufinden, wer ihn quälte.

Von den entflohenen Gefangenen waren zwei Esten an den Folgen der Vergiftung gestorben, der dritte hatte überlebt, konnte sich aber an nichts mehr erinnern. Kovanen drohte mit einer Mordanklage, falls seine Beteiligung aufgedeckt würde.

Herr H.B. von den Goldbarren hatte Kovanen fest im Griff.

Ein neuer Treffpunkt für alle stieß auf großes Interesse und viele Dorfbewohner kamen fast täglich, um den Baufortschritt zu verfolgen. Alle hatten Erinnerungen an die alte Kirche und viele hatten neue Ideen für die Nutzung der zukünftigen Räumlichkeiten.

Eine Mutter-Kind-Turngruppe wollte Termine für ihren Verein reservieren. In den Jugendräumen sollte ein Billard- und Malclub eingerichtet werden. Im alten Kirchensaal waren Tanzkurse, Gymnastik, Hochzeiten und andere Familienfeiern sowie Konzerte geplant.

Die Marttas – ein traditioneller Frauenverein – wollten den Restaurantbereich übernehmen. Der Theaterverein des Dorfes, der sich vor langer Zeit aufgelöst hatte, war wie Jesus aus dem Grab auferstanden und probte bereits für das Eröffnungsfest. Neues Leben erwachte in dem erstarrten Dorf Arvola.

Das Interesse an der alten Kirche wurde auch durch Gerüchte genährt, dass es in dem Gebäude spuke. Die ersten Gerüchte wurden von einem Bauarbeiter namens Paavo Luimula verbreitet, der nicht verriet, dass er selbst von den Geistern heimgesucht worden war.

Luimula hatte seine Gründe für sein Schweigen. Immer wieder hatte er versucht, Baumaterial von der Baustelle zu stehlen, zum Beispiel teure Kupferrohre oder Spezialwerkzeuge, die er gerne auf seinen eigenen, nicht genehmigten Baustellen eingesetzt hätte. Es kam jedoch immer wieder vor, dass die tagsüber gestohlenen Gegenstände auf seltsame Weise aus seinem Auto wieder an ihren ursprünglichen Platz in der Kirche zurückgebracht wurden.

Als Luimula abends zu Hause den Kofferraum öffnete, war er leer. Lange Zeit vermutete Luimula, dass ein Kollege von seinen Plünderungen wusste, aber er bemerkte nie, dass sich jemand um sein Auto herumbewegte oder Gegenstände in das Gebäude zurückbrachte. War dies das Werk von Geistern?

In der alten Holzkirche, die vor allem, während der Renovierungsarbeiten mit leicht entzündlichem Material gefüllt war, herrschte striktes Rauchverbot. Aber Luimula, der oft keine Lust hatte zu arbeiten, zog sich in eine Ecke der Kirche zurück, um zu rauchen. Natürlich warf er die Kippe achtlos irgendwo in den Mülleimer, wo sie leicht ein Feuer hätte entfachen können. Als Luimula nach Hause fuhr, fand er auf dem Vordersitz seines Autos eine glimmende Zigarettenkippe. Auf dem Sitz hatte sich bereits ein großes Brandloch gebildet. Nach einigem Nachdenken – Luimula war nicht gerade das schärfste Messer in der Schublade – erkannte der Mann den Zusammenhang, zumal es sich um seine persönliche Lieblingsmarke handelte. Jemand mochte es offensichtlich nicht, wenn in der Kirche geraucht wurde.

Waren hier wirklich Geister am Werk?

Das Gerücht, dass es in der Kirche spuke, erreichte den Vorstand der Stiftung.

«Ausgezeichnet», gluckste der Küster.

«In England sind die Touristen ganz verrückt nach Spukschlössern! Nicht jedes Dorf hat eine solche Touristenattraktion! Verbringen Sie eine unvergessliche Nacht in einer Geisterkirche …»

Als Tuomas die Gerüchte über die Baustelle hörte, machte er sich auf den Weg zu den Kirchenwesen.

«Was in aller Welt macht ihr da? Ihr erschreckt die Leute.»

Die Wesen kicherten.

«Keine guten Leute. Nur böse. Krumme. Unehrliche. Bringen ihnen bei, anständig zu sein. Und die Arbeit richtig zu machen. Bei uns muss alles richtig gemacht werden. Wir sehen alles. Wir hören alles. Wir verstehen alles.»

Und so kam es vor, dass sie nachts einen am Vortag gebauten Abschnitt abrissen und der Polier erst jetzt einen falschen Anschluss oder einen anderen Fehler bemerkte. Als die Bauleute merkten, dass ihre Arbeit unter ständiger Beobachtung stand – wer oder was auch immer dahintersteckte (auch die Mächte, die hinter der ganzen Stiftungsgründung steckten, lagen völlig im Dunkeln; sogar eine versteckte Kamera wurde vermutet) –, versuchten sie sich alle wie Sonntagsschüler zu benehmen, was den Kirchenwesen natürlich gefiel und der alten Kirche sowieso passte.

31.

Um die neu gestaltete Kirche für die Dorfbewohner attraktiv zu machen, musste gemeinsam ein passender Name gefunden werden. Es wurde ein Namenswettbewerb veranstaltet, bei dem Vorschläge von ehemaligen Einwohnern von Arvola aus ganz Finnland eingingen. Es gab lustige Namen (Olola, Kupla, Kupol = Kuppel, Haamula = Gespensterhaus), sinnvolle Namen (Kulttuurikirkko = Kulturkirche, Kohtauskeskus = Begegnungszentrum, Monitoimitalo, Seurojen talo = Vereinshaus, Kylätalo = Dorfhaus).

Schließlich wurde der von Tuomas' Klasse vorgeschlagene Name gewählt:

ARKKI = Arche.

Eine raffinierte Abkürzung für Arvolan Kylä-Kirkosta (Arvolans Dorfkirche), ein würdiger Name für das alte Gebäude und auch passend, da Noahs Arche alle möglichen Leute beherbergt hatte.

32.

Bankdirektor Kovanen, der gegen seinen Willen Vorsitzender der Stiftung wurde, geriet in eine schwierige Lage, als große Reparaturrechnungen fällig wurden. Nicht aus Geldmangel – es gab genug Goldbarren, um eine neue Kirche zu bauen –, sondern weil er das Gefühl hatte, seinen eigenen Besitz opfern zu müssen. Denn an ihn wären die Goldbarren gegangen, bevor alles schief ging.

Tief in seinem Herzen hoffte er immer noch, das Gold eines Tages in die Hände zu bekommen. Und bis dahin war es ratsam, die Reparaturen so sparsam wie möglich durchzuführen. Als die anderen Stiftungsmitglieder und sogar die Handwerker es leid waren, mit Kovanen darüber zu streiten, ob verzinkte oder rostende Nägel gekauft werden sollten, ob der Dachboden einfach oder doppelt isoliert werden sollte, nutzte Kovanen seine Erfahrung als Banker. Er begann, geschickt begründete Förderanträge an alle möglichen Kulturförderer zu richten und machte sich einen Namen als ewiger Nörgler, den man nur loswerden konnte, wenn man ihm die gewünschten Subventionen gewährte. Auf diese Weise würde das Geld des Herrn der Barren länger reichen – und später sogar zu Kovanen zurückfließen, so dachte er zumindest.

Kovanen konnte nicht glauben, dass die Goldbarren aus der Kirche gebracht worden waren. Sie mussten in irgendeinem Versteck sein! Als die Bauarbeiter abends nach Hause gingen, schlenderte Kovanen durch die Kirche, angeblich um die Arbeiten zu begutachten, in Wirklichkeit aber, um das Versteck der Barren zu finden. Zentimeter für Zentimeter, Stein für Stein untersuchte er den Kellerboden. Vergeblich. Dann kam ihm der Gedanke, dass die

Barren außerhalb der Kirche vergraben sein könnten. Da Gold aus Metall besteht, kaufte Kovanen den besten Metalldetektor, den er finden konnte, und begann, nachts im Schein der Stirnlampe die Umgebung der Kirche abzusuchen. Jedes Mal, wenn das Gerät piepte, machte Kovanens Herz einen Freudensprung, aber immer vergebens. Der Kirchenhügel schien mit jahrhundertealtem Schrott bedeckt zu sein, von verbogenen Nägeln bis zu leeren Bierdosen.

Dann kam Kovanen der alte Brunnen in den Sinn, in dem er die Leichen der Bankräuber verstecken wollte.

Vielleicht hatten die Männer ihm nicht getraut und die Kisten gemeinsam in den Brunnen geworfen, um den Schatz später zu bergen?

Kovanen ließ den Metalldetektor an einer Schnur in den Brunnen hinab, wo er schon beim Hinabsteigen zu piepen begann. Das Licht der Stirnlampe brachte eine weitere bittere Enttäuschung: Auf dem Grund des Brunnens lag nur ein verrosteter Blecheimer, der einst mit seiner langen Metallkette heruntergefallen war.

33.

Der erste Schnee brachte auch die Kinder in Arvola zum Toben. Sie drückten Schneebälle zusammen und machten eine Schneeballschlacht, die gefährlich werden konnte, wenn Sand und Kieselsteine dazwischenkamen. Als mehr Schnee fiel, begannen sie Schneemänner zu bauen.

Dann begann das Schlittenfahren, das Bauen von Schneeburgen und das Graben von Tunneln in riesige Schneeberge, die von Schneepflügen an Sammelplätzen aufgeschüttet wurden. Wenn nichts Neues und Aufregendes mehr erfunden werden konnte, warfen die wildesten Jungs spät abends Schneebälle gegen die Fenster und versteckten sich lachend, wenn die wütenden Bewohner hinter den Scheiben auftauchten. Es machte auch Spaß, an die Tür zu klopfen oder zu klingeln und sich dann im tiefen Schnee zu verstecken.

Der Rentner Lasse Laakso, der in seinem Reihenhaus am Rande des Dorfes wohnte, konnte sich nie wehren. Als Kind wurde er geschlagen, in der Schule gemobbt und als Erwachsener gehänselt, weil er sich etwas seltsam benahm. Aber Lasse war ein kluger Mann, ein Computerfreak, der den ganzen Tag vor seinem Computer saß.

Seine einzige Verbindung zur Außenwelt war der Einkauf im Dorfladen. Als die Schulkinder des Dorfes Lasse sahen, der seinen kurzen Körper in zu enge und rundum seltsame Winterkleidung gezwängt hatte und die verschneite Straße hinunter zum Dorfzentrum stapfte, schmiedeten ihre klugen Köpfe sofort einen neuen Plan.

Bei Einbruch der Dunkelheit versammelten sich die Jungs im Hof von Lasses Reihenhaus und begannen, das erleuchtete Wohnzimmerfenster mit Schneebällen zu bewerfen. Lasse, der vor seinem Computer saß, wurde von dem plötzlichen Lärm aufgeschreckt und eilte zum Fenster. Obwohl er das Licht im Wohnzimmer ausgeschaltet hatte, war draußen in der Dunkelheit niemand zu sehen. Lasse knipste das Licht wieder an, aber kaum hatte er sich an seinen Schreibtisch gesetzt, da prasselten schon wieder Schneebälle auf die große Fensterscheibe. Jetzt wurde auch der sanfte Lasse wütend. Er riss die Tür zum Hof auf und schrie in die Dunkelheit, dass er die Polizei rufen würde.

Lasse hatte von Natur aus eine sehr weibliche Stimme, die, je wütender er wurde, in ein Falsett überging. Aus der Dunkelheit hinter den Büschen war nur Lachen und Kichern zu hören. Gerade, als Lasse wieder ins Wohnzimmer gehen wollte, flog ein Schneeball aus der Dunkelheit und traf ihn an der Stirn. Es tat nicht sehr weh, aber Schneeballstücke fielen ins Wohnzimmer und benetzten den Parkettboden. Lasse schloss die Tür, zog die Vorhänge vor und griff nach seinem Handy.

«Es ist wieder dieser Lasse Laakso aus Arvola», sagte der Notrufbeamte zu seinem Kollegen, der neben ihm saß.

«Was hat er für einen Notfall?»

«Kinder bewerfen ihn mit Schneebällen.» «Er ruft nach der Polizei.»

«Wir müssen eine Patrouille schicken, sonst schickt er einen Brief an den Justizminister», sagte der Kollege. Lasse war dafür bekannt, dass er oft Beschwerdebriefe an die Behörden schrieb, aber meistens war es schwierig, die Gründe dafür zu verstehen.

Als die Streife eine halbe Stunde später bei Lasse vor der Tür stand, war von den Schneeballwerfern keine Spur mehr zu sehen, oder besser gesagt, die Spuren im Schnee in Lasses Garten waren so zahlreich und verworren, dass selbst Sherlock Holmes nicht schlau geworden wäre. Die Polizisten versprachen, nachts öfter um den Block zu fahren, um Lasse zu beruhigen.

Einige Abende später setzten die Kinder ihren Streich fort, nicht nur bei Lasse, sondern auch in anderen Wohnungen in der Nähe. Auf der Facebook-Seite des Dorfes wurde berichtet, dass die Kleinkinder der Familien durch das Schneeballwerfen und das Klopfen an den Fenstern der Kinderzimmer aufgewacht und verängstigt waren. Lasse schloss sich dem Aufschrei auf Facebook an und berichtete ebenfalls von weiteren Belästigungen.

Während der Mittagspause auf dem Schulhof traf ein großer Schneeball Tuomas am Hinterkopf und riss ihm die Wollmütze vom Kopf. Tuomas drehte sich um und sah fünf Jungen aus den unteren Klassen, die auf einem Schneehügel in der Mitte des Schulhofs saßen und Schneebälle in Richtung ihrer Mitschüler warfen.

«Der sieht genauso blöd aus wie Lasse», rief einer der Jungen und brachte alle seine Freunde zum Lachen. Tuomas machte sich nicht die Mühe, die Jüngeren zurechtzuweisen, sondern nahm seine Mütze und ging weiter. Wenigstens kannte er jetzt die Störenfriede, die im Dunkeln herumschlichen und die Dorfbewohner erschreckten.

Bei Einbruch der Dunkelheit hatte sich die verzogene Bande wieder in Lasses Hof hinter einer Schneewehe in Stellung gebracht und begann, Bälle gegen das Fenster zu werfen. Hinter den geschlossenen Vorhängen seines Wohnzimmerfensters wartete Lasse in Panik mit einem Baseballschläger als einziger Verteidigung.

Doch das Bombardement verlief anders als von den Jungen geplant. Stattdessen setzte sich die Schneeschaufel in Bewegung, die auf der Terrasse des Hauses an der Wand lehnte. Sie schaufelte einen halben Meter Schnee aus der Schneewehe in ihr breites Maul, sauste durch die Luft und entleerte die ganze Ladung in den Nacken der Jungen. Aus der Dunkelheit flogen weitere Schneemassen, so schnell, dass die Jungen wegrennen mussten, um nicht unter dem Schnee begraben zu werden. Zu der Schaufel gesellte sich ein Schneebesen von der Terrasse, mit dem die flüchtenden Jungen auf Beine und Hintern geschlagen wurden. Als die Jungen hinter der Hecke die Straße erreichten, stellten sie fest, dass ihre warmen Wintermützen verschwunden waren.

Hatten sie die Mützen in Lasses Hof fallen lassen? Dort wagten sie nicht zu suchen. Hatten sich die Mützen in der dornigen Hecke verfangen?

«Mutter wird einen Anfall bekommen, denn meine Mütze hat meine Großmutter gestrickt», sagte einer.

«Meine Mütze ist ein teures Geschenk von meiner Patentante.» jammerte ein Zweiter.

«Hei – da hängen sie alle am Baum!» rief ein Dritter.

Und tatsächlich: Auf einem schneebedeckten Ast der großen Birke am Straßenrand saß die ganze Mützensammlung wie Amseljungen aufgereiht. Aber leider auf einem dünnen Ast und so hoch, dass sich keiner der Jungen traute, hinaufzuklettern.

«Schmeißen wir sie runter!»

Mit Schneebällen und Eiswürfeln versuchten die Jungen, den Ast zu treffen, aber ohne Erfolg.

«Wie sind die nur dahin gekommen?», fragte sich der Klügste.

«Irgendjemand muss sie dorthin geworfen haben ... aber es war bestimmt nicht der dicke Lasse. Der ist gar nicht rausgekommen ... und sonst war auch niemand da ... Jungs, hier stimmt was nicht. Wir sollten besser gehen.»

«Aber meine Mütze bleibt da nicht liegen», rief einer der Jungen und begann, den Birkenstamm hinaufzuklettern.

Da wurden die Jungen von Scheinwerfern erfasst. Das Polizeiauto war unbemerkt neben sie gefahren. Die Jungen blieben wie erstarrt stehen, bis auf einen, der versucht hatte, auf den Baum zu klettern und nun den Polizisten, die aus dem Auto gestiegen waren, vor die Füße fiel.

«Was sind das für Tarzan-Spiele?»

«Wir sind nur spazieren gegangen.»

«Ach so, nur spazieren. Und ohne Mützen in der Eiseskälte. Wissen das eure Eltern?»

«Wir hatten Mützen, aber die sind ... im Baum hängen geblieben.»

Jetzt bemerkten auch die Polizisten die mit bunten Hüten geschmückte Birke:

«Wer hat sie hochgeworfen?»

«Wir wissen es nicht ... sie waren einfach plötzlich da.»

«Seltsam ... seid ihr zufällig die Lausbuben, die die Leute im Dorf belästigt und die Fenster mit Schneebällen beworfen haben? Vielleicht sollten wir bei euch zu Hause anrufen und eure Eltern bitten, euch abzuholen. Bei diesem Wetter kann man euch sowieso nicht ohne Kopfbedeckung herumlaufen lassen».

So kam es, dass die betroffenen Eltern zu ihrem Leidwesen den gemütlichen Fernsehabend unterbrechen und sich um ihre Sprösslinge kümmern mussten.

Am nächsten Tag musste die Feuerwehr die Mützen mit einer Leiter von der hohen Birke holen. Lasse beobachtete die Rettungsaktion vom Fenster aus.

«Schon wieder diese Rowdys», murmelte er vor sich hin.

Aber in diesem Winter warf in Arvola niemand mehr Schneebälle gegen die Fenster.

34.

Kurz vor Weihnachten, wenige Tage vor Beginn der Schulferien, gab es eine Reihe von Frostnächten und alle Pfützen, Gräben und sogar die Dorfbucht waren zugefroren.

Das knisternde Eis übte eine große Anziehungskraft auf die Kinder aus. Entlang der Schulstraße sprangen sie in alle Pfützen und fielen manchmal auch in die Bäche, wo das Eis wegen des fließenden Wassers dünner geblieben war.

Noch gefährlicher war das Hobby der älteren Jungen. Sobald die Bucht zugefroren war, wagten sie sich mit Fahrrädern und sogar Mopeds auf das spiegelglatte Eis. Doch wenn es bald schneite, waren die gefürchteten «Uveavanto» nicht mehr auszumachen, die Stellen, an denen starke Unterwasserströmungen das Eis auflösten oder sogar ein festes Gefrieren verhinderten.

Es war Sonntagnachmittag. Tuomas hatte gerade ein Skype-Gespräch mit seinem Vater beendet, der mit seiner Crew in einem Flughafenhotel in Boston übernachtet hatte und sich auf das Frühstück freute. Der Vater hatte versprochen, am Weihnachtstag nach Hause zu kommen. Er hatte Tuomas gefragt, was er sich, denn für Geschenke wünsche, aber Tuomas hatte ihm versichert, es würde reichen, wenn er selbst käme. Dann fiel ihm doch etwas ein:

«Eigentlich brauche ich neue Schlittschuhe. Jetzt ist es hier so kalt, dass die Eisbahn bald aufmacht und man sogar in der Bucht Schlittschuh laufen kann».

Sein Vater warnte ihn vor dem See, denn er kannte die Tücken des Eises aus seiner eigenen Jugend.

«Sei vorsichtig», mahnte er ihn. «Lass uns zusammen gehen, sobald ich dort bin. Ich kenne alle Strömungen des Sees von früher.»

Auch wenn die Sorge seines Vaters unnötig war, tat es gut zu wissen, dass sich jemand an ihn dachte. Und da war noch jemand: Als Tuomas mit dem Skypen fertig war, ließ Ressu die Leine neben sich auf den Boden fallen und stieß mit der Schnauze gegen sein Knie.

«Okay, Ressu, jetzt kannst du galoppieren.»

Tuomas erinnerte sich an den Potkuri (finnischer Tretschlitten) in der Scheune, den schon lange niemand mehr benutzt hatte, weil alle auf dem Hof ein Auto hatten und Tuomas nur mit dem Fahrrad fuhr.

Ein steiler Weg führte vom Haus über das Feld hinunter zum abgebrannten Laavu. Der Pächter war mit seinem Traktor einige Male darübergefahren, und der Tretschlitten schoss wie eine Rakete durch den festgefahrenen Schnee. Tuomas ließ Ressu freilaufen, und nun musste der Hund zeigen, ob er mit seinem Herrn mithalten konnte – und natürlich war er auf seinen langen Beinen vor Tuomas bei der Laavu-Ruine. Dort blieb Ressu stehen, schien etwas zu hören und begann zu bellen. Tuomas nahm den Hund an die Leine, für den Fall, dass es im Wald ein Tier gab, dem der Hund hinterherlaufen konnte. Aber Ressu hob die Schnauze in Richtung See und begann, Tuomas ans Ufer zu ziehen. Der Tretschlitten glitt nicht mehr über den weichen Weg, sondern musste fast getragen werden. Aber der Hund gab nicht auf, und Tuomas beschloss, nachzusehen, was Ressu ans Ufer lockte.

Als der Weg aus dem verschneiten Wald ans offene Ufer führte, hörte Tuomas Rufe und Gelächter aus dem Bootshafen am anderen Ende der Bucht. Eine Gruppe von Mopedfahrern übte Kunststücke auf dem Eis. Sie drehten

Kreise, beschleunigten, bremsten, fuhren auf dem Hinterrad. Der Abstand betrug einen halben Kilometer, so dass Tuomas die Jungs nicht erkannte – wahrscheinlich waren sie sowieso aus der höheren Klasse. Dann hörte das Kommen und Gehen der Jungen auf. Es schien, als sei eine Art Streit ausgebrochen. Die Stimmen wurden lauter, die Hände fuchtelten.

Einer der Jungen löste sich mit seinem Moped aus der Menge und fuhr vom Ufer in die Mitte der Bucht. Der Junge trug eine leuchtend orangefarbene Mütze, und Tuomas erinnerte sich, dass er eine solche Mütze schon einmal bei einem Sechstklässler auf dem Pausenplatz gesehen hatte. Dort hatten die Klassenkameraden die Mütze weit in den Schnee geworfen, und der Junge musste sie suchen.

Mit lautem Geschrei forderten die Jungen den einsamen Fahrer auf, sich immer weiter vom Ufer zu entfernen. Bald hatte der Junge mit der orangefarbenen Mütze die Mitte der Bucht erreicht und begann zur Freude der Zuschauer einige Kunststücke vorzuführen – doch plötzlich gab das Eis unter dem Moped nach! Im Nu war das schwere Gefährt samt Fahrer im Wasser verschwunden.

Einen Moment später entdeckte Tuomas einen bunten Fleck inmitten des weißen Schneefeldes – eine orangefarbene Mütze. Wenigstens hatte der Junge es geschafft, sich an die Oberfläche zu strampeln. Die Freunde am Ufer winkten und riefen Anweisungen:

«Halt dich am Rand fest, Jyrki, wir holen Hilfe!», aber niemand wagte sich näher heran.

Wenigstens schien jemand zum Telefon zu greifen und Hilfe zu rufen – es sei denn, er filmte das Geschehen mit seinem Handy. Dann stieg die Gruppe auf ihre Mopeds und verschwand. Der Junge, der sich am Rand des Eislochs festhielt, rief nach seinen Kameraden, aber die Rufe wurden immer leiser. Das eiskalte Wasser umklammerte seine Finger und seine Zunge.

Tuomas schauderte, als er die Jungen fliehen sah.

«Ihr Feiglinge! Lasst euren Freund ertrinken!»

Ressu hatte sich schon vor Tuomas entschieden, sich losgerissen und war aufs Eis gelaufen. Tuomas setzte den Tretschlitten in Bewegung und begann, dem Hund über die schneebedeckte Fläche in Richtung offenes Wasser zu folgen, wo keine Bewegung mehr zu sehen war.

«Wie um alles in der Welt soll ich ihn in der Dunkelheit unter dem Eis finden und wie soll ich ihn auf das Eis bringen?», fragte sich Tuomas, als er sein Ziel erreichte, wo Ressu bellend um die Öffnung im Eis kreiste.

«Als Fisch könnte ich im Wasser schwimmen, aber wie soll ich den Jungen packen und hochziehen?»

In diesem Moment erinnerte er sich an sein Sommerferien-Abenteuer, bei dem er sich in ein Krokodil verwandelt hatte. Das Ungeheuer hatte ein riesiges Maul und ein Kauwerkzeug, mit dem es ein Nilpferd fangen konnte. Krokodile sind Warmwassertiere und würden im eiskalten Wasser erfrieren, aber er hatte nicht vor, länger als nötig im Wasser zu bleiben.

Wäre die Feuerwehr fünf Minuten früher am Bootshafen eingetroffen, hätte sie eine Szene erlebt, die niemand geglaubt hätte.

Hätte Kalle, der tatsächlich die Feuerwehr alarmiert hatte und dann, als die anderen flohen, zurückblieb und sich mit seinem Moped hinter der Hafentoilette versteckte, um das Eintreffen der Rettungskräfte und die ganze Aktion zu filmen (bei der die Taucher als Höhepunkt die Leiche aus dem Loch zogen – WOW! die Anzahl der Klicks!) – Hätte sich Kalle nicht so schnell versteckt und dabei sein

Handy fallen lassen, wäre ein Video entstanden, das eine riesige Eidechse zeigt, die mit erstaunlicher Geschwindigkeit auf ihren kräftigen Beinen durch den Schnee stapft. Sein breiter Bauch und sein Schwanz hinterließen eine flache, gerade Spur, wie von einem Schneepflug gezogen. Die Oberfläche des Sees knirschte und wölbte sich unter dem schweren Körper des Tieres, aber das Gewicht verteilte sich gleichmäßig auf die vier Beine und den langen Schwanz, ohne das Eis zu brechen. Als das Ungeheuer sich dem Ufer näherte, bemerkte Kalle, der um die Ecke des Toilettenhäuschens spähte, etwas Orangefarbenes, das aus dem offenen Maul des Ungeheuers ragte: die Mütze seines ertrunkenen Freundes!

«Das ist das Ungeheuer von Loch Ness! Es hat Jyrki gefressen, und es kann mich bestimmt auch riechen!»

Kalle schwang sich auf den Sattel seines Mopeds und raste den anderen hinterher. Fast wäre er in einer Kurve mit dem Feuerwehrauto zusammengestoßen, das sein Ziel schon fast erreicht hatte.

«Warum hast du es so eilig?», fragte Feuerwehrmann Anttila, der aus dem Wagen gesprungen war, um Kalles gestürztes Moped wieder aufzurichten.

«Es ist da drüben am Ufer», stammelte der Junge.

«Du hast uns alarmiert? Gut gemacht. Komm mit und zeig uns, was dort passiert ist», sagte Anttila und hob Kalle in den Feuerwehrwagen neben sich.

Die Besatzung war im Glauben, dass man einen Ertrunken bergen musste. Überraschenderweise lag der Ertrunkene – oder zumindest der Bewusstlose – bereits auf dem Schnee am Ufer.

«Hast du ihn hierhergeschleppt oder ist er selbst hergekrochen?», fragte Anttila, als er die seltsamen Spuren bemerkte, die vom Ufer in die Mitte der Bucht führten. Kalle antwortete nicht, sondern schüttelte nur den Kopf.

«Gut gemacht. Brav, dass du deinen Freund nicht im Stich gelassen hast», lobte ihn Anttila und klopfte ihm auf die Schulter.

Kalle schämte sich, aber er hätte auch nicht die Wahrheit sagen können, dass Jyrki wahrscheinlich von einem Urzeitmonster ans Ufer gespuckt worden war.

Tuomas hatte sich wieder verändert, als die Feuerwehr eintraf. Unsichtbar beobachtete er, wie sich die Retter routiniert um den Ertrunkenen kümmerten. Herzdruckmassage, Beatmung, sogar die Sauerstoffmaske lag bereit. Zur Erleichterung von Tuomas und allen anderen begann Jyrki Lebenszeichen zu zeigen.

«Hei, er lebt!» Kalle gluckste.

«Du hast ihm wohl das Leben gerettet», lächelte Anttila.

«Dann war ich doch nicht zu spät», dachte Tuomas und beobachtete amüsiert, wie Kalle sich unter der Last des unverdienten Lobes krümmte.

«Das Moped liegt noch im See», erinnerte sich Kalle.

«Jetzt, wo wir einen Taucher haben, sollten wir es rausholen, damit es das Wasser nicht mit seinem Benzin verseucht. Vielleicht hat der arme Junge jetzt seine Lektion gelernt, dass man sich nicht auf brüchiges Eis wagt».

In der Zwischenzeit war der Krankenwagen bereits ans Ufer gefahren, und Jyrki wurde hineingebracht und weiter behandelt.

Tuomas eilte vor dem Rettungstaucher zu dem gefährlichen Eisloch zurück, wo er Ressu und seinen Potkuri (Tretschlitten) zurückgelassen hatte. Für Ressu schien es keine Rolle zu spielen, ob sein Herrchen sichtbar oder unsichtbar war. Er folgte dem Potkuri, der sich wie von selbst bewegte.

Am Eisloch angekommen, entdeckte der Feuerwehrtaucher die Spuren eines Tretschlittens.

«Hei, fragt den Helden, ob er sicher ist, dass sonst niemand ertrunken ist», rief er seinen Kollegen zu.

«Es war nur unsere Bande», versicherte Kalle, «und Jyrki ist als einziger ertrunken.»

«Dann waren noch mehr von euch hier. Wo sind die anderen? Alle weggelaufen! Richtige Feiglinge», schimpfte Anttila.

Kalle sah beschämt zu Boden.

«Kann ich nach Hause gehen?»

«Ja, aber gib mir deinen Namen und deine Adresse. Du könntest ein Abzeichen bekommen, weil du ein Leben gerettet hast.»

Als Kalle außer Sichtweite war, musste er sich in der Schneewehe übergeben, weil ihm der ganze Vorfall und das falsche Lob auf den Magen geschlagen waren. Kaum hatte er sich auf das Moped gesetzt, fuhr der Krankenwagen auf dem Weg ins Krankenhaus vorbei.

Die anderen Jungs warteten auf dem Parkplatz des Marktes auf Kalle.

«Bist du trotzdem geblieben, um Jyrki zu retten?», fragten sie und versammelten sich um Kalle.

«War er im Krankenwagen? Ist er gestorben? Wie hast du ihn aus dem Wasser geholt?»

«Er lebt, aber mehr kann ich euch nicht sagen. Ihr würdet mir sowieso nicht glauben», knurrte Kalle, startete sein Moped und überließ die anderen ihren Gedanken.

Am Abend kehrte er zum Ufer zurück, um sein Handy zu suchen. Aber erst nachdem er sich das Smartphone seiner Mutter geliehen und damit seine eigene Nummer angerufen hatte, fand er es, als ein Piepen aus dem Schnee am Straßenrand ertönte. Das Handy war ihm aus der Tasche gerutscht und auf die Straße gefallen, wo es beinahe von einem Feuerwehr- und einem Krankenwagen überfahren worden wäre. Es schien unversehrt.

Mit zitternden Fingern startete Kalle das Handy und das Video. Würde er das Ungeheuer jetzt aus der Nähe betrachten können? Das wäre eine Sensation für die ganze Seenplatte! Die Touristen würden in Scharen nach Arvola strömen! Natürlich würde Kalles Rolle bei der Rettung von Jyrki überdacht werden müssen, aber er würde eine Erklärung finden.

Kalle war sehr enttäuscht, als auf dem Video zuerst Jyrki in der Ferne winkte, dann eine vage Bewegung auf dem Eis zu sehen war – ein Hund vielleicht? –und schließlich Kalles eigener roter Finger, der vor das Auge der Kamera gerutscht war.

«Aber ich habe es mit eigenen Augen gesehen! Ich habe es gesehen! Das Monster existiert, aber ich kann es nicht beweisen.»

Die Enttäuschung war so bitter, dass sie fast die falsche Anerkennung wettmachte, die Kalle für die Rettung von Jyrki erhalten hatte. Jyrki selbst war während des ganzen Vorfalls bewusstlos gewesen und konnte den Retter nicht benennen. Er und seine Eltern bedankten sich sehr herzlich bei Kalle, als Jyrki aus dem Krankenhaus entlassen wurde. Das Gute an dem ganzen Vorfall war jedoch, dass Jyrki als vollwertiges Mitglied seiner Gruppe akzeptiert wurde und das Mobbing in der Schule aufhörte.

35.

Tuomas Leben war im Großen und Ganzen in Ordnung. Seine Unfallverletzungen waren verheilt. Tuomas war kräftig gewachsen und Alma meinte, dass er so groß wie sein Vater werden würde.

Nach den Weihnachtsferien hatte die Schule wieder begonnen. Mit den neuen Schlittschuhen, die sein Vater ihm mitgebracht hatte, konnte er abends und an den Wochenenden mit den anderen Jungen auf die Eisbahn im Dorf gehen und Eishockey spielen.

Aber Tuomas fühlte sich trotzdem einsam. Alle anderen hatten Mütter und Väter, die meisten Geschwister und Großeltern. Er hatte nur seine Oma, die ihn zwar schon als ihren Enkel akzeptierte, ihm aber nicht die geringste Herzenswärme geben konnte. Alma mochte ihn, aber war das nur eine Gegenleistung wegen dem Lohn? Sein Vater kam nur selten nach Hause, weil er glaubte, dass es Tuomas jetzt gut ging.

Das diesjährige Weihnachtsfest auf dem Gut Arkko war fast ohne Streit verlaufen, nur Oma Irma hatte einen Aufstand gemacht, als sie Ressu den großen Knochen vom Weihnachtsschinken geben wollten.

«Einen gesalzenen Knochen darf man einem Hund nicht geben», erklärte sie. In aller Stille hatte sie sich über die Pflege und Ernährung von Hunden informiert.

Alma war der Meinung, dass Tuomas andere Freizeitbeschäftigungen brauchte als nur im Internet zu surfen, Eishockey zu spielen und mit Ressu herumzurennen.

Nach dem Jahreswechsel ergriff Alma erneut die Initiative. Bald darauf kam Onni Jokinen, ein Mitschüler, in der Pause zu Tuomas, um mit ihm zu reden. Onnis Vater war der Feuerwehrchef des Dorfes. Alma kannte ihn schon seit Jahrzehnten und hatte ihn angerufen. Onni erzählte, dass sein Vater ihn fragte, ob Tuomas der Jugendfeuerwehr beitreten wolle, da er neu im Dorf war und noch zu keiner Jugendgruppe gehörte. Neue Mitglieder wurden eigentlich erst im Herbst aufgenommen, aber für Tuomas konnte man eine Ausnahme machen. Onni war selbst Mitglied der Jugendfeuerwehr und schwärmte von den lustigen Dingen, welche die Gruppe zusammen unternahm. Sie übten Rettungseinsätze und Brandbekämpfung und durften sogar im Feuerwehrauto mitfahren. Tuomas erinnerte sich daran, wie gekonnt Onni im Schullager den fast ertrunkenen Väinö wiederbelebt hatte. So etwas musste man lernen. Tuomas hätte dem bewusstlosen Kalle auch nicht helfen können, aber zum Glück waren professionelle Retter zur Stelle.

Ein Clubabend könnte interessant sein.

Tuomas kannte einige der Jungs aus der Jugendabteilung aus der Parallelklasse, aber es waren auch ein paar ältere dabei. Als Tuomas den Clubraum betrat, brach Santeri aus der sechsten Klasse in Gelächter aus.

«Hei, der Neue wird gleich an der Brandstelle eingesprüht, der hat schon Feuer am Kopf!»

Onni saß zufällig neben Santeri. Blitz schnell drehte er sich zu ihm um und schlug dem lachenden Jungen mit der Faust auf die Nase. Natürlich floss Blut und es musste eine Erste-Hilfe-Übung durchgeführt werden, bevor der Abend beginnen konnte. Nachdem der eingetroffene Jugendbetreuer Valonen den Patienten versorgt hatte, fragte er nach dem Auslöser des Streits.

«Als der da über den Neuen da gelacht hat, hat Onni Dem da einen kleinen Klaps auf die Schnauze gegeben», lautete die einhellige Erklärung.

Da beide Parteien gleichermaßen schuldig schienen, bat der Kursleiter Santeri, sich bei Tuomas zu entschuldigen, weil er ihn ausgelacht hatte, und Onni, sich bei Santeri zu entschuldigen, weil er ihn geschlagen hatte, und schickte beide nach Hause.

Tuomas hatte Mitleid mit Onni. Der Spott tat ihm nicht mehr weh, denn er wusste jetzt selbst, dass seine roten Haare ein Zeichen seiner besonderen Abstammung waren. Ein bisschen wie eine Krone, die ein Prinz auf dem Kopf trug. Aber Prinzen trugen keine Kronen mehr. Die gab es nur noch im Märchen.

Valonen, der Jugendwart der Feuerwehr, versuchte die aufgebrachten Jugendlichen zu beruhigen.

«Da wir heute ein neues Mitglied haben, zeigen wir ihm, was ihr alten Hasen schon gelernt habt. Ein Feuerwehrmann muss wissen, wie er im Notfall Erste Hilfe leisten kann. Fangen wir mit der künstlichen Beatmung an.»

Eine dünne Matratze wurde auf den Boden gelegt. Einer der älteren Jungen hatte eine mannshohe, bekleidete Plastikpuppe aus einem Schrank geholt und in hohem Bogen auf die Matratze geworfen. Valonen rief:

«Aufhören! So geht man nicht mit einem bewusstlosen Unfallopfer um! Du könntest ihm die Knochen brechen. Sofort noch einmal! Das ist eine echte Übung, kein Kabarett»

Die Jungen verdrehten die Augen, griffen dann aber vorsichtig nach den Armen und Beinen der Puppe und ließen sie langsam auf die Matratze sinken. Sie prüften den Puls am Hals.

«Es gibt keinen Puls», verkündete Mauno, ein Sechstklässler und erfahren in diesem Geschäft, mit ernster Miene.

«Sieht aus, als wäre die Luft raus», wieherte Osku neben Tuomas. Valonen warf ihm einen bösen Blick zu.

«Mach weiter, Mauno. Was machen wir jetzt?»

«Wir prüfen, ob die Atemwege frei sind, ob die Zunge blockiert ist. Und dann beginnen wir mit der künstlichen Beatmung.»

Mauno begann, mit seinen Händen rhythmisch auf die Brust der Puppe zu drücken. Tuomas hörte alle Zuschauer leise im Rhythmus mitzählen: 1-2-3-...30. Dann machte Mauno eine Pause, hob das Kinn der Puppe an, nahm den Kopf zwischen die Hände und blies zweimal in den Mund, um zu sehen, ob sich der Brustkorb hob.

«Sehr gut, Mauno. Du kannst aufhören. Tuomas, du bist dran.»

Später diskutierten die Kursteilnehmer, wie es wäre, in einer echten Notsituation den Mund gegen den Mund eines bewusstlosen Fremden zu pressen, um Luft in seine Lungen zu blasen. Wäre das eklig?

«Aber wenn Mira da läge, würde ich sie gerne beatmen», gluckste Osku. Mira gab ihm einen Klaps auf die Wange.

«Wenn du in meine Nähe kommst, würde ich auch ohne künstliche Beatmung von den Toten auferstehen», schnaubte sie.

Osku, der zum zweiten Mal die sechste Klasse besuchte, war bei den Mädchen nicht besonders beliebt.

Der nächste Clubabend eine Woche später war fast vorbei, als die Feuersirene des Turms zu heulen begann. Jetzt war es echt, nicht nur eine Probe. Der Feuerwehrnachwuchs, vor allem die Grundschüler, durfte keine echten Brände löschen, aber Onnis Vater, Feuerwehrchef Jokinen, hatte von seinem Sohn gehört, wie schief Tuomas' erster Clubabend gelaufen war.

Jokinen erschien in voller Montur an der Tür des Clubraums und winkte Tuomas zu sich.

«Wenn du versprichst, dich weit genug vom Brandobjekt fernzuhalten, kannst du der Feuerwehr bei der Arbeit zusehen.»

Es gab noch eine andere Erklärung für Jokinens Entscheidung. Er war ein Klassenkamerad von Tuomas' Vater gewesen und wollte zeigen, dass auch Onni einen Vater hatte, auf den er stolz sein konnte. Helden waren eben nicht nur Flugkapitäne.

«Was brennt da?», wagte Tuomas zu fragen, als er zwischen zwei Feuerwehrleuten eingeklemmt im Auto saß.

«Ein Einfamilienhaus brennt. Das Feuer hat bereits auf das Obergeschoss übergegriffen. Die Bewohner sind schon draußen, aber das müssen wir noch überprüfen. Der Anrufer, ein Autofahrer, der zufällig am Einsatzort vorbeikam, wusste es nicht genau.»

Der Feuerwehrmann, der neben ihm saß, war kurz angebunden und schien verärgert, dass ein Schuljunge als Zuschauer mitgebracht worden war.

Zwei Feuerwehrautos waren losgefahren, gefolgt von einem Krankenwagen. Das Heulen der Sirenen jagte Tuomas Schauer über den Rücken und ließ das Adrenalin durch seine Adern rauschen. Würde er sich als Feuerwehrmann jemals an diesen Klang gewöhnen?

Das brennende zweistöckige Haus stand weit außerhalb des Dorfes einsam an der Straße, die in die Stadt führte. Der Feuerschein war kilometerweit gegen den dunklen Nachthimmel zu sehen. Als die Einsatzfahrzeuge auf den Hof fuhren, stürmten Menschen auf sie zu: mehrere Kinder und eine Erwachsene, offenbar die Mutter der Kinder. Die Kinder – vier an der Zahl – rannten in ihren Nachthemden und barfuß über den verschneiten Hof. Die

Sanitäter hoben sie in den Krankenwagen und legten warme Decken über sie. Die schockierte und weinende Mutter warf einen kurzen Blick auf die Kinderschar und schrie:

«Wo ist Elli?»

«Als Missu ihr aus den Armen geglitten ist, ist Elli die Treppe hochgelaufen», sagte das älteste der Kinder zwischen klappernden Zähnen.

«Oh mein Gott – ELLIII», schrie die Mutter und rannte auf das brennende Haus zu.

Die Feuerwehrleute, die bereits ihre Schläuche angeschlossen hatten und Wasser auf die Flammen spritzten, packten die Frau und versuchten ihr zu erklären, dass es Selbstmord wäre, in das Haus zurückzukehren. Männer mit Atemschutzgeräten würden nach dem Kind suchen.

Tuomas beobachtete das Geschehen vom Führerhaus des Löschfahrzeugs aus. Jokinen hatte ihn angewiesen, während des gesamten Einsatzes im Auto zu bleiben. Tuomas war sehr beeindruckt von der Effizienz der Feuerwehrmänner – jeder schien genau zu wissen, was er tat, jeder Handgriff, jeder Schritt war gut überlegt.

Als die Feuerwehrleute die verzweifelte Mutter, die den Namen ihrer Tochter schrie, zum Krankenwagen führten, konnte Tuomas an den Blicken der Männer erkennen, dass das Versprechen der Feuerwehrleute, nach dem Kind zu suchen, nur ein Mittel war, um die Mutter davon abzuhalten, in das brennende Haus zu stürzen. Die Flammen schlugen bereits aus allen Fenstern und hatten das Dach erreicht. Keine menschliche Hilfe konnte das Kind retten. Aber Tuomas war kein Mensch.

Plötzlich stand er inmitten von Rauch und Flammen auf der Treppe zum Obergeschoss. Vom Flur im Obergeschoss

führten mehrere offene Türen zu den Zimmern. «Elliii…
Elliii…!» rief Tuomas an jeder Tür, so laut er konnte.

Außer dem Knistern des Feuers war nichts zu hören, niemand zu sehen. Wo um alles in der Welt hatte sich Elli versteckt? Sie war ihrer Katze gefolgt – und wohin rannten Katzen in ihrer Not immer? Irgendwo hoch hinauf. Ellis Katze musste versucht haben, auf den Dachboden zu gelangen.

Tuomas ging zurück in den Flur und bemerkte, dass noch eine Treppe nach oben führte. Die Tür zum Dachboden stand offen. Im Nu war Tuomas in der Dachkammer, die bereits voller Rauch war. Seine empfindlichen Ohren hörten ein seltsames Grollen unter dem Bett. Er legte sich auf den Boden und spähte unter die Bettkante. Zwei glühende Nachtsichtaugenpaare trafen sich: Unter dem Bett lag eine Katze, festgehalten von den Armen eines Kindes. Elli! Tuomas streckte beide Hände aus, um die Katze zuerst zu packen, aber sie fauchte und kratzte bösartig.

Tuomas kroch tiefer unter das Bett, bekam schließlich sowohl die Katze als auch das Mädchen zu fassen und zerrte sie auf den offenen Boden. Die Fenstervorhänge brannten bereits, die Flammen griffen auf das Bett über. Tuomas schnappte sich einen Teppich vor dem Bett, wickelte das hustende Mädchen und die fauchende Katze darin ein und begann, den Fluchtweg zu suchen.

Es gab keinen Weg zurück über die Treppe, denn diese war bereits ein Feuermeer, das alles Lebendige verbrennen würde. Ein durch die Hitze geborstenes Fenster im Dachboden war der einzige Ausweg, aber das Kind in einer Teppichrolle aus dieser Höhe fallen zu lassen, wäre gefährlich gewesen. Das Fenster befand sich auf der Rückseite des Gebäudes, und die Feuerwehrleute hatten ihre

Fahrzeuge und Schläuche vor dem Haus positioniert und konnten Tuomas' Notlage nicht sehen.

Tuomas kletterte auf das Fensterbrett und hielt seine wertvolle Fracht in den Armen.

«Ich bin schon zweimal geflogen», dachte er, «und jetzt brauche ich richtig starke Flügel. Auf geht's, Landadler!»

Da flog von der Fensterbank ein großer schwarzer Schatten herab, der ein seltsames rollenförmiges Paket mit seinen kräftigen Raubvogelkrallen und seinem krummen Schnabel trug. Der riesige Vogel landete hinter dem Haus, wo die Scheinwerfer der Feuerwehr ihn nicht erreichen konnten. Als die Füße des Vogels den Boden berührten, lockerte sich sein Griff um die Teppichrolle, und Elli und ihre Katze rollten hinaus.

Tuomas war wieder Tuomas, aber immer noch unsichtbar. Er schlich zur Vorderseite des Hauses. Die Mutter der Kinder stand immer noch am Krankenwagen, bewacht vom Sanitäter, rang die Hände und starrte weinend auf das brennende Haus.

Tuomas trat hinter die Frau und flüsterte ihr ins Ohr:

«Elli ist hinter dem Haus in Sicherheit. Ich glaube, sie ist aus dem Fenster gesprungen».

Die Frau erwachte aus ihrer Erstarrung, drehte sich um und rannte auf das Haus zu und rief Ellis Namen. Der verblüffte Sanitäter dachte, die Frau hätte den letzten Rest ihres Verstandes verloren, und rannte ihr hinterher. Sie lief jedoch nicht direkt in das Feuer, sondern um die Ecke hinter das Haus. Als der Sanitäter eintraf, hielt die Mutter bereits ihr weinendes Kind im Arm, die Katze Missu lag erschöpft auf dem Teppich.

Tuomas kletterte zurück in die Kabine des Feuerwehrautos. Seine Hände schmerzten. Die Katze hatte ihn stark zerkratzt, und noch immer sickerte Blut aus den Wunden.

Aber nicht das machte ihm Sorgen, sondern wie er es Alma erklären sollte. Er zog sich die Fäustlinge über die Hände. Wenigstens mussten die Feuerwehrleute seine Wunden nicht sehen.

Da sich niemand mehr im Wohnhaus befand (man hatte sich inzwischen vergewissert, dass der vermisste Familienvater als Fernfahrer anderswo im Einsatz war) und ein Löschen des Brandes ohnehin unmöglich war, konzentrierten sie sich auf den Schutz der Nebengebäude. Der Krankenwagen verließ den Hof, um die Familie zur Behandlung einer Rauchvergiftung ins Krankenhaus zu bringen. Missu, die Katze, war immer noch wie betäubt. Sie wurde in den Stall gesperrt.

Feuerwehrchef Jokinen stieg mit zwei Feuerwehrleuten in den Wagen.

«Das andere Auto und die Männer bleiben hier und schützen die Nebengebäude. Wir fahren zurück und füllen den Wassertank auf. Es gibt hier nirgendwo eine Wasserentnahmestelle und der Brunnen im Hof ist schon leer. Wir bringen dich auf dem Weg nach Hause, es liegt ja fast auf dem Weg.»

«Na, wie fühlst du dich? Willst du Feuerwehrmann werden?» fragte Jokinen, während er den Wagen durch die Dunkelheit lenkte.

«Es ist … ziemlich gefährlich», antwortete Tuomas.

«Es erfordert oft Mut, aber wenn man jemandem das Leben rettet, ist das wie eine Belohnung. Wie dieses kleine Mädchen … dass sie einen solchen Sturz überlebt hat. Ich glaube, sie hatte einen Schutzengel, der ihr geholfen hat.»

Tuomas wurde am Ende der Einfahrt zum Guthof aus dem Feuerwehrauto gelassen. Er versuchte, leise hineinzugehen, aber Alma stand schon im Flur. Sie schrie wie am Spieß, als sie Tuomas sah.

«Wo haben sie dich geräuchert? Durch den Kamin gezogen? Du riechst nach Rauch wie... wie». Alma fehlten die Worte. Sie schob den Jungen ins Bad und ließ heißes Wasser in die Wanne laufen.

«Ich werde mit Jokinen darüber reden», drohte Alma.

«Alma, bitte sag nichts zu Onnis Vater. Es war nicht seine Schuld. Ich habe gehandelt ... auf eigene Faust ...».

Alma starrte Tuomas wütend an, dann bemerkte sie die blutigen Kratzer an seinen Händen. Sie begann, die Kratzer zu desinfizieren und die Hände zu verbinden. Schließlich duschte Alma den Jungen einfach ab, während er seine Hände hochhielt, damit die Verbände nicht nass wurden.

Als Tuomas schon unter der Bettdecke lag, brachte Alma ein Käsebrot und ein Glas Milch vom Nachttisch und setzte sich auf die Bettkante.

«Willst du darüber reden?», fragte sie. Tuomas schüttelte den Kopf.

Ellis fliegender Teppich blieb bis zur Schneeschmelze zwischen all dem anderen Schrott liegen. Elli selbst konnte nichts über ihre Rettung erzählen.

36.

Es gab immer mehr Nachrichten darüber, wie die Menschen durch ihr Verhalten den Planeten zerstören.

Tuomas' Klasse hatte Umweltkunde, aber es ging hauptsächlich um Natur und Pflanzen. Arvola war so weit von allem entfernt, dass Umweltprobleme gar nicht erst ihren Weg dorthin finden konnten. Als Lehrer Puntanen zu Beginn einer Umweltstunde die Klasse fragte, was man in Arvola für den Umwelt- und Klimaschutz tun könne, waren die Schüler ratlos.

«Wenn die Jungs aufhören würden, mit ihren stinkenden Mopeds herumzufahren», sagte die blinde Miranda, die einen empfindlicheren Geruchssinn hat als andere. Hätte ein anderes Mädchen das gesagt, hätten die Jungs sie ausgebuht, denn jeder von ihnen erwartete, mit 14 auf ein Moped zu steigen. Scheiß auf den Klimaschutz!

«Wer von euch will Moped fahren, wenn ihr alt genug seid?», fragte Puntanen. Fast alle Jungs hoben die Hand.

«Papa hat es schon versprochen», rief Onni.

«Und meine Patentante!» rief Elmeri von hinten. Mirko blickte schweigend von seinem Pult herab. Seine verwitwete Mutter hatte kein Geld, um ihm ein Moped zu kaufen. Aber um das Geld für das Moped zu verdienen, wollte Mirko mit seinem Fahrrad Werbezettel verteilen, wenn er das Alter erreicht hat, in dem das erlaubt ist.

«Bis jetzt geht ihr zu Fuß oder fährt mit dem Fahrrad. Wozu braucht ihr ein Mofa, wenn ihr vierzehn seid? Habt ihr dann schwächere Beine oder weniger Zeit?»

«Na ja, es ist einfach toll, wenn es so viel Lärm macht», grinste Väinö.

«Was ist eigentlich mit Autos? Ich glaube, viele Erwachsene fahren unnötig Auto», sagte Huugo aus der letzten Reihe. Puntanen seufzte. Der Junge hatte recht. Auch sie war schon sinnlos mit dem Auto unterwegs gewesen.

Puntanen hatte Videos mitgebracht, die die Klasse zum Nachdenken brachten. Ein Film zeigte die Verschmutzung der Ozeane durch Plastikmüll und an Plastik verendete Meerestiere. Ein anderer zeigte die globale Erwärmung und ihre Auswirkungen: rasch schmelzende Gletscher und Eisberge; besonders traurig waren die Mädchen über die niedlichen Eisbärenbabys, die obdachlos geworden sind. Ein Video zeigte Bilder von Wüstendünen, die – soweit das Auge reichte – mit bunten Altkleidern bedeckt waren.

In Gruppenarbeit sollten die Schüler dann aufzählen, welche Umwelt- und Klimaprobleme sie kennen. Davon gab es reichlich: Abgase aus dem Straßenverkehr (mit Ausnahme der fast unschuldigen Mopeds). Industrielle und menschliche Abwässer und Abfälle. Emissionen aus Industrieanlagen. Die Verwendung fossiler Brennstoffe wie Kohle und Öl zum Heizen – eigentlich war sogar das Heizen mit Holz umstritten, aber irgendwie mussten die alten Häuser ohne Zentralheizung warmgehalten werden, also wurde Brennholz akzeptiert.

«Darf man Würstchen auf dem Holzfeuer grillen, oder steht das auch auf der Liste?», fragte Väinö mit ernster Miene. Das Grillen wurde erlaubt, aber die Würstchen wurden von einigen vegan lebenden Mitschülerinnen negativ bewertet. Am Ende der Stunde erwähnte Puntanen, dass Finnland in Sachen Umwelt- und Klimaschutz einen so guten Ruf genieße, dass im Frühjahr eine internationale Klimakonferenz in Helsinki stattfinden werde.

Nun begann Tuomas ernsthaft darüber nachzudenken, wie blind er sich auf seine eigenen Merkwürdigkeiten konzentriert hatte, während das Leben auf dem ganzen Planeten durch die Menschen gefährdet wurde. Fabriken produzierten Waren, die die Menschen nicht brauchten. Plastikverpackungen füllten die Meere bis zu einer Tiefe von zehn Kilometern. Luft und Trinkwasser wurden knapp.

Hatte Nonna vor hundert Jahren die richtige Entscheidung getroffen, als sie sich für ein Leben als Mensch entschied? Hätte sie in der Welt von heute leben wollen? Vielleicht sollte er sich anders entscheiden und zum Lava-Volk zurückkehren?

«Hast du, Alma, schon einmal über Umweltschutz nachgedacht?», fragte Tuomas am Abend, als Alma in der Küche Kartoffeln schälte und Tuomas am Tisch saß und einen Apfel aß.

«Was sollen wir denn hier schützen? Ressu und Jaska werden alle ungebetenen Gäste fernhalten.»

«Ich dachte ganz allgemein. Wenn die Welt aus den Fugen gerät.»

«Mach dir keine Sorgen um die Welt, armer Junge. Sie geht unter, wenn sie unter gehen soll. Wir einfachen Leute können nichts dagegen tun. Das entscheiden die Politiker und andere hohe Tiere», sagt Alma.

«Und wir hier in Arvola haben noch ganz andere Dinge zu tun, vor allem du und ich.»

Damit meinte sie die umfangreiche Renovierung der alten Kirche, die gerade in vollem Gange war. Sie freute sich schon auf die Einweihung im Sommer.

Der alte Küster Rantanen interessierte sich mehr für den Zustand der Welt, war aber ebenso pessimistisch.

«Der Fisch stinkt vom Kopf her. Solange sich die Führer in jedem Land dem großen Geld beugen, wird sich nichts zum Besseren wenden. Die Macht sollte den Umweltschützern überlassen werden, aber unter ihnen gibt es viele mit eigenen Interessen. Wir kleinen Leute in einem kleinen Land und einem kleinen Dorf wie Arvola können nur zuschauen und jammern».

Abends, allein in seinem Zimmer, grub Tuomas den Stein des Lavakönigs aus, aber obwohl er ihn genau ansah, blieb er stumm. Auch die Stimme seiner Mutter hatte schon lange nicht mehr in seinem Kopf gesprochen. Was nutzte ihm seine wundersame Gabe im Dorf Arvola? Würde es jemals eine wichtigere Verwendung für sie geben als ein paar alberne Zirkuskunststücke mit fliegenden Autos oder Mützen? Würde der Lavakönig ihm überhaupt erlauben, seine Kräfte zum Wohle des Planeten und der Menschen einzusetzen? Schließlich hat das Schicksal der Menschheit die Lava-Leute nie im Geringsten berührt. Selbst wenn die Menschen mit all ihren Errungenschaften und ihrer Kultur von der Erde verschwänden, würde sich an ihrer Stelle etwas Neues entwickeln. Es würde nichts ändern, wenn ein paar Millionen Jahre vergehen würden.

Das Lavavolk war unsterblich.

37.

Als die Osterferien näher rückten, erzählte sein Vater Tuomas, dass er sich ein paar Tage frei nehmen würde. Am Gründonnerstag würde er von Berlin nach Helsinki fliegen. Er schlug vor, dass Tuomas am Donnerstag mit dem Bus von Arvola direkt zum Flughafen reisen sollte und sie dann zusammen in die Wohnung in der Stadt fahren würden.

Tuomas war begeistert! Es wäre schön, im alten Zuhause zu wohnen, da würde das Fehlen seiner Mutter nicht mehr so weh tun. Helsinki hatte sich in den letzten Jahren sehr verändert und es würde viel Neues zu sehen geben. Ganz oben auf Tuomas' Wunschliste standen das Planetarium und das Naturkundemuseum. Das hatte Tuomas in einem früheren Leben überhaupt nicht interessiert.

Helsinki wäre in diesen Tagen ungewöhnlich belebt, da im Kongresszentrum die Klimakonferenz stattfand. Neben den Teilnehmern würde auch eine große Zahl internationaler Pressevertreter in die Stadt kommen. Die Sicherheitsvorkehrungen am Flughafen und an anderen öffentlichen Orten würden besonders streng sein, da sich unter den Rednern auch der Präsident einer Großmacht befand.

Alma fuhr Tuomas am Donnerstagnachmittag zur Haltestelle für Flughafenbusse. Papa Ollis Flugzeug würde am Abend in Helsinki landen. Tuomas würde ein paar Stunden allein am Flughafen verbringen müssen, aber er würde sich irgendwie beschäftigen.

Alma steckte Tuomas reichlich Taschengeld für die Busfahrt und einen kleinen Imbiss am Flughafen zu. Sie machte sich große Sorgen, ob Tuomas allein zurechtkommen würde. Sie wäre gerne selbst mitgefahren, auch wenn ihr der Gedanke, in den Trubel von Helsinki zu geraten, Angst machte.

Tuomas genoss die Busfahrt, weil er in Ruhe im Internet surfen konnte. Hinter dem Busfenster fiel dichter Schnee, aber das große Auto fuhr ruhig und sicher. Es war ein ungewöhnlich schneereicher Frühlingswinter. Auf beiden Seiten der Straße lag der Schnee teilweise zwei Meter hoch.

Tuomas interessierte sich für die Klimakonferenz in Helsinki und besonders für zwei Teilnehmer, den Präsidenten Grant und die Klimaaktivistin, die schwedische Schülerin Saga. Während der Fahrt las Tuomas auf seinem Tablet, was über die beiden geschrieben wurde. Natürlich hatte er ihre Ansichten schon lange in den Nachrichten und in der Presse verfolgt. Konnte ein erwachsener, vernünftiger Mensch, noch dazu der Führer seines Landes, ernsthaft glauben, es gäbe kein Klimaproblem? Alle internationalen Abkommen ignorieren? So überzeugend wirken, dass alle Zuhörer nur nicken würden, wenn er behauptet hätte, die Erde sei flach?

Und bei Saga: Wie konnte es eine Mücke wie sie wagen, sich auf die Nase eines Löwen zu setzen? Sich vor die Mächtigen der Welt zu stellen und zu sagen: Lasst es uns gemeinsam schaffen, denn wir Jungen wollen noch auf der Erde leben, wenn ihr alten Säcke schon im Grab liegt. Wenn dieses Mädchen auch nur einen Hauch von Präsident Grant Einfluss hätte ... Tuomas spürte einen Impuls in seinem Gehirn. Die Idee hatte Flügel bekommen.

38.

Der Flughafen war ein vertrauter Ort für Tuomas. Es war noch Zeit, bis das Flugzeug seines Vaters landen würde. Tuomas kaufte sich einen Schokoriegel und begann ihn in der Abflughalle zu essen. Er warf einen Blick auf die Anzeigetafel und stellte mit Bedauern fest, dass der Flug seines Vaters große Verspätung haben würde. Vielleicht hatte es in Berlin noch mehr geschneit als in Helsinki oder es gab ein Problem mit dem Flugzeug. Tuomas merkte, dass er sein Handy ausgeschaltet hatte, und als er es wieder einschaltete, erhielt er eine Nachricht von seinem Vater:

«Mein Flugzeug hat mindestens zwei Stunden Verspätung. Nimm ein Taxi und fahr nach Hause. Wir sehen uns später.»

Tuomas gefiel der Gedanke nicht, stundenlang allein in einer leeren Wohnung zu sein, und so blieb er in der Abflughalle sitzen.

Ihm gegenüber saß ein ausländisch aussehender Bartträger mit zwei Schulmädchen. Man konnte die Mädchen nicht richtig erkennen, weil man unter den Kopftüchern nur wenig von ihren Gesichtern sehen konnte. Wahrscheinlich war ein irakischer oder türkischer Vater mit seinen Töchtern auf dem Weg nach Hause. Die Mädchen hatten prall gefüllte Sporttaschen auf dem Arm. Sie sahen weinerlich und verängstigt aus. Ob sie Angst vor dem Flug hatten?

Die Mädchen warfen sich lange Blicke zu, als ob sie die Gedanken der anderen lesen wollten, dann und wann warfen sie einen Blick auf ihren Vater, der in eine fremdsprachige Zeitung vertieft schien. Dann fragten die Mädchen ihn etwas. Der Vater schaute die Mädchen über die Zeitung hinweg verärgert an. Dann nickte er, und die Mädchen standen auf und gingen zur Damentoilette, deren Tür der bärtige Mann aufmerksam beobachtete. In Tuomas' Kopf begann es zu flüstern:

Ich will nicht ... ich will nicht ... ich will nicht ... ich will ... ich will ... ich will in Finnland bleiben ... sie tun mir weh ... Naomi ist gestorben ...

Der Vater des Mädchens schaute auf die Uhr, murmelte etwas vor sich hin und ging in Richtung Herrentoilette. Als sich die Tür hinter ihm schloss, stürmten die Mädchen hinaus auf den Gang und schleppten ihre Taschen den Gang entlang. Tuomas folgte ihnen. Die Mädchen schienen in Panik zu geraten, stießen mit anderen Passagieren zusammen und verloren schließlich die Orientierung. Sie versteckten sich hinter dem Zeitschriftenregal eines Kiosks und starrten auf die Schilder an der Decke des Gangs.

Tuomas ließ sich neben ihnen nieder.

«Seid ihr weggelaufen? Es sah ein bisschen so aus.»

«Wir wollen nicht mit Papa in den Iran. Sie werden uns dort schlimme Dinge antun ... wirklich schlimme Dinge.»

«Wo ist eure Mutter?»

«Sie darf nicht mitkommen, weil – Hei, Papa kommt gleich aus der Toilette und sucht uns. Das würde er uns nie verzeihen. Komm, lass uns irgendwo hinlaufen.»

Die Mädchen hielten sich an den Händen und trugen ihre Taschen mit der anderen Hand. Sie wollten gerade losgehen, als Tuomas sagte:

«Wenn ihr raus wollt, helfe ich euch. Und nehmt die verdammten Kopftücher ab, damit man euch nicht so leicht erkennt.»

«Vater wird uns umbringen, wenn er sieht, dass wir die Kopftücher abnehmen.»

«Hier wird niemand umgebracht. Beeilt euch.»

Die Mädchen zogen sich die Kopftücher vom Kopf und steckten sie in ihre Taschen. Ein Mädchen hatte die Kapuze ihrer Jacke über den Kopf gezogen. Tuomas reichte dem anderen Mädchen seine eigene Mütze. Von weitem waren die Mädchen nun nicht mehr von den anderen Reisenden zu unterscheiden.

«Und nicht rennen. Ganz ruhig.»

Die Gruppe schaffte es bis zur Außentür und rannte auf die wartenden Taxis zu. Das ältere der beiden Mädchen schrie auf, als sie sich umdrehte:

«Papa ist schon in der Halle! Er holt uns ab!»

Auch Tuomas sah den großen Mann mit dem schwarzen Bart auf die Eingangstür zustürmen – doch dann passierte etwas Seltsames mit dem Drehmechanismus: Die Türen klemmten, man konnte weder raus noch rein. Auf beiden Seiten bildete sich eine Schlange fluchender Menschen. Der Vater des Mädchens drückte sein Gesicht gegen die Glastür und schrie etwas, was zum Glück niemand verstand.

Tuomas eilte mit den Mädchen an den Anfang der Taxi-Schlange, ohne sich die Beschimpfungen über ungezogene Hooligans, Gangster und jugendliche Straftäter anzuhören. Er stieß die hintere Tür des ersten Taxis auf, schob die Mädchen und ihre Taschen hinein, sprang auf den Vordersitz neben dem Fahrer und sagte «Nord-Haaga», bevor der Mann nach der Adresse fragen konnte. Etwas an Tuomas hinderte den Fahrer daran, zu fragen, ob sich die jungen Kunden ein Taxi leisten könnten.

Kurz darauf gingen die Türen zum Flughafenausgang wieder auf, aber als der große Mann mit dem schwarzen Bart zu den Taxis kam, waren Tuomas und die Mädchen verschwunden.

39.

Die Häuser in Tuomas' Wohnblock waren um einen parkähnlichen Innenhof gebaut, jede Häuserreihe hatte eine andere Adresse. Tuomas wies den Taxifahrer an, an der gegenüberliegenden Häuserreihe zu halten. Nachdem das Taxi losgefahren war, führte er die Mädchen durch ein kleines Tor in den Innenhof und über den Hof zur Tür seines eigenen Blocks. Als sie mit dem Aufzug in den fünften Stock fuhren und die Wohnungstür zuschlug, war das jüngere Mädchen mit den Nerven am Ende. Sie sank auf den Teppich im Flur und begann untröstlich zu weinen. Die Ältere hockte sich neben ihre Schwester und schlang die Arme um sie.

«Ihr braucht keine Angst mehr zu haben», beruhigte Tuomas sie. «Hier seid ihr sicher. Aber sagt mir, wer ihr seid und warum ihr vor eurem Vater am Flughafen weggelaufen seid.»

Die Mädchen zogen ihre Schuhe und Mäntel aus und gingen ins Wohnzimmer. Nachdem sie sich auf das Sofa gesetzt hatten, begann das ältere Mädchen zu erzählen. Sie hieß Laila, ihre jüngere Schwester hieß Amira. Ihr Vater und ihre Mutter waren vor fünf Jahren als Flüchtlinge nach Finnland gekommen. Die Mädchen besuchten eine normale Schule, hatten gut Finnisch gelernt und halfen ihren Eltern, wenn sie Briefe von Behörden oder der Schule lesen mussten. Aber der Vater mochte das gar nicht. Und Finnland überhaupt nicht. Papa war immer schlecht gelaunt, und das bekam die arme Mama zu spüren.

«Oh nein! Mama! Jetzt wird Papa Mama schlagen, aus Rache, weil wir weggelaufen sind!» Amira weinte.

«Warum seid ihr dann weggelaufen?» Tuomas versuchte, sich einen Reim auf die wirre Geschichte der Mädchen zu machen.

Die Mädchen sahen sich an. Laila biss sich auf die Lippen.

«Wenn Mädchen im Iran erwachsen werden, sucht man für sie einen Ehemann. Und um aus einem Mädchen eine richtige Frau zu machen, müssen sie sich so einer Operation unterziehen ... das verstehst du nicht, weil du ein Junge bist. Aber es ist schrecklich und unsere ältere Schwester Naomi ist vor zwei Jahren daran gestorben. Mama und Papa haben sich schrecklich gestritten. Mama wollte nicht, dass uns so etwas passiert. Und obwohl Papa sagte, dass wir nur in den Osterferien Verwandte besuchen würden, wussten wir, dass wir nie wieder zurückkommen würden. Wir wollen in Finnland bleiben und zur Schule gehen, nicht irgendeinen alten Mann heiraten und ein Dutzend Kinder bekommen ...»

Laila seufzte tief. «Ich werde bald dreizehn, aber Amira ist erst elf. Sie würde das nicht überleben.»

Amira erschrak. «Wir müssen Mama anrufen. Sie macht sich große Sorgen und glaubt, wir sitzen schon im Flugzeug. Mama muss auch weglaufen!»

«Wohin soll sie denn gehen? Wenn sie zu Leuten geht, die sie kennt, sagen die es Papa. Sie kennt hier keine Finnen.»

«Und wenn eure Mutter hierher kommt? Zumindest für eine Weile, und dann sehen wir weiter», schlug Tuomas vor. Er hatte keine Ahnung, worauf er sich da einließ.

Laila zog ihr Handy aus der Tasche. Ihre Mutter nahm sofort ab, wahrscheinlich wartete sie am Telefon. Laila sprach mit ihrer Mutter in ihrer Muttersprache. Tuomas verstand nichts, aber das Gespräch war hitzig. Dann wandte sich Laila an Tuomas und fragte ihn nach der Adresse; offenbar hatte die Mutter zugestimmt, mit einem Taxi zu den Mädchen zu fahren.

«Papa hat sie schon angerufen und war wütend. Ich habe ihr gesagt, dass sie sich beeilen soll, damit sie nicht zu Hause ist, wenn Papa kommt».

Während sie auf die Mutter der Mädchen warteten, erzählte Tuomas den Mädchen, dass er eigentlich woanders wohnte, nämlich auf dem Land im Haus seiner Großmutter. Sein Vater übernachte nur ab und zu in der Wohnung und käme erst später am Abend.

Es dauerte mindestens eine halbe Stunde, bis die Mutter der Mädchen eintraf. Die Mädchen schauten die ganze Zeit nervös aus dem Fenster auf die Straße. Als das Taxi vor dem Haus hielt und eine bekannte, verschleierte Gestalt ausstieg, rannten die Mädchen die Treppe hinunter, um ihre Mutter zu Tuomas zu bringen.

Ibrahim, der wütende Vater der Mädchen, hatte sich hinter der Scheibe der Außentür des Flughafens das Nummernschild des Taxis notiert, mit dem Tuomas und die Mädchen geflohen waren. Aber er musste warten, bis derselbe Wagen in die Schlange der Flughafentaxis zurückkehrte. Als der Wagen anhielt, drängte sich Ibrahim auf den Vordersitz, obwohl der Fahrer versuchte, ihn davon abzuhalten und ihm erklärte, dass Fahrgäste immer den ersten Wagen in der Schlange nehmen müssten. Der Taxifahrer war Finne und sprach kaum eine der Weltsprachen, weder Englisch noch Farsi, Ibrahims Muttersprache. Ibrahim fluchte viel und fuchtelte mit den Händen, bis der Taxifahrer begriff, dass der wütende bärtige Mann, der mit Geldscheinen wedelte, an denselben Ort wollte wie die jungen Fahrgäste zuvor.

Der Taxifahrer vermutete ein Familiendrama, hielt es aber für besser, nicht weiter darüber nachzudenken. Also fuhr er seinen neuen Kunden zu derselben Häuserzeile, in der die jungen Leute ausgestiegen waren. Da es in der langen Häuserzeile mehrere Eingänge gab, begann der bärtige Mann zu gestikulieren und schien nach der richtigen Haustür zu fragen, doch der Fahrer zuckte nur mit den Schultern.

«Warten Sie hier ... warten Sie …», brummte der Mann, ließ seinen Koffer auf dem Rücksitz liegen und machte sich auf die Suche nach der richtigen Tür.

«Es kann eine Weile dauern, aber ich lass den Taxameter laufen», dachte der Taxifahrer. Leicht verdientes Geld. In der Brieftasche des Mannes schienen ein paar Hunderter zu sein.

Die Flucht von Lailas und Amiras Mutter dauerte länger als geplant, da sie einige Dinge mitnehmen wollte, die ihr gehörten und die ihr Mann ihr nicht zurückgeben wollte. Kleidung, Fotos und Schmuck mussten vor seinem Zorn gerettet werden. So kam sie mit dem Taxi vor Tuomas' Haustür an, als ein zunehmend frustrierter und wütender Ibrahim am Ende von Tuomas' Häuserreihe ankam. Er hatte an vielen verschlossenen Haustüren geklingelt und LAILA! AMIRA! gebrüllt, wenn zufällig jemand zu Hause war und auf das Klingeln reagierte. Einige ältere Frauen waren so erschrocken, dass sie bereits die Polizei gerufen hatten.

Schon von weitem sah Ibrahim, wie seine Frau aus dem Taxi stieg und mit ihrer Tasche zur nächsten Haustür eilte, die bereits jemand geöffnet hatte. Ibrahim rannte los, aber seine Frau war bereits im Haus verschwunden und die Tür verschlossen. Ibrahim drückte erneut auf den Klingel-

knopf, in der Hoffnung, dass jemand die Tür öffnen würde.

Als die Mutter und die Mädchen den Aufzug verlassen
und den Flur betreten hatten, schloss Tuomas die Tür und
legte die Sicherheitskette an. Zu spät! Jemand war bereits
im Treppenhaus und ging von Tür zu Tür, von Stockwerk
zu Stockwerk, wie man am Klingeln hören konnte. In den
meisten Wohnungen war niemand zu Hause, aber dann
ertönte aus dem unteren Stockwerk der Ruf LAILA! AMI-
RA! als jemand die Tür öffnete. Der Hund des Nachbarn
bellte wie wild hinter der Wohnungstür. Auch er witterte
Gefahr.

Die Mutter und ihre Töchter lagen zusammengekauert
auf dem Sofa im Wohnzimmer. Nur Weinen und gedämpftes Stöhnen war aus dem Haufen zu hören.

Tuomas überlegte. Gleich würde der wütende Mann an
seiner Tür klingeln. Der Nonna-Stein brannte auf seiner
Brust unter dem Hemd.

«Ricorda! Ricorda la tua forza ...», flüsterte es von irgendwoher. Erinnere dich an deine Stärke ...

Ibrahim klingelte, die Sicherheitskette wurde entfernt,
die Tür öffnete sich. Er wollte die Namen seiner Töchter
herausschreien, aber er hielt sich den Mund zu.

Es war nicht das, was er erwartet hatte. Vor ihm
stand ... der größte glatzköpfige Hell's Angel, den Ibrahim
je in seinem Leben gesehen hatte. Der ganze nackte, ölig
glänzende Oberkörper und die dicken, wulstigen Arme
des Mannes waren über und über tätowiert. Von seiner
behaarten Brust baumelten mehrere goldene Ketten, in
seinen Ohren steckten Ringe. Der Riese füllte mit seinem
Körper die ganze Türöffnung aus. In der Hand hielt er
noch einen Faustring. Der stechende Blick des Mannes
brannte Löcher in Ibrahims Augenhöhlen.

Ibrahim wich zur Treppe zurück. Der Riese folgte ihm wortlos. Ibrahim drehte sich um und rannte die Treppe hinunter. Der Riese folgte ihm mühelos. An der Eingangstür saß Ibrahim in der Falle, denn er kannte das Schließsystem nicht. Er hob die Arme schützend über den Kopf und wartete auf die Schläge.

Der Riese hob ihn am Kragen in die Luft, wirbelte ihn herum und krächzte ihm schließlich ins Gesicht: «Fahr zur Hölle!»

Dann öffnete der Riese die Tür und trug Ibrahim, der noch halb in der Luft hing, aus dem Haus. Neben dem Weg, der zur Straße führte, lag ein großer Schneehaufen, in dem sich Ibrahim wiederfand. Ibrahim schälte sich aus dem Schnee und taumelte zur Straße. Er warf einen hastigen Blick in Richtung des Hauses, aber dort stand der glatzköpfige Mann mit verschränkten Armen und beobachtete, wie Ibrahim die Straße erreichte. Zu Ibrahims Entsetzen standen auf beiden Seiten des Weges zwei kleinere Bandenmitglieder mit Baseballschlägern in der Hand. Ibrahim war froh, den Ort des Schreckens lebend verlassen zu können. Zum Glück hielt sein Taxi gerade noch rechtzeitig.

Der Taxifahrer hatte sich Sorgen um die Bezahlung gemacht und war um den Block gefahren, um seinen Kunden zu finden. Er hatte gerade das Haus von Tuomas erreicht, als er schon von weitem sah, wie sein schwarzbärtiger Kunde in hohem Bogen in den Schnee flog. Von seinem Auto aus konnte er jedoch wegen der hohen Schneewehe nicht genau erkennen, woher der Flug kam. Als Ibrahim zum Taxi eilte, blickte er ängstlich auf die großen Schneemänner der Kinder, die mit Besen in der Hand auf beiden Seiten der Einfahrt standen.

Vor dem Haus war niemand zu sehen, nur der Fahrgast von vorhin, der rothaarige Schuljunge, verschwand durch die Haustür.

Der Kunde stieg ein und knurrte: «Flughafen!»

Der Taxifahrer fuhr ohne weitere Fragen los. Er wollte den Kunden so schnell wie möglich loswerden. Auf der Straße kam ihm ein Streifenwagen der Polizei entgegen.

40.

Als Tuomas mit dem Aufzug in seine Wohnung fuhr, wusste er, dass es Probleme geben würde. Drei Probleme, um genau zu sein. Mutter und Töchter kauerten noch auf dem Sofa und zitterten vor Angst, als Tuomas zurückkam.

«Jetzt ist er weg. Ihr braucht keine Angst mehr zu haben.»

Die Mutter der Mädchen setzte sich auf und band ihr Kopftuch fester. Sie schien zu fragen, wo die Mädchen ihre Kopftücher verloren hätten. Laila antwortete und erklärte dann Tuomas:

«Iranische Frauen dürfen ihr Haar nur in der eigenen Wohnung und in der eigenen Familie zeigen. Fremde Männer dürfen sie nicht ohne Kopftuch sehen ... aber du bist nur ein Junge.»

Das war nicht gerade ein Kompliment, denn Tuomas hatte es gerade geschafft, den erwachsenen Rüpel zu vertreiben. Dann lächelte die Mutter und sagte:

«Ich heiße Zenda.»

Tuomas streckte die Hand aus: «Tuomas».

Sie nahm seine Hand nicht, schien aber verlegen.

«Eine iranische Frau darf einem fremden Mann nicht die Hand geben», erklärte Laila wieder.

«Seltsame Regeln», schnaubte Tuomas. «Aber iranische Männer dürfen ihre Frauen schlagen, oder?»

Zendas andere Wange war von einem früheren Schlag dunkel angeschwollen.

«Die Frauen sind das Eigentum der Männer. Selbst auf Totschlag steht keine hohe Strafe, wenn der Mann einen guten Grund vorweisen kann. Und das wäre jetzt der Fall, da wir ungehorsam waren. Wir alle drei», seufzte Laila.

Beide Mädchen zitterten wieder.

«Habt ihr keinen sicheren Ort?»

«Mama hat uns einmal in ein Frauenhaus gebracht, aber Papa hat uns auf dem Weg von der Schule nach Hause gezwungen und die Mutter erpresst, zurückzukommen. Wenn eine iranische Mutter sich von ihrem Mann scheiden lassen will, bleiben die Kinder beim Vater. Das wäre schrecklich».

«Aber wir sind in Finnland und nicht im Iran. Ich glaube, Frauen haben hier andere Rechte. Und hier können Männer nicht machen, was sie wollen, die Gesetze gelten auch für sie».

«Aber wir haben solche Angst. Wenn ein Mann Befehle gibt, müssen wir sie befolgen.»

In der Tat schien der Wille sowohl der Mutter als auch der Töchter völlig unterdrückt worden zu sein, wenn er überhaupt je existiert hatte. Arme Frauen!

Dann spürte er wieder die Wärme von Nonnas Anhänger an seiner Brust. «*Ricorda…ricorda la tua forza…*» In der Tat. Zumindest konnte man es versuchen.

«Kommt in die Küche. Ich habe eine Idee … das könnte helfen.»

Tuomas wies seine Gäste an, sich an den Küchentisch zu setzen. Dann holte er seinen Stein aus dem Rucksack und legte ihn auf den Tisch.

«Das ist ein magischer Stein. Ich habe ihn von einem alten … Verwandten geschenkt bekommen. Er wirkt gegen alles Mögliche … Übelkeit und Nerven und wer weiß was noch. Ich habe ihn noch nie ausprobiert, aber jetzt würde ich es gerne tun.»

Die Mädchen erklärten ihrer Mutter, was Tuomas von ihnen wollte. Sie zuckte mit den Schultern. Tuomas konnte machen, was er wollte, schließlich hatte er ihnen schon geholfen.

Zuerst nahm die Mutter den Stein in die Hand, dann legten die Töchter ihre Hände um die der Mutter, und schließlich drückte Tuomas seine eigenen Hände auf alle. Zuerst kicherten die Mädchen über das seltsame Spiel, aber dann verstummten sie. Dann war nur noch Stille und Warten im Raum.

Die Luft um sie herum schien sich zu verdichten. Das Licht wurde dämmrig. Seltsame Bilder schossen Tuomas durch den Kopf, die nicht seine eigenen Erinnerungen waren: Höhlen mit glitzernden Wänden, lodernde Flammen, ein glühender Fluss, der sich durch die Höhlen schlängelte.

Plötzlich rief die Mutter etwas. Laila murmelte:

«Der Stein brennt!»

Tuomas hätte am liebsten seinen Griff gelöst, aber seine Hände wollten nicht gehorchen. Danach konnte niemand mehr sagen, wie lange sie wie gebannt dasaßen, regungslos, sprachlos. Fünf Minuten? Fünfzehn?

Plötzlich war alles vorbei. Die Hände sprangen auseinander, der Stein rollte aus der Hand der Mutter auf den Tisch. Zuerst sagte niemand etwas, alle waren zu verwirrt. Mutter Zenda rieb die Hände aneinander.

Amira kicherte und zeigte mit dem Finger auf Laila:

«Deine Haare …»

Laila drehte sich zu ihrer Schwester um und rief:

«Deine Haare sind genau wie … wie die von Tuomas!»

Die langen dunklen Haare der Mädchen hatten sich feuerrot gefärbt.

«Du bist wunderschön!»

«Das bist du auch!»

Die Mädchen stürzten zum Wandspiegel im Flur. Mutter Zenda war verblüfft. Sie eilte ihren Töchtern in den Flur nach und berührte ihr Haar.

«Mama fragt, ob das ein finnischer Zauber ist und ob es gefährlich ist», rief Laila vor dem Spiegel in Richtung Tuomas.

Da schrie Mutter Zenda auf: Sie hatte bemerkt, dass etwas Seltsames unter ihrem Schal hervorlugte. Sie entblößte ihren Kopf und sah, dass sich auch ihr eigenes Haar verfärbt hatte. Im Flur loderten nun drei rote Flammenköpfe.

«Spätestens jetzt wird Papa wütend!» Amira stöhnte leise. Zenda sagte einen Moment nichts, starrte nur auf ihr Spiegelbild. Dann drehte sie sich um, ging zu Tuomas in die Küche, schüttelte ihm fest die Hand und sagte lächelnd:

«Danke. Das ist schön. Es gefällt mir sehr. Mädchen auch.»

Dann wandte sie sich ihren Töchtern zu, die ihr in die Küche gefolgt waren. Laila übersetzte die lange, wütende Rede ihrer Mutter:

«Mama hat gesagt, dass es ihr ab jetzt egal ist, was Papa will. Papa darf uns nichts mehr befehlen. Zuerst gehen wir ins Frauenhaus und dann wohnen wir drei irgendwo, wo Papa nicht hinkommt. Und Mama will sich von ihm scheiden lassen.»

Tuomas war fassungslos. Wo war die ängstliche, weinerliche Frau, die eben noch beim Gedanken an ihren Mann gezittert hatte? Zendas Haltung war gerade, ihre Stimme trotzig.

«Wir sind hungrig. Wir konnten vor lauter Angst nichts essen. Wenn du uns zu essen gibst, bezahle ich dich.»

Zenda riss sich eines der goldenen Armbänder vom Handgelenk und legte es neben den Stein auf den Tisch. Tuomas stellte fest, dass er seinen Gästen nicht einen Krümel angeboten hatte – was für ein Gastgeber! Alma würde sich für ihn schämen.

Er leerte fast den gesamten Inhalt des Kühlschranks, den sein Vater wahrscheinlich für das Frühstück vorgesehen hatte: Brot, Käse in allen Variationen, Joghurt, Milch, Schinken… Die Gäste rümpften die Nase über die Schinkenpackung (natürlich essen Muslime kein Schweinefleisch!), aber alles andere verschwand schnell in den hungrigen Mündern. Die armen Dinger hatten wohl tagelang nichts zu essen bekommen.

Als der Hunger gestillt war, suchte Zenda in ihrer Handtasche nach einem Zettel und reichte ihn Laila:

«Ruf im Frauenhaus an, sag ihnen, was los ist und bitte sie zu kommen.»

Bald konnte Laila mitteilen, dass sie innerhalb einer Stunde vom Frauenhaus abgeholt würden, da die gefährliche Situation von Zenda und den Mädchen bereits bekannt war. Alle schienen erleichtert. Zenda faltete die Hände.

«Zuerst machen die Frauen die Küche sauber. Wir müssen Ordnung schaffen. Schnell, schnell!»

Die Mädchen lachten über den Befehlston ihrer Mutter, wie sie ihn noch nie gehört hatten. In Windeseile war das Geschirr gespült, der Müll weggeräumt, der Tisch und die Arbeitsplatte blitz blank. Tuomas nahm das Armband, das Zenda ihm geschenkt hatte, vom Tisch und zwang sie fast, es wieder anzulegen. Er wollte kein Geld für die Verpflegung.

Der Summer an der Haustür ertönte. Die Mädchen wurden blass, aber Zenda hob trotzig das Kinn. Tuomas ging zum Türtelefon, um zu fragen, wer unten wartete.

«Es ist jemand vom Frauenhaus, Rönkkö oder so. Er ist gekommen, um euch abzuholen.»

Zenda und die Mädchen zogen schnell ihre Jacken und Schuhe an und waren schon fast im Flur, als Zenda einfiel, dass sie ihre Kopftücher anziehen mussten. Es gab einen Moment der Aufregung vor dem Spiegel, bis alle drei fertig waren und das neue Haar fest mit dem Tuch bedeckt war. Überraschend drehte sich Zenda zu Tuomas um und umarmte ihn herzlich.

«Danke, ich danke dir.»

Tuomas begleitete seine Gäste mit dem Aufzug nach unten und zur Eingangstür. Dort standen zwei Mitarbeiter des Frauenhauses. Einer der Helfer war sehr kräftig gebaut – man wusste nie, wie sich die Situation entwickeln würde, wenn eine Familie auf der Flucht war.

Tuomas ging zurück in die Wohnung. Der Küchentisch war sauber und leer, nur ein Teller war umgekippt. Unter dem Teller lag Zendas goldenes Armband. Es war nicht vergessen, sondern absichtlich zurückgelassen worden. So soll es sein. Alma verdiente ein kleines Geschenk.

Der Vater rief an. Er war gerade in Helsinki gelandet. «Ist alles in Ordnung? Konntest du ein Taxi nach Hause nehmen? Tut mir leid, dass es so spät geworden ist. Alma hat dir hoffentlich Geld für die Fahrt gegeben?» «Kein Problem», sagte Tuomas kühl.

«Wir essen, wenn ich nach Hause komme, falls du noch Hunger hast.»

Was? Der Kühlschrank war von den iranischen Besuchern fast geleert worden ...

«Wie wär's mit Pizza heute Abend? Alma macht das nie.»

Der Vater hielt das für eine gute Idee und versprach Tuomas, auf dem Heimweg eine große Pizza Marinara von einem echten Italiener mit viel Knoblauch obendrauf mitzubringen.

Jetzt war Tuomas in Eile. Er musste sich vergewissern, dass die Besucher nichts vergessen hatten, und lüften, denn in der Wohnung hatte sich ein Parfümgeruch festgesetzt. Seinem Vater wollte er nichts von den Ereignissen des Nachmittags erzählen, das würde ihn nur beunruhigen.

Als der Vater am Abend zum Kühlschrank ging, begann er zu lächeln: Der Schrank war fast leer. Die heranwachsenden Jungs hatten Hunger! Tuomas schien den Appetit eines Löwen zu haben.

41.

Tuomas genoss die nächsten Ferientage sehr, denn sein Vater war nur für ihn da. Kein Gezeter von Alma, kein Nörgeln von Oma, keine alten Schulfreunde, keine Arbeit. Vater und Sohn machten das Programm, das sich Tuomas gewünscht hatte.

Zuerst besuchten sie das Naturkundemuseum, wo sich Tuomas am meisten für die alten Dinosaurier und andere riesige Tiere interessierte, die einst lebten.

Wenn ich dem alten Vulkanier glauben darf, haben die Lava-Leute sie tatsächlich alle lebend gesehen. Wilde Mammuts und Riesenhirsche und Höhlenlöwen ... und irgendwann vor etwa 100.000 Jahren kamen die Steinzeitmenschen ... die ganze Menschheitsgeschichte und schließlich der moderne Mensch. Und das Lava-Volk ist gleichen geblieben und ist immer noch da.

«Von allen Lebewesen gibt es nur Skelette. Gibt es vielleicht Lebewesen, die ganz ohne Knochen auskommen, so wie das Gas?», fragte Tuomas seinen Vater.

«Davon weiß ich nichts. Ist mir auf meinen Reisen noch nie begegnet», überlegte der Vater. «Kleine Bakterien und Mikroben vielleicht?»

Ein Besuch in Heureka hat Tuomas sehr beeindruckt. Kein Wunder, denn das Heureka-Planetarium war das größte und modernste in Europa.

«Die Entfernungen des Universums und all die Sonnensysteme und Galaxien ... es gibt kein Ende. Und jenseits des Endes ist alles wieder unendlich. Und wir haben nur diesen einen Planeten, auf dem Menschen leben können. Und wir kümmern uns nicht darum», dachte Tuomas laut.

Sein Vater lag auf dem Sofa, die Hände im Nacken, und entspannte sich. Ein freier Tag mit einem Schuljungen, der sich für alles interessierte, musste stressiger sein als ein Flug.

«Es ist wirklich schlimm, wenn die Gletscher schmelzen und der Meeresspiegel um mehrere Meter ansteigt. Aus dem Flugzeug merkt man das nicht. Oder vielleicht erst, wenn die Küstenstädte von der Landkarte verschwunden sind. Vielleicht müssen die Flugzeuge dann mit Schwimmern ausgerüstet werden, damit sie auf dem Flughafen landen können», scherzte der Vater. Als Tuomas nichts sagte, fuhr der Vater ernster fort:

«Habt ihr in der Schule über die Umwelt gesprochen?»

«Natürlich. Aber was können wir Schulkinder schon tun? Die Erwachsenen entscheiden, was sie wollen. Sie denken, wenn das alles passiert, sind sie sowieso tot. Aber wir wollen weiterleben und unsere Kinder auch.»

«Gier hat wirklich ein beschissenes Ende. Entschuldigung. In diesem Fall ein wässriges», sinnierte der Vater.

«Die Leute denken, wenn sie reich werden, können sie sich mit dem Geld woanders eine neue Welt aufbauen. Aber für die Menschen gibt es nur diesen einen Planeten.»

«Das Mädchen aus Schweden – Saga, richtig? – hat versucht, für euch Jugendliche zu sprechen.

«Aber sie spricht so höflich und freundlich, obwohl ihr Gesicht voller Hass ist. Präsident Grant verspottet sie und brüllt so laut, dass alle zuhören und seine Dummheiten glauben müssen.

«Man sollte die beiden ausgleichen. Saga in den fünften Gang, Grant in den Rückwärtsgang.»

Der Vater hatte Recht. Das Schulmädchen gegen einen erwachsenen Mann, den Präsidenten eines großen Landes, der von Industriellen, Millionären und Politikern aus aller Welt unterstützt wurde. Ein ungleiches Paar.

42.

Am letzten Tag in Helsinki schlenderten sie durch die Einkaufsstraßen. Alma hatte Olli gebeten, ihrem Sohn neue Kleidung zu kaufen, da seine Arme und Beine bereits aus allen Ärmeln und Hosenbeinen herauswuchsen. Tuomas hasste es, Kleidung anzuprobieren. Die Mutter konnte auf einen Blick erkennen, ob ein Kleidungsstück zu Tuomas passte, aber der Vater war den Verkäuferinnen hilflos ausgeliefert. Als sich in den Einkaufstüten ein teurer Kapuzenpullover, drei Jeans, ein halbes Dutzend T-Shirts und zwei warme Pullover befanden, sagte Tuomas STOP und drohte, allein nach Hause zu gehen, wenn der Einkaufswahn seines Vaters nicht aufhöre.

Zuletzt aßen sie in einem Burger-Restaurant eine leckere, riesige Portion fettes, ungesundes Essen. In Arvola musste sich Tuomas wieder mit Almas gesunder Hausmannskost begnügen.

Zu Hause machte sich Tuomas nicht die Mühe, die Einkaufstüten in die Wohnung zu tragen, denn am nächsten Tag würden sie wieder nach Arkko fahren.

Im Laufe des Abends wurde sein Vater immer mürrischer und wollte nicht einmal mit Tuomas fernsehen. Nach einem anstrengenden Einkaufstag bekam er einen Migräneanfall. Der Vater nahm starke Schmerzmittel, die ihm der Arzt verschrieben hatte.

«Zum Glück passiert das jetzt, wenn ich zu Hause bin. Ich kann die Tabletten nicht vor einem Flug nehmen, sonst wäre ich nicht arbeitsfähig», erklärte der Vater, «also werde ich heute Abend nicht sehr gesellig sein.»

Tatsächlich lag der Vater bereits eine halbe Stunde später in tiefem Schlaf auf dem Sofa. Tuomas deckte ihn zu und sah auf die Uhr. Er hatte noch viel Zeit. Er machte ein menschenförmiges Kissen unter der Decke seines Zimmers, schloss die Tür hinter sich, löschte das Licht in der ganzen Wohnung, nahm seinen Rucksack aus dem Flur und ging.

43.

Sagas Mutter wollte noch etwas länger mit anderen Erwachsenen im Nachtclub des Kongress Hotels bleiben. Saga sehnte sich danach, in ihr Zimmer zu gehen und zu schlafen oder wenigstens eine Weile allein zu sein. Es war ein anstrengender Tag gewesen. Interviews (immer die gleichen Fragen und Antworten!). Besuche (wie viele Schulklassen noch?) Diskussionen mit Vertretern von Umweltorganisationen (alle muffig und pessimistisch).

Morgen würde ein wichtiger Tag sein: ihre Rede auf der Umweltkonferenz vor einem großen Kongresspublikum, dem finnischen Präsidenten und dem feindseligen Präsidenten Grant.

«Das war's für heute, ab ins Bett und Augen zu», sagte Saga und verabschiedete sich von ihren Begleitern.

Da sich so viele wichtige Gäste im Kongresshotel aufhielten, standen am Ende aller Gänge bewaffnete Polizisten in Zivil. Sie hielten ihre Waffen diskret verborgen, um die Gäste nicht zu verunsichern. Saga und ihr Team waren im sechsten Stock untergebracht. Der Polizist, der den Flur bewachte, hob die Hand zum Gruß, als sie aus dem Aufzug trat. Jeder kannte sie. Schließlich war ihr mürrisches Gesicht in allen Zeitungen zu sehen. Aber sie konnte nichts dafür, dass sie nicht die Rolle eines sorglosen, glücklichen Teenagers spielen wollte, wenn die Welt unterging.

Saga benutzte ihre Schlüsselkarte, um in ihr Zimmer zu gelangen. Besser gesagt, es war eine prunkvolle Suite. Mama hatte ihr eigenes Zimmer hinter der Nebentür. Saga nahm eine Flasche Mineralwasser aus dem Kühlschrank, trank einen Schluck und warf sich bäuchlings auf das Sofa. Eigentlich war es eine Couchlandschaft, lang und kurvig genug für eine Sitzung. Saga vergrub ihren Kopf in den großen Sofakissen und schloss die Augen. Plötzlich sagte jemand neben ihr auf Englisch:

«Hei Saga, hab keine Angst».

Natürlich hatte sie Angst. Sie zuckte zusammen und ihr Herz schlug wild in ihrer Brust. Auf dem Sofa etwas weiter weg saß kein Mörder oder Gangster, sondern ein rothaariger, sehr brav wirkender Schuljunge.

«Wie bist du hier reingekommen? Es ist doch bewacht.»

«Ist doch egal. Ich muss mit dir reden. Du machst einen tollen Job, um die Umwelt zu schützen und unseren Planeten zu retten. Ich wäre gerne so wie du, aber ich bin zu jung und allein und weiß nicht, wie ich weitermachen soll.»

«Toll, aber du gehst jetzt besser. Ich bin erschöpft und will nur noch schlafen. Wir sprechen uns ein andermal.»

«Ich brauche nicht lange. Ich werde dir etwas erzählen, was niemand weiß. Und niemand wird es mir glauben. Du wirst es auch nicht glauben, aber ich erzähle es dir trotzdem, weil ich möchte, dass du etwas ... etwas ganz Besonderes ausprobierst.»

Tuomas holte etwas aus der Tasche seiner Kapuzenjacke («Drogen?»), das wie ein großer Stein («Bombe?») aussah, und legte es auf den Couchtisch.

Tuomas erzählte dann so kurz wie möglich die Geschichte des Steins und seiner eigenen Herkunft. Die Übertragung von Energie zu oder von einer Person durch den Stein. Und dass er sich nicht einmal sicher war, ob der Stein wieder so funktionieren würde, wie er es einst bei einer Nonne und einigen anderen getan hatte. Aber er hoffte inständig, dass der Stein Saga neue Kraft geben würde, um ihre Sache voranzubringen und mehr Einfluss auf Entscheidungsträger und Politiker zu gewinnen.

(«Der Junge ist ein bisschen verwirrt, aber er ist süß. Vielleicht sollte ich das Experiment ihm zuliebe machen. Dann lässt er mich vielleicht in Ruhe und ich kann schlafen gehen»).

«Was soll ich dann tun?»

«Nimm den Stein in beide Hände und halte ihn fest, bis du etwas spürst.»

«Was soll ich spüren?»

«Ich weiß es nicht.»

(«Halleluja! Der Dachboden ist schon in dem Alter dunkel.»)

Saga nahm den Stein vorsichtig vom Tisch und drückte ihn in ihre Hände. Eine Minute verging. Nichts geschah, außer dass die Zeit verging.

«Wie lange wird das wohl noch dauern?», fragte Saga, aber hinter dem höflichen Tonfall verbarg sich bereits Verärgerung. Und Saga wusste, wenn überhaupt, wie man wütend wurde.

Jetzt erinnerte sich Tuomas daran, dass er, als die iranischen Frauen den Stein in der Hand hielten, mit seinen eigenen Händen daran beteiligt gewesen war.

«Versuchen wir es anders ... Entschuldige, aber ich muss näher an dich heran. Gib mir deine Hand und halte den Stein.»

Tuomas umschloss nun Sagas Hände und den Stein darin mit seinen eigenen und konzentrierte sich. Etwas begann zu geschehen, Saga spürte es und erschrak.

«Es brennt! Der Stein brennt!» rief sie, aber sie konnte den Stein nicht fallen lassen, weil Tuomas ihn fest an sich drückte. Auch er unfreiwillig.

Die Zeit verging ... oder vielleicht gab es keine Zeit mehr. Um sie herum war nur ein dichter Nebel. Dann war der Zauber vorbei und er konnte ihre Hände loslassen. Er steckte den Stein in seinen Rucksack.

«Glaubst du, es hat funktioniert? Ich fühle mich nicht anders als vorher», sagte Saga und zuckte mit den Schultern. «Aber sag mir nicht, dass mir rote Haare stehen!»

«Es hat funktioniert!» rief Tuomas. «Du kannst jetzt die Gedanken anderer Menschen lesen, genau wie ich. Das ist nämlich genau das, was ich gerade gedacht habe. Die roten Haare stehen dir gut. Du kannst die Gedanken deiner Gegner erraten und sie sogar dazu bringen, das zu denken, was du willst.»

«Aber ich habe keine roten Haare. Mein Zopf hat eine gewöhnliche Landstraßenfarbe.» «Schau in den Spiegel», grinste Tuomas.

Saga ging ins Badezimmer und schrie auf.

«Das kann doch nicht wahr sein!»

Als sie zurückkam, hatte sie ihren engen Zopf aufgelöst und eine Wolke aus feuerroten Locken umgab ihr Gesicht.

«Das glaubt doch kein Mensch! Wie soll ich das nur meiner Mutter erklären? Wird das so bleiben? Eigentlich ist es wunderschön.»

Für einen Moment war Saga wie jedes andere Teenagermädchen, das sich Gedanken über sein Äußeres macht.

«Ich glaube, es wird so bleiben, zumindest wenn du die Art von Saga bleibst, die die Welt rettet. Aber jetzt lasse ich dich in Ruhe. Ich habe noch einen wichtigen Besuch. Ich hoffe nur, dass es genauso gut läuft.»

«Wo kann ich dich erreichen, wenn ...», sagte Saga, aber der Junge war schon verschwunden. Saga wusste nicht einmal seinen Namen

44.

Präsident Grant kam in Begleitung seines persönlichen Bodyguards an der Tür seiner Suite im obersten Stockwerk an. An der Tür stand ein weiterer Beamter des Sicherheitsdienstes, welcher der Etage zugeteilt war.

Die Männer hatten einen kurzen Wortwechsel.

«Alles in Ordnung?»

«Es ist alles in Ordnung.»

«Nun denn …», der Wachmann schob die Codekarte in das Schloss und öffnete die Tür.

«Bitte sehr, Herr Präsident. Brauchen Sie sonst noch etwas?»

«Ich komme schon klar. Ich brauche keinen Babysitter. Ich kann mir selbst den Arsch abwischen.»

Der Präsident schloss die Tür hinter sich und ging zum Sofa. Er plumpste auf den Sitz, griff nach der Whiskyflasche, die bereits auf dem Sofatisch stand, und wollte sie gerade öffnen (bei Auslandsbesuchen wurden dem Präsidenten die Getränke immer in verschlossenen Flaschen vorgelegt, um sicherzugehen, dass niemand das Getränk vergiftet hatte), als seine Aufmerksamkeit plötzlich auf etwas gelenkt wurde, das auf dem Tisch lag … ein Klumpen, der wie ein Stein aussah. Er hatte etwas Seltsames an sich, als ob er glühte.

War es ein Präsent des Hotels an ihn? Ihm wurden ständig Geschenke angeboten … oder vielleicht sollte man sie besser als Bestechung bezeichnen. Das spielte keine Rolle.

Grant stellte die Whiskyflasche zurück auf den Tisch und hob den Stein auf. Er war erstaunlich, wahrscheinlich ein Vermögen wert – und überraschend schwer. Er war so schwer, dass er ihn mit beiden Händen halten musste. Der Stein kühlte auf angenehme Weise die Handflächen des Präsidenten, die immer rot und verschwitzt waren.

Grant schloss den Stein vollständig in seine Handflächen ein. Der Stein wurde kälter und kälter wie ein Eisblock. Grant versuchte, ihn wieder auf den Tisch zu legen, aber es war, als hätte sich ein Krampf in seinen Fingern festgesetzt, oder als würde ein unsichtbares Wesen seine Hände immer fester um den Stein drücken.

Wie lange hat es gedauert? Grant wollte gerade den Sicherheitsbeamten, der hinter der Suitentür stand, um Hilfe bitten, als sich der Stein plötzlich aus seinem Griff löste und Grant ihn aus seinen Händen auf den Tisch fallen lassen konnte.

«Was zum Teufel war das? Ich werde morgen mit dem Arzt sprechen müssen.»

Der Präsident fühlte sich plötzlich unendlich müde. Er streckte sich auf dem Sofa hin und schlief bald ein.

Wie Tuomas vermutet hatte, gab es in der Suite Kameras, aber natürlich konnten sie den unsichtbaren Besucher nicht sehen. Als die Wachleute, welche die Kamera beobachteten, bemerkten, dass der Präsident eingeschlafen war und man ihn schnarchen hörte, trat einer der Wachmänner leise ein. Er zog geübt dem Präsidenten die Schuhe aus, deckte ihn mit einer Decke zu, schaute sich routinemäßig um und ging. Als sich die Tür öffnete, ging auch Tuomas, der den Stein bereits aufgehoben hatte, nachdem er bemerkt hatte, dass das berühmte Markenzeichen des Präsidenten, das rote Haar, sich in Weiss verwandelt hatte.

45.

Tuomas fuhr mit dem Bus nach Hause. Er hoffte, dass sein Vater, der Migräne-Medikamente eingenommen hatte, weiterhin tief und fest schlief und nicht in der Nacht aufwachte und feststellte, dass sein Sohn verschwunden war.

Zu dieser späten Stunde waren nicht mehr viele Fahrgäste im Bus, und es war leicht zu erraten, dass der ältere Mann in Zivil, der an der Haltestelle einstieg, der Fahrkartenkontrolleur war, was er auch gleich beim Einsteigen verkündete. Tuomas wurde nervös. Er hatte eine gültige Fahrkarte, aber der Kontrolleur schien so pingelig zu sein, dass er sich fragen konnte, was ein Schuljunge mit Rucksack zu nächtlicher Stunde allein in einem Bus zu suchen hatte. Die Erklärung mit dem Bibliotheksbesuch würde nicht mehr gelten, obwohl er für alle Fälle ein paar Leihbücher im Rucksack hatte. Und falls der Kontrolleur in seiner Socke einen Rubin im Wert von einigen Millionen fand, wurde es auch nicht besser.

Der Kontrolleur kam immer näher. Wenn er seinen Vater anriefe, würde die ganze Flucht auffliegen und ein Erklärungsversuch würde eine sehr große Portion Lüge erfordern. Noch lügnerischer wäre die wahre Geschichte, dass er dem Gastpräsidenten eine Steppvisite machte und dabei ein paar Tricks angewendet hatte.

Tuomas schob seinen Rucksack außer Sichtweite unter den Sitz und beschloss zu verschwinden.

Der Fahrkartenkontrolleur war sich sicher, dass ein Junge mit seltsam roten Haaren etwas weiter hinten im Gang saß, aber so sehr er auch blinzelte, der Junge war nicht zu sehen. Der Platz war leer, als er die Bankreihe erreichte.

«Ich glaube, diese Nachtschichten sind nichts mehr für
jemanden in meinem Alter», überlegte der Kontrolleur.

«Man sieht alles Mögliche, oder man sieht gar nichts.»
An der nächsten Haltestelle stieg der Mann aus.

Als Tuomas an der Reihe war, drückte er den Halteknopf, der Bus hielt an und die Tür öffnete sich. Außer
Tuomas stiegen keine weiteren Fahrgäste aus. Er hatte jedoch vergessen, sich sichtbar zu machen, und so traute
auch der Busfahrer seinen Augen nicht, als ein Rucksack
ohne menschlichen Träger aus der Tür schwebte.

46.

Präsident Roy Grant war mit seinem Vornamen sehr zufrieden, zumal er schon als Kind gelernt hatte, dass «Roy» «König» bedeutet. Und weil ein König ein Volk braucht, machte er schon früh seine Spielkameraden zu seinen Untertanen. Das ging leicht, denn Roy war groß und stark und seine Eltern waren reich. «Ich bin der König! Roy the King», so stellte er sich auch als Erwachsener neuen Bekannten vor. Seine Gegner nannten ihn King Kong, aber auch das gefiel Roy, denn King Kong war der berühmteste und furchterregendste Gorilla der Filmgeschichte, und Grant wollte berühmt und furchterregend sein.

Die morgendliche Routine des Präsidenten war zu Hause und im Ausland die gleiche. Ein persönlicher Assistent (früher hätte man ihn «Kammerdiener» genannt) weckte seinen Herrn. Vor dem Aufstehen überprüfte er dessen Gesundheitszustand, indem er Blutdruck (immer zu hoch) und Blutzucker (immer zu hoch) maß und sich vergewisserte, dass er die vom Hausarzt verschriebenen Medikamente einnahm.

Grant durfte dann aufstehen, auf die Toilette gehen und eine Morgendusche nehmen, danach warteten Frühstück und Tageszeitungen in seiner Suite auf ihn (wenn er in einem Hotel wohnte). Wenn der Präsident sich müde fühlte und nicht lesen wollte (Lesen und Leseverständnis gehörten ohnehin nicht zu Grants Stärken), gab ihm sein Assistent eine Zusammenfassung der Weltereignisse.

Wenn der Präsident nach Frühstück und Kaffee aufnahmefähig war, stellte der Assistent das Tagesprogramm vor. Das Tagesprogramm gefiel Grant überhaupt nicht.

Die Teilnahme an einer Umweltkonferenz, an der auch
der finnische Präsident mit seiner Puppenfrau teilnehmen
würde. Der Präsident war ein netter Kerl, aber es war
schwer zu verstehen, was er meinte, weil er immer den
gleichen durchdringenden Huskyblick hatte. Natürlich
waren auch führende Politiker aus anderen Ländern eingeladen, und die lautesten Umweltschützer standen bereit,
um allen Gegnern den Hals aufzureissen. Auch den von
Grant. Er war bekannt dafür, dass er die Aufregung um
den Umweltschutz für Schaumschlägerei hielt. Die Welt
stand fest auf ihren Säulen, so wie sie es seit Milliarden
von Jahren getan hatte. Er selbst stand dafür ein. Die Menschen, vor allem sein eigenes Volk, brauchten den Wohl-
stand der modernen Technik. Das müsste er seinen Zuhö-
rern heute klarmachen.

Besonders ärgerlich war, dass das rebellische schwedische Schulmädchen, das die Umweltschützer auf ihre
Fahne gehoben hatten, an derselben Konferenz teilnehmen
würde. Grant war es nicht gewohnt, mit Kindern zu dis-
kutieren. Sie hatten bessere Argumente als Grant und keinen Respekt vor seinem hohen Status. Nicht einmal seine
eigenen Kinder. Zum Glück mussten sich diese nur während der Wahlkämpfe bei Fototerminen zeigen. Ansonsten
wurden sie von geschultem Personal in Schach gehalten.
Das Schulmädchen, dessen Mund so dünn und farblos,
wie mit Bleistift gezeichnet war, ließ sich nicht bändigen.

Arnold Becker, der persönliche Assistent des Präsidenten, grüßte den Sicherheitsbeamten im Flur, der sich von
seinem Stuhl erhob und aufstand, als Becker aus dem Aufzug trat.

«Eine ruhige Nacht gehabt?»

«Nichts zu berichten», antwortete der Mann. Er überlegte, ob er die Nachricht des Kollegen von der Nacht-

schicht weitergeben sollte, dass der Präsident auf dem Sofa eingeschlafen war und der Kollege ihm die Schuhe von den Füßen ziehen musste, aber er hielt es für leeres Geschwätz.

Der Adjutant klopfte leise an die Tür der Suite und trat ein, ohne eine Antwort abzuwarten. Die Suite roch seltsam. Becker bemerkte, dass Grant die Nacht auf dem Sofa verbracht hatte, denn das Bett war unberührt. Auf dem Couchtisch stand eine verschlossene Flasche Whisky, was Becker einen Seufzer der Erleichterung entlockte. Es könnte ein passabler Tag werden, wenn der Präsident keinen Kater hat.

Vorsichtig zog Becker dem Schlafenden die Decke weg – und schrie so laut, dass der Präsident die Augen aufschlug. Der nächtliche Traum spukte noch in seinem Kopf – da waren die Niagarafälle und das Rauschen des Wassers ... Jetzt wachte Grant endlich auf.

«Warum schreist du so? Könntest du mich nicht etwas freundlicher wecken?»

«Nun ... nun ... nun ... siehst du es nicht? Alles ist nass. Der Herr Präsident hat in die Hose gemacht.»

Grant starrte seinen Assistenten verständnislos an.

«Du hast in die Hose gemacht. Wie ein kleiner Junge. Wir müssen den Anzug waschen lassen. Die Couch muss ich wahrscheinlich dem Hotel bezahlen, die kriegst du nicht mehr sauber.» Becker war so wütend, dass er vergaß, leise zu sprechen. Man hörte ihn bis auf den Flur und in den Kontrollraum.

«Wie konnte das passieren ... ich muss erschöpft gewesen sein.»

Grant versuchte, sich aus der peinlichen Situation herauszureden. Er hatte den Gestank selbst gerochen. Es war ihm unangenehm, aber Beckers Ton gefiel ihm noch weniger.

Ein Präsident ist schließlich ein Präsident, auch wenn er sich in die Hose macht. Becker war schon zu lange bei ihm. Er hatte sich zu viele Rechte angeeignet. Er hat den Respekt verloren. Nach dieser Reise war es Zeit für einen neuen persönlichen Assistenten.

Grant richtete sich auf. «Ich werde erst einmal duschen und …»

Der Satz wurde von Beckers Schrei unterbrochen, der seinen Blick erst jetzt auf den Kopf seines Arbeitgebers gerichtet hatte.

«Was ist denn mit dir passiert? Dein Haar ist … ist … ganz weiß.»

Grant stand auf und ging schwankend auf die Spiegelwand der Suite zu. Das Laufen war unangenehm, weil die Anzugshose an seinen Oberschenkeln klebte. Vor der Spiegelwand starrte Grant einen Moment auf sein Bild, dann brummte er:

«Bring die Brille.»

Der Präsident vermied es, in der Öffentlichkeit eine Brille zu tragen, weil sie ihn alt aussehen ließ. Schließlich war er nicht einmal achtzig und damit ein junger Mann.

Becker wollte Grant gerade die Brille reichen, als er wieder zusammenzuckte.

«Wo sind deine Augen?»

«Auf meinem Kopf, du Idiot. Wie immer.»

«Aber deine richtigen Augen. Die blauen!»

Grant setzte seine Brille auf und starrte sein Spiegelbild an. Seine Augen trafen sich mit denen seines Spiegelbildes. Betongraue Augen.

Grant war immer stolz auf seine saphirblauen Augen gewesen. Sie verliehen ihm das Image kindlicher Unschuld und Ehrlichkeit. «Das kommt vom Wikingerblut in meiner Familie», behauptete er, obwohl kein so geschickter Ahnenforscher skandinavische Zweige in seinem Stammbaum finden konnte. Und jetzt das! Grant fühlte sich unwohler als je zuvor.

«Keine Sorge, wir besorgen dir blaue Kontaktlinsen. Keiner merkt den Unterschied. Aber für heute reichen sie nicht. Sie müssen extra für dich angefertigt und angepasst werden. Wir lassen heute keine Fotografen in deine Nähe. Das Publikum sitzt so weit weg, dass niemand den Unterschied merkt. Und sonst trägst du eine Sonnenbrille. Bindehautentzündung, Pollenallergie – wir finden schon eine Erklärung», tröstete Becker wortreich.

«Was zum Teufel ist mit mir passiert? Wer steckt hinter dieser Sabotage? Was soll ich jetzt tun? Niemand kennt mich so! Das ist eine nationale Katastrophe!»

Becker spürte, dass sein Arbeitgeber bald einen hysterischen Wutanfall bekommen würde, der mehr als nur das Sofa in der Suite zerstören würde. Becker war einmal dabei gewesen, als Grant auf dem Golfplatz ausrastete. Das Sicherheitspersonal musste den Präsidenten so lange festhalten, bis der herbeigeeilte Arzt eine Beruhigungsspritze verabreichen konnte. Danach wurde das Sicherheitspersonal aber wieder anderen Aufgaben zugeteilt. Becker war beruhigt, denn er wusste, dass auch jetzt noch mehrere kräftige Männer im Gang hinter der Tür standen, falls es gefährlich werden sollte.

«Tu etwas für deinen Lohn, um Himmels willen! Benutze einmal deinen Verstand, wenn du einen hast! Muss ich mich um alles kümmern? Ich will den Minister für nationale Sicherheit und den Hotelmanager sofort hier haben!»

Die Liste der zu Vorladenden wurde immer länger, ebenso die Beschimpfungen, die Becker entgegenschlugen. Als der Präsident Luft holen musste, sagte Becker mit ruhiger, väterlich warmer Stimme:

«Alles wird gut, Roy-Boy (Roy-Boy – so wurde Grant nur von seiner Mutter genannt). Aber zuerst ziehen wir die nassen Sachen aus und du gehst unter die Dusche. Dann sehen wir uns die Situation noch einmal an.»

Grant sah Becker wütend an wie ein böser Stier, aber der Name aus seiner Kindheit hatte eine beruhigende Wirkung. Becker sammelte den stinkenden Kleiderhaufen ein, den Grant auf den Boden geworfen hatte. Noch während Grant unter der Dusche stand, alarmierte er den Leibarzt des Präsidenten, der ihn immer auf Reisen begleitete und im selben Hotel wohnte.

Dr. Miller hatte die Suite bereits erreicht, als der Präsident in seinem seidenen Morgenmantel aus dem Badezimmer trat. In der Hand hielt der Arzt eine Beruhigungsspritze.

«Guten Morgen, Herr Präsident. Wie ich höre, haben Sie heute Morgen Ihre Medizin nicht genommen. Ich gebe sie Ihnen jetzt in Form einer Spritze, damit sie schnell wirken kann. Der Blutdruck kann an einem so wichtigen Tag gefährlich hoch werden, und das wollen wir doch nicht, oder? Machen wir den linken Arm frei und bringen wir es hinter uns», sagte der Arzt und stach eine Nadel in Grants Oberarm. Der Präsident verzog schmerzhaft das Gesicht, und nun hatte er das Wort.

«Sieh mich an, Ed! Sieh mich an! Wie ist das möglich? Du bist ein Medizinmann, du solltest erklären können, wie sich Augen und Haarfarbe über Nacht von selbst verändern können.»

«Ohne weitere Untersuchungen habe ich keine Erklärung. Ich nehme ein paar Proben für das Labor.»

«Du nimmst keine verdammten Proben, sondern sagst mir, wie ich wenigstens meine Haare zurückbekomme. So kann ich nirgendwo hin.»

Grant ließ sich in einen Sessel fallen, entkorkte die Whiskyflasche und schenkte sich ein halbes Glas ein. Der Arzt und sein Assistent Becker tauschten entsetzte Blicke aus.

«Ich habe Frühstück bestellt. Wahrscheinlich steht es schon vor der Tür», wagte Becker zu sagen, aber Grant hatte den Whisky schon heruntergeschluckt und entspannte sich. Auch das Beruhigungsmittel begann zu wirken. Der Arzt und der Assistent berieten sich kurz.

«Herr Präsident, mit Ihrer Erlaubnis bitten wir Monsieur Pierre hereinzukommen. Ich bin sicher, er weiß, wie er Ihre Haarfarbe wieder ändern kann.»

Der Präsident hatte auf Reisen immer seinen eigenen Friseur dabei. Dieser muss ursprünglich Franzose gewesen sein, jedenfalls wurde er Monsieur Pierre genannt, und seinen richtigen Namen kannte nur die Lohnbuchhaltung. Er sorgte für die Rasur und den Haarschnitt des Präsidenten. Der Präsident trug eine eigenwillige Frisur, für die er bekannt war. Es dauerte keine fünf Minuten, bis die Sicherheitsleute Monsieur Pierre hereinbrachten. Grant hatte gerade sein Frühstück beendet. Monsieur Pierre stürzte sich wie ein Falke auf die Haare des Präsidenten.

«Seltsam, wirklich seltsam! Schrecklich! Aber wir werden es neu färben. Kein Problem.»

Als Grant sein Frühstück beendet hatte, zog er sich mit Monsieur Pierre ins Badezimmer zurück. Monsieur Pierre war bereits am Telefon über die Veränderung der Haarfarbe bzw. den Verlust der Haarfarbe informiert worden, so

dass er sich mit dem notwendigen Material eingedeckt
hatte.

47.

Der Umweltkongress wurde von strengen Sicherheitsvorkehrungen begleitet, da mehrere Staatsoberhäupter und führende Politiker aus aller Welt anwesend waren.

Mit Ausnahme der beiden Präsidenten und der ersten
Frau Finnlands wurden alle Personen, die den Saal betraten, an der Tür einer kurzen Leibesvisitation unterzogen
und ihre korrekte Identität überprüft. Sogar die kleine
Saga, die in Begleitung ihrer Mutter kam, wurde von einer
Sicherheitsbeamtin kontrolliert. Saga trug eine grüne
Kappe mit einem roten Aufdruck der Erde und der Aufschrift GREENLIFE – ein Symbol für die Aktion, die sich
um das Mädchen herum entwickelt hat.

«Kannst du die Kappe für einen Moment abnehmen?»,
fragte die Beamtin. Möglicherweise hatte das unberechenbare Mädchen eine Bombe oder eine Minigranate in der
Kappe versteckt, die sie zum Beispiel auf den Präsidenten
werfen wollte.

Wie befohlen nahm Saga die Kappe ab – und eine Wolke roter Haare ergoss sich über ihre Schultern, was die Beamtin vor Überraschung tief durchatmen ließ.

«Aber du bist wirklich Saga?»

«Ja, das ist meine Tochter Saga», rief die Mutter neben
ihr.

Sie war selbst noch schockiert über die Veränderung,
die ihre Tochter über Nacht durchgemacht hatte. Statt
glatter brauner Haare, die zu einem engen Zopf gekämmt
waren, um Sagas düstere Botschaften mit einem ebenso
düsteren Gesichtsausdruck zu unterstreichen, schwebte
die neue rote Pracht wie Morgenrot um ihr Gesicht. Alle
Versuche, die Locken zu bändigen, scheiterten. Das Haar

war wie ein lebendes Wesen, das sich gegen alle Angriffe wehrte. Die einzige Möglichkeit, sie anständig zu kämmen, bestand darin, sie fest unter die Kappe zu stecken. Und das war es.

«Wirklich toll!», seufzte die Sicherheitsfrau, als Sagas Mutter versuchte, die Locken ihrer Tochter wieder unter der Kappe zu bändigen.

«Viel Glück und Erfolg.»

Erst im Nachhinein wurde klar, wie einzigartig diese Konferenz war. In der Live-Situation lag der Fokus auf der Situationskomik, in der Präsident Grant die Hauptrolle spielte.

Die anwesenden Kameraleute und die in der Nähe des Präsidenten sitzenden Teilnehmer bemerkten, wie sich der Präsident am Kopf zu kratzen begann. Zuerst fast unmerklich, dann immer schneller.

Glücklicherweise war er gerade an der Reihe, das Podium zu betreten. Becker, der Assistent, atmete auf: Während Grant sprach, ließ er sich so sehr von seinem eigenen Redefluss mitreißen, dass er sich nicht einmal von Zwischenrufen aus dem Publikum ablenken ließ.

Die Rede begann gut, aber dann ging das Kopfkratzen wieder los. Erst die rechte Hand, dann die linke, die die Notizen für die Rede hielt, die Papiere flogen zu Boden, und der mächtige Präsident kratzte sich an der Kopfhaut, bis sein rotes Haar in Büscheln über das Rednerpult, die Schultern seines Anzugs und den Boden flog. Das alles geschah in einem solchen Tempo, dass dem Präsidenten, als er sich zum letzten Mal über den Kopf strich, die letzten Haare ausfielen und er mit kahlem Kopf vor dem erlesenen Publikum stand.

Die ganze Zeit über hatte er eine Reihe undeutlicher Grunzlaute von sich gegeben, aus denen man einige deutlichere, aber nicht druckbare Worte heraushören konnte. Die Beschimpfungen und die damit verbundenen wütenden Blicke schienen den Ehrengästen in der ersten Reihe zu gelten.

Die Zuschauer des erstaunlichen Spektakels saßen wie gebannt auf ihren Plätzen, bis sich plötzlich eine rothaarige Gestalt aus der ersten Reihe erhob. Mit leichten Schritten ging Saga auf den Präsidenten zu und knickste.

«Herr Präsident, darf ich Ihnen ein bescheidenes Geschenk überreichen?»

Und Saga reichte dem Präsidenten ihre eigene Kappe über das Rednerpult. Grants zwanghafte Bewegungen blieben in der Luft stehen. Er starrte das Mädchen an, das vor ihm stand und entgegen ihrer Gewohnheit breit lächelte. Grant streckte die Hand nach der Kappe aus und setzte sie sich auf den kahlen Kopf. Die Begeisterung der Menge entlud sich in lautem Beifall und zustimmendem Gelächter. Saga war bereits zurückgekehrt und hatte sich neben ihre Mutter gesetzt.

Grant suchte nach seinen Notizen, doch dann fiel ihm auf, dass das Publikum wohl etwas beklatschte, was er gerade gesagt hatte. Es gab nur einen Ausweg aus dieser Situation: Er musste weiterreden.

Der Präsident sammelte seine Gedanken, die nicht mehr seine eigenen zu sein schienen. Es war, als höre er eine geheime innere Stimme. Als hätte ihm jemand anderes die Worte in den Mund gelegt.

«Die Verschmutzung unseres Planeten und der Klimawandel sind sehr beunruhigend. Ich habe gesehen, wie die Niagarafälle ausgetrocknet sind. Ich habe Plastik in den Ozeanen schwimmen sehen. Ich habe massive Überschwemmungen und Dürren in Afrika und Australien gesehen. Ich kenne und erkenne die schädlichen Auswirkungen

fossiler Brennstoffe auf die Atmosphäre. Ich kenne und er-kenne die schädlichen Auswirkungen der verkehrsbeding-ten Emissionen ...».

Der Präsident hielt kurz inne, neigte den Kopf, als wolle er etwas hören, und fuhr fort:

«Wir verbrauchen zu viel. Wir sind zu gierig. Wir ... War da noch etwas?»

Offenbar waren die Themen erschöpft, denn der Präsident beendete seine Rede mit einem versöhnlichen Satz, wie man ihn noch nie gehört hatte:

«Wir müssen alle unsere Kräfte bündeln, um den Planeten zu retten. Deshalb sind wir alle hier versammelt. Jetzt möchte ich andere zu Wort kommen lassen, die mehr wissen. Vor allem eine junge Frau in der ersten Reihe hat etwas Wichtiges zu sagen. Hören Sie ihr aufmerksam zu. Bitte.»

Der Präsident grinste breit und nickte Saga zu, obwohl sie noch gar nicht an der Reihe war. Ein riesiger Applaus brauste durch den Saal, Jubel brach aus, und alle im Saal erhoben sich. Noch nie war eine Rede des Präsidenten so gut aufgenommen worden.

Saga erhob sich und ging mit sicheren Schritten auf das Podium zu, das der Präsident gerade verlassen hatte. Präsident Grant war bereits durch den Seiteneingang gegangen, begleitet von seinem Berater und den Sicherheitsbeamten.

48.

DONNERWETTER! Der Präsidentenberater Becker fluchte in seiner Muttersprache, als die Seitentür zum Saal geschlossen wurde. Becker zog dem Präsidenten die grüne Kappe vom Kopf und zeigte den aufgedruckten Text GREENLIFE – der Slogan der Umweltbewegung, die sich um Saga herum entwickelt hat! Becker drehte die Kappe um und prüfte jede Naht, bevor er sie dem Sicherheitschef übergab.

«Sofort untersuchen!»

«Was zum Teufel ist mit dir passiert? Wer hat dir diese Worte in den Mund gelegt? Wir hatten eine andere Rede für dich vorbereitet! Du musst unter Vormundschaft gestellt werden. Wenn dies zu Hause bekannt wird, werden die Börsenwerte der Autofabriken und der Industrie mit Sicherheit einbrechen. Und du bist einer der Aktionäre, hast du das vergessen?»

Becker schäumte den ganzen Weg zum Aufzug, der die gesamte Gruppe in die oberste Etage des Hotels brachte. In der Präsidentensuite ließ sich Grant auf das Sofa fallen – den Teil, der noch trocken war – und schloss die Augen. Er war tatsächlich recht zufrieden mit sich selbst und mit dem Beifall, den er erhalten hatte. Becker und die übrigen Assistenten versammelten sich um den großen Tisch der Suite.

«Wir müssen versuchen zu retten, was wir können. Der Präsident ist plötzlich erkrankt.»

Der Leibarzt meldete sich zu Wort:

«Der Präsident hatte einen allergischen Anfall aufgrund eines unbekannten Nährstoffs … man kann immer den Fisch dafür verantwortlich machen, besonders in Finnland, wo die Leute wohl selbst Fischschuppen haben. Und Monsieur Pierre muss zum Verhör geholt werden. Seine Farbstoffe müssen eine Art Nervengift enthalten haben, sodass es sich um einen gefährlichen Sabotageversuch handeln könnte.»

«Außerdem muss er dem Präsidenten sofort eine Perücke in Farbe und Form seines alten Haares besorgen. Ich schätze, die eigenen Haare werden nachwachsen.»

Grant selbst fühlte sich leicht, fast glücklich. Endlich hatte er es fertiggebracht, dass das verdammte Schulmädchen gleicher Meinung mit ihm war.

49.

Der gemeinsame Auftritt des Präsidenten und von Saga fand in den Medien große Beachtung. «EIN MACHTWECHSEL IM UMWELTSCHUTZ» war zu lesen.

«GRANT UND SAGA SIND HERZ UND SEELE», verkündete die Boulevardpresse.

«SAGA ZÄHMTE IHREN SCHLIMMSTEN FEIND» ... Es wurde auch behauptet, das ganze dramatische Spektakel sei geplant gewesen, um die Aufmerksamkeit auf die Konferenz zu lenken.

Sicher war nur, dass der Präsident Frösche aus dem Mund gelassen hatte, die nicht mehr zu fangen waren. Assistent Becker ahnte, dass der Auftritt des Präsidenten zwei Folgen haben würde: Die herrschende Klasse würde sich über den Verräter ärgern, aber die Popularität des «neuen» Präsidenten im Volk könnte in ungeahnte Höhen steigen, was einen Sieg bei den nächsten Wahlen bedeuten würde. Es sei denn, der Präsident macht jetzt einen Rückzieher und nimmt alles zurück, was er gesagt hat, wie er es schon so oft getan hat.

50.

Tuomas war bereits am Morgen mit seinem Vater zum Gut Arkko zurückgekehrt. Der Vater hatte es eilig, schon am Nachmittag wieder in Helsinki zu sein. Die Arbeit wartete.

In den Abendnachrichten wurde über die Umweltkonferenz berichtet, die nach den Worten des Nachrichtensprechers sehr überraschend verlaufen war. Die Regisseure der Sendung konnten sich nicht entscheiden, welches Kameramotiv ihnen am besten gefiel, und so wechselten sie von dem kratzenden, knurrenden Präsidenten zu einer sehr rothaarigen Saga, die in der ersten Reihe saß und deren blaue Augen in der Nahaufnahme wunderbar funkelten. Und die bei näherer Betrachtung unhörbare Worte auf ihren Lippen zu formen schien. Dazwischen die unterschiedlichsten Reaktionen aus dem Publikum. Kichern, Lachen, Entsetzen.

Oma Irma interessierte sich nicht für Umweltfragen. Sie gähnte, sagte gute Nacht und verschwand in ihrem Zimmer.

Tuomas ging in die Küche, wo Alma gerade die letzten Töpfe und Pfannen abräumte.

«Hier ist etwas aus Helsinki für dich», sagte Tuomas und drückte Alma ein breites Goldarmband in die feuchte Hand.

«Sag nichts. Stell keine Fragen. Es wurde weder gestohlen noch gefunden, sondern mir als Belohnung für etwas gegeben. Und ich will es dir geben, weil du es verdient hast.» Tuomas war verschwunden, bevor Alma ihre Stimme wiedergefunden hatte.

Jaska hatte Tuomas vermisst. Die Elfe erschien als Katze und miaute zu Tuomas Füßen, wo Ressu schon zufrieden lag.

Als Tuomas nach Hause kam, hatte er den Wunderstein in eine Socke gewickelt in die unterste Schublade seines Schreibtisches gelegt. Nun holte er den Stein heraus und legte ihn vor sich auf den Schreibtisch.

«Ich fühle mich so hilflos», beklagte sich Tuomas bei Jaska, der bereits in seine eigene Gestalt geschlüpft war und es sich im Korbsessel bequem gemacht hatte.

«Dieser Stein hat wunderbare Kräfte, aber niemand sagt mir, wie ich sie nutzen soll. Vielleicht mache ich das Richtige damit, vielleicht aber auch etwas ganz Falsches. Vielleicht wäre es besser, wenn ich die Finger von dem Stein und der ganzen Magie lassen würde.

Ich habe keine Ahnung, wozu meine Gaben gut sein könnten. Ein bisschen Zauberei wie im Zirkus, und jetzt auch noch ein Balanceakt zwischen dem Präsidenten und Saga. Der Planet muss gerettet werden, aber wie? Dem Lava-König ist das Leben der Menschen egal. Er verlangte von mir, die verlorene Energie der Lava wiederzugewinnen. Doch woher sollte er wissen, was ich tue? Führen sie in den Vulkanhöhlen Buch über meine Taten wie in einer Bank: wie viel Plus, wie viel Minus? Als Schuljunge im Dorf Arvola erreiche ich ohnehin nicht viel. Vielleicht als Erwachsener, wenn ich wie mein Vater die weite Welt bereisen kann. Aber würde ich dann wirklich die Erde retten wollen wie Saga, oder würde ich nur die vergeudeten Kräfte der Lava-Menschen zurückholen, wie ich es sollte? Und als Held – als Kronprinz! – in mein unterirdisches, von Diamanten ummauertes Königreich zurückkehren, um dort für immer zu leben?

«Wähle weise, junger Prinz», hatte der Lavakönig gesagt.

Tuomas wusste nicht, wie er sich entscheiden sollte.

51.

Zwei Wochen später erhielt Tuomas einen Brief mit einer schwedischen Briefmarke, aber ohne den Namen des Absenders. Im Umschlag war Tuomas' Bibliotheksausweis, den der Junge schon vermisst hatte. Eine handgeschriebene Notiz lag bei:

«Lieber Tuomas. Das ist dir runtergefallen. Danke für deine Hilfe. Du bist ein wahrer Wunderknabe. Wir sehen uns irgendwann. Vielleicht komme ich mal wieder nach Finnland. Hier ist meine E-Mail-Adresse. Schreib mir. Deine Freundin Saga.»

«Deine Freundin Saga» – das schrieb ein Mädchen, das durch ihren Mut und ihre Taten weltberühmt wurde. Ein Mädchen, das ganz allein angefangen und eine weltweite Bewegung vor allem junger Menschen zum Schutz der Umwelt ausgelöst hatte. Ein Mädchen, dem sogar Politiker zuhörten. Jetzt sogar Präsident Grant ... nach diesem letzten Treffen. Ein Mädchen, das keine Angst hatte, das nicht zögerte wie Tuomas, der zumindest Wunderkräfte besaß. Und dieses Mädchen wollte Tuomas' Freundin sein!

Natürlich antwortete Tuomas Saga. Und Saga wieder Tuomas. Tuomas hatte nichts Weltbewegendes aus seinem Dorf zu erzählen, so wie Saga, die immer unterwegs zu sein schien, aber Tuomas erzählte ihr von der Dorfkirche, die für eine neue Nutzung renoviert wurde. Schließlich sei das Recycling alter Gebäude auch ein kleiner Schritt zum Klimaschutz.

Saga interessierte sich sehr für das Projekt und fragte, ob sie zur Einweihung der Kirche kommen dürfe, wenn es soweit sei. Ja, natürlich! Tuomas wäre mehr als stolz auf einen so berühmten Ehrengast!

Vor allem, als Saga schrieb: «P.S. Die Einweihung ist eigentlich nur ein Vorwand, ich möchte dich einfach besser kennen lernen».

Im Mai bekam Tuomas einen weiteren Brief. Sein Vater hatte ihn mitgebracht, als er ihn auf dem Hof besuchte. Auf dem Umschlag stand nur «Tuomas». Jemand hatte ihn in den Briefkasten an der Tür der Stadtwohnung geworfen.

«Du hast auf deiner Reise nach Helsinki Freundinnen gefunden», schmunzelte der Vater, denn der Brief roch irgendwie weiblich. Tuomas hatte keine Ahnung, von wem der Brief sein könnte, aber er zog sich in sein Zimmer zurück, um ihn zu lesen.

«Hallo Tuomas, danke für deine Hilfe. Uns geht es gut. Wir haben eine neue Wohnung. Der Anwalt will die Scheidung unserer Mama durchsetzen. Wir wohnen bei Mama. Papa kam aus dem Iran zurück und war sehr wütend, aber Mama wollte ihn nicht reinlassen und hat die Polizei gerufen. Ich glaube, Papa muss zurück in den Iran, aber wir bleiben in Finnland. Mama macht einen Finnischkurs und will arbeiten. Ich möchte Anwältin werden und allen Frauen helfen. Amira wird Ärztin oder Stewardess, weil sie so hübsch ist. Hier sind meine Adresse und meine Telefonnummer. Deine Freundin Laila».

Vielleicht hatte Tuomas doch einen Platz und eine Rolle in dieser Welt.

52.

Die Renovierung der alten Dorfkirche von Arvola, ARKKI, wurde im Frühsommer abgeschlossen. Im Laufe des Sommers mussten noch die Außenwände gestrichen und einige Fenster erneuert werden. Aber alle öffentlichen Räume im Erdgeschoss warteten darauf, eröffnet zu werden, die Jugendräume im zweiten Stock waren mit einem großen Billardtisch und vielen anderen Spielen ausgestattet, der ehemalige Küster Rantanen war in seine Wohnung eingezogen, um von dort aus mit Hilfe der Olevainen (Kirchenwesen) die Kirche zu bewachen und die Touristen zu empfangen, die den Kirchturm bestiegen. In den ersten Tagen bestanden die Besucher aus den eigenen Dorfbewohnern, von denen die meisten ihr Heimatdorf noch nie aus der Luft gesehen hatten. Die Wohnung des Kulturstipendiaten des Jahres an einem Ende der Kirche wartete darauf, eingerichtet zu werden.

Das Eröffnungsprogramm war in Planung. Man wollte eine prominente Persönlichkeit als Hauptredner einladen, damit auch die Entscheidungsträger der Stadt sich die Mühe machen, zu kommen und zu verstehen, dass die Peripherie der Stadt entwickelt werden muss und nicht nur im Stadtzentrum allerlei Unsinn gebaut werden darf. Das eigene Programm von Arvola stand schon fest: Der Schulchor würde schwungvolle Volkslieder singen, ein junger Akkordeonspieler aus dem Ort würde einen schönen Tango spielen, es würde einen Gedichtvortrag geben. Eine achtzigjährige Dichterin aus dem eigenen Dorf hatte zu diesem Anlass ein beeindruckendes Gedicht geschrieben. Der Theaterverein würde auf einer neuen Bühne spielen. Aber wer sollte von außen kommen, um in einem kleinen Dorf wie Arvola über die erfolgreich ausgeführte Renovation der alten Kirche zu sprechen? Bischöfe und Priester waren nicht erwünscht, weder um zu segnen noch zum Lobpreisen. Auch nicht, um darüber zu staunen, wie die Kirche der Väter durch die Gnade Gottes gerettet worden war. Niemand auf dieser Seite hatte bis dahin den Schöpfer um Hilfe angerufen oder sich sonst um das Schicksal der alten Kirche gekümmert. Auf ministerieller Ebene würde sich niemand für diese Aufgabe interessieren, auch wenn er aus der Region käme. Vielleicht jemand aus dem Gemeinderat, wenn er damit Stimmen bei den nächsten Wahlen gewinnen könnte.

Tuomas hatte im Frühjahr seine neue Freundin Saga kontaktiert und eine E-Mail von ihr erhalten. Er informierte Alma und Rantanen, dass das Problem mit dem prominenten Redner gelöst sei. Saga und eine bekannte finnische Umweltschützerin würden nicht nur in der ARKKI, sondern auch in der Dorfschule auftreten, wenn sie wollten.

Die Nachricht verbreitete sich sofort in den Kulturkreisen der Stadt und erregte großes Aufsehen. Wie war es der Stiftung der Kirche von Arvola gelungen, so bedeutende Persönlichkeiten für ihre eigene Veranstaltung zu gewinnen? Das wurde nicht verraten und konnte auch nicht verraten werden, denn nur Tuomas wusste von der Freundschaft zwischen Saga und ihm.

Die Schule war in heller Aufregung, als Sagas Ankunft angekündigt wurde. Natürlich wussten alle Jugendlichen in Arvola von Saga und ihrem Kreuzzug zur Rettung der Erde und waren eindeutig auf ihrer Seite. Während viele Eltern Sagas Aktionen als eitle Effekthascherei und Hysterie abtaten, spürten die Jugendlichen, dass ihre eigene Zukunft nun ernsthaft auf dem Spiel stand.

Der Friseursalon des Dorfes war überfüllt, weil unzählige Schulkinder ihre Haare «sagarot» färben lassen wollten, und der Friseur musste die Eltern der Kinder fragen, ob dies erlaubt sei. Tuomas schickte Saga eine weitere neue Idee für den Besuch, die Saga sofort an ihre Assistenten weitergab, um sie weiterzuentwickeln. Ein grafischer Entwurf der Idee tauchte bald in Tuomas' E-Mail auf, und lange bevor Saga auftauchte, war das neue Produkt fertig für den Vertrieb.

Saga und ihre Begleiterin kamen am Vorabend in der Nachbarstadt an. Nachdem sie sich in einem Hotel einquartiert hatten, nahmen sie ein Taxi nach Arvola, wo Tuomas sie auf der Aussentreppe von ARKKI erwartete. Sagas Mutter hatte der Reise ihrer Tochter nach Finnland nur unter der Bedingung zugestimmt, dass sie immer eine zuverlässige weibliche Begleitung dabeihaben würde.

Riitta Bergström, eine angesehene Umweltforscherin bei der finnischen Umweltschutzbehörde, kannte Saga bereits von früheren Veranstaltungen und erklärte sich gerne bereit, Sagas Anstandsdame zu sein, zumal Saga angedeutet hatte, dass bei ihrer Ankunft eine Art magische Überraschung auf sie warten würde. Bergström war eine große, schlanke Frau mit Bürstenhaarschnitt, die es bei ihrer Arbeit in der ganzen Welt vorzog, Vorträge auf Französisch oder Englisch zu halten, weil ihr Sprachfehler sie in diesen Sprachen nicht am Sprechen hinderte. Sie war ein wenig enttäuscht, als sie von einem schmalen Schuljungen begrüßt wurden. Sie hatte einen furchterregenden, bärtigen Guru erwartet, der zu einer Trommel tanzte und in Trance fiel, um Prophezeiungen zu machen.

Zuerst machte Tuomas eine kurze Führung durch das renovierte Gebäude. Spätestens der Blick aus dem Glockenturm überzeugte die beiden Frauen, dass sich die Reise gelohnt hatte.

Nachher zogen sie sich in die Stipendiatenwohnung zurück, wo ein üppiges Abendessen von Alma auf sie wartete. Als alle am Tisch Platz genommen hatten, begann Bergström etwas zögerlich:

«Ich sage gleich zu Beginn, dass ich nicht an irgendwelche Geister oder übernatürliche Phänomene glaube. Ich bin Naturwissenschaftlerin und in keiner Weise gläubig.»

«Ich habe auch nicht daran geglaubt, aber es ist einfach passiert», sagte Saga achselzuckend und wuschelte durch ihr rotes, lockiges Haar.

«Es ist keine Frage des Glaubens», sagte Tuomas. Der Nonna-Stein auf seiner Brust strahlte eine sanfte Wärme aus. «Ich bin nur ein Schuljunge und muss mein Leben leben. Aber du bist erwachsen und kannst in ganz Finnland und in der Welt etwas bewirken.»

«Ich habe Riitta nichts von deinen familiären Wurzeln erzählt. Ich glaube selbst nicht daran», sagte Saga. «Hei Tuomas, wohin bist du verschwunden? Du hättest nicht so beleidigt sein müssen!» Tuomas war nirgends zu sehen. Stattdessen saß eine rothaarige Katze in seinem Sessel und leckte sich die Pfote.

«Soll das ein Trick sein? Wir hatten nicht vor, in den Zirkus zu gehen», schimpfte Bergström ein wenig verärgert.

«Tut mir leid, das wollte ich nicht. Das kommt vor», sagte Tuomas und lehnte sich in seinem Stuhl zurück. «Ich habe das noch nicht so richtig im Griff, wenn ich aufgeregt bin. Es ist nur so, dass auf der Welt alle möglichen Dinge passieren, von denen die Menschen keine Ahnung haben. Sogar jetzt ist meine verstorbene Großmutter Nonna vom

Vulkan Ätna hier». Tuomas zog den Anhänger von Nonna unter seiner Bluse hervor und küsste ihn.

«Meine tote Mutter gibt mir Ratschläge, die direkt aus meinem Kopf kommen. Der uralte Lava-König schickt mir Verbote und Gebote durch diesen besonderen Stein, den du gleich kennenlernen wirst.» Tuomas wickelte den Rubin aus seiner Socke und legte ihn auf den Tisch.

«Und hier in den Ecken –» Tuomas blickte sich um – «gibt es ein Dutzend Kirchenwesen. Ich nenne sie die Olevainen. Sie hören mit Interesse zu, was wir zu sagen haben. Ein ziemlicher Haufen von Freaks. Dank ihnen wurde diese Kirche restauriert. Und zu Hause habe ich einen lustigen, geselligen Mühlen-Elf, der auf meinen Hund aufpasst. Ich selbst ... Ich weiß nicht einmal, was ich wirklich bin. Zumindest kein normaler Mensch. Und jetzt lese ich in deinen Gedanken, dass du denkst, ich sei total verrückt. Es ist an der Zeit, zur Sache zu kommen.»

Riitta Bergström schluckte. «Wie wirkt sich dieser Stein ... auf einen Menschen aus. Wenn überhaupt.»

«Ich glaube, jeder reagiert anders darauf.»

«Ich will mich nicht unbedingt in eine Katze verwandeln», klang Bergström ein wenig ängstlich. «Ich reagiere allergisch auf Katzenhaare.»

«Kann ich auch dabei sein?» fragte Saga.

«Es könnte gefährlich werden. Eine Überdosis. Schon jetzt drückst du den Menschen deinen Willen auf.»

Tuomas erklärte das bevorstehende Experiment genauer: Er würde mitmachen müssen, indem er Bergströms Hände mit seinen eigenen hielt, um die Energieströme in Bewegung zu setzen. »Eigentlich wäre es meine Aufgabe, von den Menschen die Urenergie des Lavavolkes zurückzuholen. Der alte Lava-König wird nicht glücklich sein, wenn die Kraft vom Stein auf die Menschen übertragen wird.»

Tuomas setzte sich wieder zu Bergström an den Küchentisch, wo es leichter war, die Hände zu halten. Tuomas legte den Stein auf den Tisch. Die Umweltwissenschaftlerin starrte den Stein an, ohne es zu wagen, ihn mit einem Finger zu berühren. Danach legte Tuomas den Stein in Bergstöms Handflächen und schlang seine eigenen Hände um ihre. Dann warteten sie einfach. Saga war ins Wohnzimmer sitzen gegangen, aber auch sie spürte, wie die Luft dichter und das Licht schwächer wurde. Die Zeit stand still. Saga hörte Riitta vor Schreck oder Schmerz aufschreien, als der Stein zu brennen begann. Dann war der Zauber vorbei, der Stein lag wieder auf dem Tisch und sah unschuldig aus. Sein rotes Glühen erlosch.

Bergström rieb sich die Handflächen und sah ein wenig verlegen aus. Es fiel ihr schwer, ihre Gedanken zu ordnen.

Saga kam ins Zimmer.

«Hast du etwas gespürt?»

Im selben Moment schien der Boden unter ihren Füßen zu beben. Tassen und Gläser klirrten im Schrank. Das Beben dauerte nur einen Moment, aber alle waren erschrocken. Dann grinste Tuomas: «Hab ich's nicht gesagt: Der alte Herr hat was dagegen, wenn die Bilanzen des Kraftwerks nicht stimmen. Aber keine Sorge. Sobald ich älter werde, bezahle ich alles mit Zinsen zurück. Es gibt genug Bösewichte auf der Welt, deren Macht man verringern sollte.»

«Wer sagt, dass ich ein *lahialuontone maatuska* bin?», fragte Riitta Bergström und sah sich um. Meine Großeltern sind aus Karelien eingewandert. Ich verstehe den karelischen Dialekt sehr gut.

«Ruhe in der Ecke!» rief Tuomas. «Die Kirchenwesen werden frech ... Hei, du kannst sie jetzt hören! Die sprechen immer noch karelisch, obwohl sie schon hundert Jahre hier in Savo leben. Was haben sie gesagt?»

«Etwas wie *ein passables Frauenzimmer.*»

«Übrigens, hast du bemerkt, dass dein Sprachfehler weg ist?»

«Das wäre wunderbar. Ich hasse es, wenn man sich vorstellen muss: RRRRRRiitta BeRRRRRRgstRRRRRRRöm. Da hilft auch die beste Sprachtherapie nicht.» Saga lachte vergnügt.

«Ich glaube, da war noch mehr. Geh ins Bad und schau dich im Spiegel an.»

Kurz darauf ertönt ein lauter Schrei aus der Toilette und Bergstöm rannte zu den anderen in die Küche.

«Das kann doch nicht wahr sein! Meine Igelfrisur ist wie die aufgehende Sonne!»

Es wurde ein langer Abend. Als Tuomas in der Dämmerung der Sommernacht nach Hause radelte, fand er Alma schlafend im Korbstuhl auf der Terrasse. Ressu lag zu ihren Füßen auf dem Teppich und sprang so begeistert auf, dass Alma aufwachte.

«Ich muss jetzt ins Bett. Gute Nacht, Alma. Kannst du mich um sieben wecken, damit ich pünktlich in der Schule bin?»

53.

Am nächsten Morgen war die ganze Schulgemeinschaft auf dem Schulhof versammelt und wartete auf die Ankunft von Saga und ihrer Begleiterin. Am Tor und an der Eingangstür wimmelte es von Journalisten, auf dem Parkplatz stand ein Fernsehwagen. Am Eingang der Aula warteten der Schulleiter und die Lehrer. Die Schüler wurden klassenweise hereingeführt. An der Tür gab es einen kleinen Tumult, als jeder Schüler etwas in die Hand gedrückt bekam. Einige ältere Jungen, die an der Tür Wache standen, flüsterten den Schülern ins Ohr, dass sie es erst auf ein Zeichen wieder herausnehmen sollten.

Die draußen wartende Presse stürzte sich auf Saga und die Umweltwissenschaftlerin Bergström, sobald sie aus dem Taxi stiegen. Mit ein wenig Gewalt führte der kräftige Schulleiter Karhula die Gäste sicher ins Innere, und die Presse konnte sich im hinteren Teil der Turnhalle, die zum Festsaal umfunktioniert worden war, niederlassen oder vorne auf dem Boden sitzen. Das war der Anfang. Schulleiter Karhula begrüßte die Gäste natürlich in fehlerfreiem Englisch und Sagas Begleiterin Bergström kündigte an, dass sie Sagas Rede ins Finnische übersetzen würde, da die jüngeren Schülerinnen und Schüler noch nicht über ausreichende Sprachkenntnisse verfügten.

Dann betrat die mit Spannung erwartete Hauptperson der Veranstaltung das Podium. Als sie einen ersten Blick in die Runde warf, ertönte von irgendwoher der Ruf: JETZT! Und alle Schüler hoben die Hände. Im Nu verwandelte sich der große Saal in ein Flammenmeer von roten Kappen. Die Farbe signalisierte, dass der Planet unter dem Einfluss der Hitze und Trockenheit glühte. An der

Stirnseite der Kappen stand gedruckt S🌐S... «Rettet die Seelen der Erde». Oder «Rettet die Erde». Wie auch immer man es verstehen wollte. Jedenfalls war klar, dass es sich um ein Notsignal handelte.

«Rettet unsere Erde», lautete Sagas Botschaft an die Menschheit. Der Planet war in Gefahr, nicht nur in Australien, wo riesige Brände wüteten, sondern überall dort, wo die Gier der Menschen die Natur zerstörte. Sagas Rede war ganz den Schülern gewidmet. Obwohl Bergström, welche die Rede übersetzte, nicht mit der gleichen Leidenschaft sprechen konnte wie Saga, kam die Botschaft an, und die Schüler, auch die jüngsten, nahmen sie auf wie eine ausgetrocknete Wüste das Regenwasser.

«Wir alle, ihr Schüler dieser Schule und alle Jugendlichen der Welt, sind dafür verantwortlich, wie die Welt in Zukunft aussehen wird, wenn wir erwachsen sind. Erzählt mir nicht, dass nur die Staatsoberhäupter und Politiker, die Besitzer und Chefs der großen internationalen Konzerne, all die alten weißen Männer auf der ganzen Welt entscheiden, wie dieser Planet behandelt wird. Wie viel Öl, Kohle, Gas und Grundwasser aus dem Erdinneren geplündert werden sollen. Sagt mir nicht, dass wir Jugendlichen nichts tun können. Ich sage euch: Nur wir Jugendlichen können etwas bewirken. Es ist sinnlos, von den Erwachsenen zu erwarten, dass sie freiwillig ihren Lebensstil ändern. Ich spreche von Euren Eltern, Euren Großeltern und, Verzeihung, auch von Euren Lehrern. Es ist an der Zeit, dass wir Jugendlichen die Zügel in die Hand nehmen. Ihr fragt euch, wie das möglich ist. Müssen wir alle hingehen und demonstrieren, so wie ich es getan habe? Nein, es ist viel einfacher: Hört auf mit der Verschwendung und unnötigem Konsum. Ihr braucht nicht ständig neue modische Kleidung, neue Geräte und Spiele. Eure

Eltern brauchen auch keine neuen Autos, Häuser, Möbel, Maschinen, Reisen – was immer ihr wollt. Wir kommen mit viel weniger aus. Und wenn es für Dinge keine Käufer mehr gibt, werden sie auch nicht mehr produziert.

Ich weiß, dass die klugen Erwachsenen in der ersten Reihe denken – ja, das seid ihr: Wenn ihr keine Waren produziert, gibt es keine Arbeitsplätze, und ohne Arbeitsplätze gibt es keine Löhne. Aber wenn ihr weniger kauft, braucht ihr weniger Geld, ihr könnt weniger arbeiten, ihr habt mehr Freizeit, ihr könnt besser und gesünder leben.»

Auf der großen Leinwand an der Stirnseite des Saals lief nun ein Stummfilm mit Musikuntermalung, den das Saga-Team produziert hatte. Zwei zusammenhängende Sequenzen liefen nebeneinander: eine Schülerin, die alte T-Shirts aussortiert, mit ihrer Mutter neue kauft und sie ihren Freunden zeigt. Jungen, die mit ihren Smartphones spielen, während jemand kommt, um ein noch neueres Gerät vorzuführen, und die Jungen die alten wegwerfen und neue kaufen. Papa ersetzt den Computer und den Fernseher. Papa und Mama fahren mit ihrem Auto, während jemand mit einem viel schöneren und schnelleren Auto an ihnen vorbeifährt; die Eltern kaufen ein neues Auto.

Aneinandergereihte Bilder zeigen, wie T-Shirts in Indien mitten im Elend hergestellt werden, wie Eisenbahnwaggons Elektronik aus China nach Europa transportieren, wo große Frachtschiffe die alten Geräte in Schrottbergen nach Afrika bringen. Und schließlich die Berge von Schrottautos und die im Meer treibenden Plastikflöße, auf denen Eisbärenbabys schaukeln.

Während des Films hatte sich Saga auf einen Stuhl gesetzt, und Riitta Bergström vom Umweltministerium hatte ihren Platz eingenommen und wandte sich am Ende des Films an das Publikum.

«Habt ihr euch schon einmal gefragt: Warum wollen wir immer neue Dinge, wenn wir sie am Ende doch nicht brauchen und wegwerfen? Die Antwort lautet: Wir brauchen alles, um wahrgenommen zu werden, um bewundert zu werden, um beneidet zu werden. Aber letztlich geht es darum, dass wir akzeptiert werden wollen. Wir müssen lernen zu zeigen, dass wir einander so akzeptieren, wie wir sind. Wir müssen uns trauen, aufeinander zuzugehen.

Wir machen jetzt eine kleine Übung. Ich bitte alle, aufzustehen und sich der Person zu eurer Rechten zuzuwenden. Die Personen mit den ungeraden Zahlen am Ende der Reihe gehen aufeinander zu. Wenn ich JETZT sage, schaut euch in die Augen und umarmt euch ganz fest. Denkt daran, wie es sich anfühlt, wenn die andere Person euch so annimmt, wie ihr jetzt seid. Seid ihr bereit? UMARMT EUCH JETZT! Und nach einer Weile kommt das Kommando: Hört auf euch zu umarmen! SETZT EUCH!»

Zum Schluss bedankte sich die Rednerin bei allen und sagte:

«Der Planet Erde liegt in euren jungen Händen. Die Zukunft gehört euch. Entscheidet euch richtig.»

Noch lange danach wurde in den Häusern über das Programm gesprochen. Wer wen umarmt hatte und ob alles mit rechten Dingen zugegangen war. Selbst der Direktor hatte Paula Puntanen, die rechts neben ihm stand, so fest umarmt, dass sie nicht mehr aufhören konnten, obwohl der Befehl schon gegeben war.

54.

Am Nachmittag wurde die Saga-Mütze auch an die Gäste der ARKKI-Eröffnungsfeier verteilt. Es war urkomisch zu beobachten, wie viele der Klimaleugner die Mütze zähneknirschend auf den Kopf setzten, als Sagas Assistentin Bergström sie ihnen an der Tür überreichte. Der Blick der rothaarigen Frau war so gebieterisch, dass es unmöglich war, die Mütze abzulehnen.

Zuerst war der Schulchor dran, in dem Tuomas Mitglied war. Das Eröffnungslied war das bekannte, aber leicht abgewandelte Volkslied «Auch wir haben eine Arche verdient, im großen Land Finnland». Die Begrüßungsrede auf der Kanzel hielt Pentti Kovanen, Vorsitzender der ARKKI-Stiftung und Bankdirektor. Er drückte seine Freude über die hervorragende Begegnungsstätte für die Bewohner des Dorfes Arvola aus und dankte dem Spender, der anonym bleiben möchte. An dieser Stelle seiner Rede hörte Tuomas ein Kichern unter dem Rednerpult. Das hörten auch die Ehrengäste Saga und Riitta Bergström, die in der ersten Reihe saßen und sich verwirrt ansahen, bis sie merkten, dass sie auf der Frequenz der Olevainen waren.

Dann sang der Chor ein schwungvolles Volkslied, das für die Einweihung eines alten, repräsentativen Gebäudes passend erschien: «Nun will ich ein Häuschen bauen…», woraufhin der für das Projekt verantwortliche Architekt Romo einen Überblick über die neuen Energiesysteme von ARKKI gab. Das riesige Dach der Kirche wurde teilweise mit Sonnenkollektoren bestückt, die durch an den Außenwänden installierte Luftwärmepumpen ergänzt werden. (Alles in der neuesten und teuersten umweltfreundlichen Qualität, die sich die Stiftung leisten konnte). An dieser Stelle des Vortrags knirschte Pentti Kovanen in der vordersten Kirchenbank so laut mit den Zähnen, dass es sogar der neben ihm sitzende Stadtratsvorsitzende hören konnte.

In ihrer Rede lobte die Umweltforscherin Bergström, dass Arvola ein wertvolles Bauwerk für künftige Generationen gerettet habe, indem es sowohl das alte Gebäude erhalten als auch bei der Restaurierung möglichst umweltfreundliche Materialien verwendet habe. (Und so teuer wie möglich, dachte Kovanen zähneknirschend).

Bergström fand es großartig, dass die Jugendlichen nun einen eigenen Freizeitraum hätten, sodass das ziellose, umweltschädliche Herumlungern und der Vandalismus auf der Dorfstraße zurückgehen würden. Bergström hoffte, dass Umwelt- und Klimaschutzprojekte auch in Zukunft in Arvola Beachtung finden würden. Nach einer kurzen Pause beendete die Forscherin ihre Rede mit Betonung auf jedem Wort:

»Maßnahmen zum Schutz des Lebens auf unserem Planeten fallen nicht vom Himmel und werden eines Tages von irgendwelchen Aktivistengruppen, Behörden oder Wissenschaftlern umgesetzt. Die treibende Kraft und der Motor der Reform ist die Person, die Sie jeden Tag im Spiegel sehen. Das sind Sie selbst! Die Verantwortung liegt bei Ihnen!

Für die Rede von Saga wurde ein Podest auf dem Boden der Kanzel aufgestellt, so dass sie über den Rand der Kanzel hinausschauen konnte. Bergström dolmetschte die Rede über ein Mikrofon. Saga schwieg einen Moment, als sie die Kanzel bestieg, aber ihr Blick fesselte sowohl die Menschen im Saal als auch die Presse auf der Empore. Und was die Zuhörer erschauern ließ: Saga lächelte! Das konnte nichts Gutes bedeuten. Und Sagas Predigt stand derjenigen der Priester von einst in nichts nach, die von derselben Kanzel aus Gottes Urteil über das lasterhafte Leben der Gemeinde verkündet hatten. Die Sünden waren in diesem Fall Konsumhysterie und Verschwendungssucht, Neid und Habgier, die auch zum Raubbau an den natürlichen Ressourcen der Erde führten. Während Saga sprach, regnete es Feuer und Schwefel von der Kanzel.

«Dieser Planet, die Erde unter unseren Füßen, ächzt unter unseren Taten. Letzte Nacht haben wir alle das Erdbeben gespürt, sogar hier an diesem abgelegenen Ort. Wir können die Warnzeichen ignorieren. Wir können so weiterleben wie bisher. Das ist das Bequemste, und wir Menschen sind faul, egoistisch und bequem. Wir denken, dass wir eines Tages den Kurs ändern werden, wenn wir es wirklich müssen. Aber dieser Augenblick kommt zu früh. Dann werden wir uns an ganz andere, sehr schwierige Umstände anpassen müssen. Ein Moment, in dem die Existenz des Lebens auf der Erde bedroht ist. Ein Moment, den wir vermeiden können, wenn wir jetzt handeln. Wir haben die Wahl: freiwillig, hier und jetzt, oder unter Zwang, ohne Wahl.»

Nachdem Saga geendet hatte, herrschte einen Moment lang Stille, während alle die Lektion verdauten, die sie erhalten hatten. Niemand wusste, ob er applaudieren sollte oder nicht, oder ob es richtig war, einer Prophezeiung des Weltuntergangs zu applaudieren. Doch nach einem Moment der Ungewissheit erhoben sich alle Zuhörer, und der Applaus drang bis zur Decke der Kirche.

Die Grußworte der offiziellen Vertreter der Stadt fielen sehr kurz aus. Natürlich sei es positiv, dass mit dem Sanierungsprojekt ein Treffpunkt für die Landbevölkerung geschaffen worden sei, aber was solle man dazu sagen, wenn die Stadt nichts dazu beigetragen habe und deshalb sich selbst nicht danken konnte.

Während der Pause offerierte das Küchenteam Kaffee und Kuchen, wonach die Veranstaltung mit musikalischen Darbietungen und kurzen Sketchs der Theatergruppe fortgesetzt wurde. Am Abend würde man im Saal eine Tanzveranstaltung darbieten und die Theatergruppe hatte das Stück «Strategisch wichtiges Dorf» eines einheimischen Autoren und einer ebensolchen Regisseurin eingeübt.

Doch Saga und ihre Begleiter verließen die Veranstaltung zu Beginn der Pause so abrupt, dass die wartende Presse, die in den Hof eilte, nur noch ein Taxi um die Ecke verschwinden sah. Alle geplanten Interviews fielen aus. Mit der plötzlichen Abreise wollte man der Frage zuvorkommen, was Saga so weit in die finnische Wildnis geführt hatte. Die Freundschaft, die sich zwischen Saga und Tuomas entwickelt hatte, sollte niemandem verraten werden.

Tuomas hatte sich unbemerkt ins Taxi geschlichen und saß nun auf dem Beifahrersitz, um dem Fahrer Anweisungen für die Weiterfahrt zu geben. Saga wollte Arkkos altes Gutshaus sehen, von dem ihr Tuomas in seinen Mails erzählt hatte.

Die alte Eichenallee, die in den Hof führte, hatte schon Bewunderung hervorgerufen, die Windmühle auf dem Feld noch mehr, und als die Gäste das Innere des Gutshauses sahen, war ihr Staunen grenzenlos.

«Das ist ja riesig! So viele Zimmer wie in einem Hotel!»

«Das war früher ein Gasthaus.»

«Warum ist es so leer?»

«Hier gibt es niemanden, der sich für so etwas interessiert. Ich bleibe auch nicht hier», seufzte Tuomas.

«Schade. Wir könnten hier Agrotourismus, Naturtourismus und alles Mögliche entwickeln», seufzte Bergström, die Umweltwissenschaftlerin.

Nach einem ausgiebigen Mittagessen von Alma fuhren die Gäste mit dem Taxi in die Stadt, um den Zug zu erreichen.

Oma Irma war am Vormittag in die Stadt gefahren, um einen Friseurtermin wahrzunehmen und die obligatorischen Einkäufe und Restaurantbesuche zu machen, und wusste nichts von den ungewöhnlichen Besuchern im Gutshaus.

Viele der Teilnehmer der Eröffnungsfeier hatten gehört, dass vormittags in der Schule jeder gezwungen war, den Sitznachbarn zu umarmen. Sie atmeten erleichtert auf, als sie bemerkten, dass die Organisatorin dieses Programms bereits gegangen war. Viele hatten sich ihren Platz danach ausgesucht, ob die Person neben ihnen für eine Umarmung geeignet war. Neben dem langhaarigen, bärtigen Ratsmitglied der Grünen blieben beidseitig Plätze frei.

Als Saga und Riitta Bergström zu Hause ihr Gepäck auspackten, rollte vor ihnen ein schwerer Goldbarren aus dem Koffer: ein Überraschungsgeschenk der Olevainen für ihre Gäste.

Die Aktion mit den Saga-Kappen in der Schule von Arvola wurde bekannt, als ein lokaler Radio- und Fernsehsender einen Filmausschnitt des Ereignisses in den Abendnachrichten ausstrahlte. Bei den Konferenzen und öffentlichen Versammlungen, vor denen Saga in der Folge sprach, waren erstaunlich viele rothaarige Zuhörer anwesend, aber noch konnte niemand die Haarfarbe als Demonstration deuten. Doch als Saga das Wort ergriff, brach im Saal helle Aufregung aus, als aus unzähligen Taschen eine rote S🌐S-Mütze hervorgeholt wurde.

55.

Tuomas hatte die blinde Miranda während eines Schullagers aus einem Sturm gerettet und fühlte sich ihr gegenüber seltsam verantwortlich. Er fühlte sich sogar schuldig, weil sie nichts sah und er sogar das Unsichtbare. Als er Miranda in der Kantine sah, wie sie traurig vor ihrem Teller saß, stellte er sein Tablett auf den Tisch neben ihr. «Ich bin's, Tuomas, hallo.» Sie schniefte leise. Die Lehrerin, die Miranda beim Essen assistiert hatte, wurde anderswo gebraucht. «Kannst du dich für mich um Miranda kümmern? Danke.» Und schon war die Lehrerin weg.

«Stimmt etwas nicht?», fragte Tuomas. In der Stunde zuvor war die Berufsberaterin in der Klasse gewesen. Nach der sechsten Klasse zogen die Schüler der Arvola-Schule in die Stadt, um dort ihre Ausbildung fortzusetzen. Laut Gesetz mussten sie ihre Ausbildung bis zum Alter von mindestens 18 Jahren fortsetzen, entweder in einer Berufsschule oder in einer weiterführenden Schule. Zu gegebener Zeit würden sie das Abitur ablegen, und viele von ihnen würden ein Hochschulstudium aufnehmen. Einige, die sich für eine Berufsausbildung entschieden, wussten bereits, was sie später einmal werden wollten. Väinö wollte Koch im Restaurant seiner Eltern werden, Mirko Automechaniker und Aada Tierärztin.

Miranda hatte während der ganzen Stunde kein Wort gesagt, aber jetzt brach es aus ihr heraus.

«Nach diesem Winter ziehen alle in die Stadt. Ich bin älter als du und werde im Frühjahr achtzehn, dann brauche ich nicht mehr zur Schule zu gehen. Und es würde auch nicht gelingen. Jetzt bringt mich meine Mutter morgens zur Schule und holt mich abends wieder ab, dazwischen kann sie halbtags arbeiten. Ab nächsten Herbst kann sie mich nicht mehr in die Stadt fahren, und in der neuen Schule bräuchte ich ständig einen Klassenassistenten. Und ich würde viele neue Sehhilfen für zu Hause brauchen. Vielleicht kann ich auf eine Schule für Sehbehinderte gehen. Ich werde lernen, Weidenkörbe zu flechten. Es gibt keinen richtigen Beruf für jemanden wie mich. Ich bin zu nichts zu gebrauchen.» Miranda seufzte schwer und fuhr fort:

«Mama hat mir gesagt, dass wir, wenn ich mit der Schule fertig bin, unser Haus verkaufen und nach Portugal zu Oma und Opa ziehen. Dort leben sie schon seit ein paar Jahren in einem Wohnwagen auf einem Campingplatz, wo es viele andere Finnen gibt und es immer warm ist. Opas Rheuma ist dort nicht so schlimm und alles ist billiger, also reicht auch die Rente besser.

Aber was soll ich auf so einem Campingplatz? Mama würde sich einen Job suchen und Oma und Opa würden sich um mich kümmern. Aber ich würde dort nichts kennen, nicht einmal die Sprache. Alles wäre fremd. Ein schrecklicher Gedanke …» Eine helle Träne kullerte Miranda über die Wange, die sie sich verärgert am Ärmel abwischte.

«Mach dir jetzt keine Sorgen. Es ist noch Winter. Wir finden schon eine Lösung», tröstete Tuomas sie.

56.

Tuomas war sich mehr und mehr sicher, dass er den Familienbetrieb nicht weiterführen würde, so wenig wie es sein Vater Olli und sein Großvater getan hatten. Was sollte dann aus dem Familiensitz werden? Oma Irma sprach immer öfter davon, in die Stadt zu ziehen, um «zivilisierte Verhältnisse» zu haben, in der Nähe von Geschäften und Vergnügungen. Das Leben in Arvola fand sie langweilig. Das Gutshaus war alt, kalt und trostlos. Irma hatte das Gefühl, dort nie zu Hause gewesen zu sein. Und was war mit Alma? Sie würde das Gut nicht retten. Sie war nur eine Hilfskraft, obwohl sie fast ihr ganzes Leben dort verbracht hatte und mit dem Hof verbunden war. Vater Olli besuchte Arvola nur an seinen freien Tagen und hauptsächlich wegen Tuomas. Sollte das Gut an Fremde verkauft werden?

Eine ferne Erinnerung begann Tuomas zu verfolgen. Was hatten die alten Damen im Dorf beim ersten Mittsommerfest geflüstert? Leise natürlich, aber so, dass Tuomas' seltsames Gehirn es verstehen konnte? Sie hatten Olli und die blinde Miranda, die hinter der Theke stand, angestarrt und waren zu dem Schluss gekommen, dass ... Und was Alma über Mirandas Mutter berichtet hatte, die unerwartet das Dorf verlassen hatte und ein paar Jahre später mit dem Kind zurückgekehrt war: «dass es wirklich ein Unfall war …».

Tuomas holte seine Klassenfotos hervor und blätterte sie durch, bis er in dem Familienalbum, das seine Mutter angelegt hatte, das Schulfoto seines Vaters fand. Mit dem Computer scannte er die Gesichter seines Vaters und Mirandas von den Gruppenfotos, vergrößerte sie und stellte sie nebeneinander. Es war genauso, wie er es sich vorgestellt hatte. Aber es musste noch überprüft werden.

«Papa, kann ich dich was fragen?» Olli Arkko verbrachte ein paar freie Tage auf dem Hof. Vater und Sohn gingen mit Ressu spazieren, der zu einem stattlichen, glänzend behaarten Windhund mit langen Ohren herangewachsen war. «Aber versprich mir, dass du nicht böse wirst.»

Vater-Olli lächelte. Was den Jungen wohl so bedrückte? Tuomas war in der Pubertät, und sein Vater war der einzige Erwachsene, dem er auch die heikelsten Fragen stellen konnte. Über Mädchen zum Beispiel.

«Wie gut kanntest du in deiner Jugend die Mutter von Miranda? Dem blinden Mädchen aus unserer Klasse?» Das hatte Olli Arkko nicht erwartet.

«Na ja, ich kannte sie irgendwie ... aus der Schulzeit. Wir haben uns später noch während meiner Rekrutenschule getroffen, ... Wir gingen tanzen und so ... Warum in aller Welt sollte dich das interessieren?»

«Warst du in sie verliebt?»

«Was weißt du schon von Liebe?», schnaubte Papa, obwohl er sich vorgenommen hatte, nicht wütend zu werden. «Und Anneli hat sich bestimmt nicht für mich interessiert. Sie hat Arvola verlassen, ohne sich zu verabschieden. Sie kam erst zurück, als ihre Eltern zu müde waren, um sich um das Haus zu kümmern.»

«Miranda ist dein Kind.»

Tuomas erzählte es ganz ruhig. Als hätte er gesagt, Ressu hätte eine Zecke. Oder er hätte einen Stein im Schuh. Olli Arkko blieb stehen und packte den Jungen an den Schultern. Zwang ihn, ihm in die Augen zu sehen.

«Wie kannst du so etwas sagen? Deinem eigenen Vater!»

«Weil es wahr ist. Man redet im Dorf darüber und ...»

«Der Dorftratsch! Und Alma natürlich? Die Klatschtante!»

«Ich weiß es auch sonst.»

«Anneli hat es gesagt? Wir hatten nichts mehr miteinander zu tun, als ich deine Mutter kennenlernte. Und das Mädchen ist in deinem Alter.»

«Miranda ist zwei Jahre älter als ich. Sie wurde ein Jahr zurückgestellt und musste die dritte Klasse wiederholen. Nächsten Frühling ist sie nicht mehr schulpflichtig. Ich habe einen DNA-Test mit Mirandas und deinem Haar gemacht. Heutzutage ist das ganz einfach und nicht sehr teuer. Man kann ein Testkit für zu Hause bestellen und die Proben ins Labor schicken. Ich habe es von meinem eigenen Konto bezahlt.»

Olli Arkko war jetzt sprachlos.

«Mirandas Mutter will nach dem Schulabschluss nach Portugal gehen, und dort gibt es keine Möglichkeiten für Sehbehinderte. Miranda wäre dann völlig aufgeschmissen. Und sie ist ein intelligentes Mädchen. Sie sollte eine gute Ausbildung bekommen. Aber ihre Mutter hat kein Geld. Das ist erbärmlich.»

Olli war immer noch fassungslos.

«Und es wäre schön, wenn ich auch eine Schwester hätte. Laut diesem Test sind Miranda und ich miteinander verwandt.» Tuomas vergaß zu erwähnen, dass die Testergebnisse auch eine Anomalie in Tuomas' eigener DNA aufgedeckt hatten und ihm geraten wurde, einen Arzt aufzusuchen.

«Wo brennt es wohl diesmal?» dachte Alma, als sie Olli, Tuomas und Ressu im Laufschritt aus dem Wald kommen sah. Vater und Sohn verschwanden in Tuomas' Zimmer. Zuerst zeigte Tuomas seinem Vater die Schnappschüsse aus der Schule, auf denen Olli und Miranda ungefähr gleich alt waren. Und gleich aussahen. Dann kamen die Ergebnisse des DNA-Tests, die der Vater mehrmals durchlas.

«Jetzt will ich alles genau wissen», sagte er und stapfte mit einem Blatt Papier in der Hand hinaus. Tuomas hörte, wie er sein Auto startete. Er war sehr wütend.

Eine halbe Stunde später kehrte Olli Arkko zurück. Er sah weder Alma noch Tuomas an, aber seine Wangen glühten vor Aufregung, als er das Zimmer seiner Mutter betrat. Ohne anzuklopfen. Und knallte die Tür hinter sich zu. Sehr wütend. Alma sah Tuomas verständnislos an, aber Tuomas wollte nichts erklären.

Olli hatte seinem Sohn später nie erzählt, was er herausgefunden hatte, als er Mirandas Mutter in Mattila besucht hatte. Er wollte Oma Irma vor seinem Sohn nicht schlecht machen, obwohl er Grund dazu hatte. Es stellte sich heraus, dass Anneli Mattila, Mirandas zukünftige Mutter, vor anderthalb Jahrzehnten auf dem Gut gewesen war, um Irma nach Ollis Adresse in Helsinki zu fragen. Irma erkannte sofort, dass das Mädchen ein Kind für den zukünftigen Gutsherrn erwartete. Sie machte ihr klar, dass ihr Sohn sie auf keinen Fall um eines Kindes willen heiraten würde – und bezweifelte, dass ihr Sohn überhaupt der Kindesvater wäre. Und eine arme und ungebildete Schwiegertochter wäre auf dem Gut Arkko nicht willkommen. Irma hatte ihr Geldscheine in die Hand gedrückt und ihr befohlen, die Schwangerschaft abzubrechen. Anneli hatte jedoch von Alma die Adresse von Olli erhalten und war nach Helsinki gereist, um ihn zu besuchen. Als sie vor Ollis Wohnhaus stand, kam er in seiner schicken Flugkapitänsuniform mit einer eleganten Stewardess heraus. Die beiden hatten sich so gut amüsiert, dass Anneli, die im Schatten der Bäume stand, gar nicht bemerkt wurde. Erst jetzt wurde Anneli bewusst, dass Olli in einer anderen Welt lebte. Was Anneli nicht wusste, war, dass Olli in einer Wohngemeinschaft für Flugpersonal lebte und die Stewardess nicht Ollis Freundin war.

Anneli mietete sich mit dem Bestechungsgeld eine billige Wohnung, ging arbeiten und behielt ihr Kind, ohne je wieder mit Olli Kontakt aufzunehmen. Auch sie hatte ihren Stolz.

57.

Tuomas hatte seine eigenen Pläne für die Zukunft: Er wollte nach Helsinki zurückkehren, um seine Ausbildung fortzusetzen. Obwohl er bereits Freunde in Arvola hatte, blieb er in den kleinen Kreisen von Arvola ein Außenseiter, nicht zuletzt wegen all der seltsamen Vorfälle, mit denen er in Verbindung gebracht wurde. In Helsinki dagegen gab es noch andere seltsame Leute aller Rassen und Typen. Wahrscheinlich würde man alte Schulfreunde treffen. Es gäbe neue Hobbys. Ganz zu schweigen von anderen Bildungsmöglichkeiten.

Tuomas machte seinem Vater eine Liste mit all den wunderbaren Dingen, die die Hauptstadt zu bieten hatte. Was er nicht erwähnte, war, dass Helsinki der beste Ort war, um Kontakte zu Klima- und Umweltaktivisten zu knüpfen und bei Gelegenheit vielleicht seinen Kraftstein und andere besondere Gaben einzusetzen. Schließlich kamen einflussreiche Leute aus der ganzen Welt nach Helsinki.

«Wirst du das Haus und Ressu und Alma nicht vermissen?», fragte Papa. «Und Oma natürlich», fuhr er fort und merkte, dass etwas auf der Liste fehlte.

«Ich werde in den Ferien hierherkommen.»

«Wie willst du allein in der Wohnung zurechtkommen, wenn ich so oft weg bin?»

«Sei nicht albern, ich bin kein Kind mehr. Ich kann auf mich selbst aufpassen.»

Schließlich willigte der Vater ein und begann zu prüfen, ob Tuomas an seiner alten Schule weitermachen könnte, aber er war immer noch besorgt, dass Tuomas allein leben würde. Tuomas hatte eine Idee: Was wäre, wenn Oma Irma nach Helsinki ziehen und mit Tuomas in ihrer alten Wohnung leben würde? Oma wäre überglücklich, in der Hauptstadt zu leben. Tuomas würde Oma keine Mühe machen, eher umgekehrt: Tuomas müsste vielleicht auf die Oma aufpassen

Ollis jetzige Zweizimmerwohnung wäre aber zu klein, denn auch Olli würde ab und zu dort übernachten müssen. Olli wollte den Vorstand der großen Wohnungsbaugesellschaft fragen, ob jemand ihre Zweizimmerwohnung kaufen würde und ob jemand, der umziehen wollte, ihm eine größere Wohnung verkaufen würde.

Der Vater hatte noch ein anderes Problem, für das er die Zustimmung von Tuomas brauchte. Olli wollte Mirandas Mutter heiraten. Die Liebe, die durch die Unvernunft der Jugend erloschen war, war wieder aufgeflammt, und Olli wollte seiner unverhofft gefundenen Tochter auch ein Vater sein. Er war entsetzt über Mirandas grausames Schicksal. Das Baby war zu früh geboren und in einen Frühchenschrank gelegt worden, wo defekte Wärmelampen die Netzhaut ihrer Augen zerstört hatten, so dass sie das wenige Sehvermögen, das sie noch hatte, innerhalb weniger Jahre verlor. Als Vater des Kindes hätte Olli seine Ressourcen und Beziehungen nutzen können, um zu helfen, aber zu diesem Zeitpunkt wusste er nichts von dem Fall.

Aber würde Tuomas Mirandas Mutter als neue Partnerin in Ollis Leben akzeptieren? Und dass ihr Sohn eine gleichberechtigte Halbschwester bekommen würde? Tuomas zuckte die Schultern – kein Problem.

«Aber sie werden nicht viel von dir haben, wenn du weiterhin fliegst».

«Aber mehr als bisher. Und Piloten gehen jung in Rente. Dann sitze ich eben hier im Schaukelstuhl, rauche eine Pfeife und spiele den Patron.»

Als Irma erfuhr, dass eine Frau, die schon einmal abgewiesen worden war, als Schwiegertochter mit einem blinden Mädchen, das vaterlos aufgewachsen war, ins Haus kommen würde, sagte sie sofort, dass sie das Haus verlassen werde. Sie würde in die Stadt ziehen. Die Idee mit Helsinki als Wohnort gefiel ihr sehr.

Als Alma erfuhr, dass Tuomas nach Helsinki zurückkehren und Irma mit ihm umziehen würde, brach sie in Tränen aus. «Wozu braucht man mich noch?», schluchzte sie. Sie konnte sich nicht vorstellen, der künftigen Frau von Olli zu dienen, egal wie blind und bedürftig ihre Tochter war. Aber wohin sollte sie ziehen, nachdem sie ihr ganzes Leben auf dem Hof verbracht hatte?

Tuomas reichte Alma ein Blatt, das er von einer Rolle Küchenpapier abgerissen hatte, damit sie sich die Nase putzen konnte.

«In der ARKKI gibt es sicher genug zu tun. Und ich habe das Gefühl, dass Rantanen nichts dagegen hätte, wenn du ihm ein bisschen in seinem Job als Hauswart hilfst. Ihr habt schon lange miteinander gebändelt. Ja, das habe ich gemerkt.»

Ein schüchternes Lächeln erhellte Almas faltiges Gesicht. «Was der Junge sich alles ausdenkt …»

Olli und Anneli heirateten im Frühjahr in der kleinen Kapelle der Stadtkirche. Alma und der ehemalige Küster Rantanen saßen nebeneinander und tauschten während der Zeremonie eindeutige Blicke aus. Auch in diesem Alter kann die Liebe noch brennen. Auch die Geschwister Miranda und Tuomas saßen in der ersten Reihe. Miranda war immer noch überwältigt von den Ereignissen, aber die

Vorstellung, dass Tuomas fast ein richtiger Bruder war, gefiel ihr. Nach der Zeremonie kehrte die Hochzeitsgesellschaft ins Gutshaus Arkko zurück, wo jetzt auch Alma am Festtisch mit den anderen sitzen durfte. Das Essen und der ganze Service war trotz Almas Protesten bei einer Catering-Firma bestellt worden. Niemand war über die Hochzeit informiert worden, weder im Dorf noch in den beiden Familien. Anneli und ihre Tochter sollten erst nach den Sommerferien in das Gutshaus einziehen.

Anneli hatte das Gut nicht betreten, solange Irma noch dort wohnte, bis sie eine Woche vor der Hochzeit in eine provisorische Stadtwohnung umzog. Der Umzug nach Helsinki mit Tuomas sollte später im Sommer stattfinden. Nach dem Banktt wollte die Frischverheiratete ihr zukünftiges Heim besichtigen. Die Anzahl der Zimmer überraschte sie.

«Das Haus war früher ein Gasthof. Wie wäre es, wenn wir es wieder in Betrieb nehmen? Das ist heutzutage der letzte Schrei, diese Airbnb-Unterkünfte. Da braucht man keine Luxuszimmer. Man verkauft Nostalgie. Den Geist der alten Zeit. Mit ein bisschen Renovierung könnte das funktionieren.»

«Ich glaube nicht, dass eine kleine Renovierung ausreicht. Zumindest die Heizung und die sanitären Anlagen müssten erneuert werden», gab Olli zu bedenken.

«Aber ich kann nicht nur Hausfrau bleiben. Ich will produktiv arbeiten. Und da du noch viel unterwegs bist und Tuomas nicht mehr hier wohnt, wäre die Villa fast leer und groß und unheimlich für Miranda und mich. Gäste würden Abwechslung und Geld bringen.

Die Erwachsenen blieben in der Bibliothek, um über Annelis Idee nachzudenken. Tuomas nahm Miranda bei der Hand und führte sie in sein Zimmer. Ressu folgte ihnen wie ein Schatten. Der Hund hatte Mirandas Blindheit an ihren Bewegungen erkannt und war immer bereit, ihr mit der Schnauze ans Knie zu stupsen, wenn sie gegen ein Hindernis zu laufen drohte oder in die falsche Richtung ging. Mit ein wenig Training würde Ressu ein ausgezeichneter Blindenführhund sein, auch wenn seine Rasse dafür nicht geeignet war.

Tuomas setzte sich zu Miranda in den Schaukelstuhl. Es war an der Zeit, ihr einige der Dinge zu erzählen, die Miranda während ihres Aufenthalts im Gutshaus begegnen würden. Als Blinde konnte Miranda nicht einmal Menschen sehen, geschweige denn Jaska, aber als sensible Person könnte sie seine Anwesenheit spüren und sich erschrecken. Sie erschrak schon jetzt als Tuomas ihr erzählte, dass in der Mühle ein echter Elf lebte, der sich nicht in seinem Revier aufhielt, sondern in der Villa herumlief, wie es ihm gefiel.

«Er ist mir ein sehr guter Freund geworden. Er hat mir in vielen Dingen geholfen. Und er passt zusammen mit Ressu auf das Haus auf. Papa und Alma wissen das auch, du kannst sie fragen. Ich glaube, du musst es gelegentlich deiner Mutter sagen, aber vielleicht glaubt sie es sowieso nicht.»

Miranda hatte sich vor Angst im Schaukelstuhl zusammengerollt, als Tuomas gesprochen hatte, und zog ihre Beine auf der Schaukel hoch, als würde sie jemand am Boden angreifen. Tuomas lachte.

«An Jaska, so heißt er, wirst du dich noch gewöhnen. Er ist gerade hier und hört zu, wenn ich dir alles erzähle. Er sitzt da auf dem Boden in der Mitte und krault gerade Ressu unter dem Bauch. Die beiden sind die besten Freunde. Wenn du es erlaubst, wird Jaska kommen und dich kennenlernen.»

Miranda schnappte erschrocken nach Luft, dann nickte sie. Einen Moment später spürte sie, wie jemand ihren Kopf streichelte, dann an ihrem Ohr zwickte und sie an der Nasenspitze kitzelte.

«Kann es sprechen?»

«Seine Sprache ist noch etwas rudimentär, aber ihr werdet es herausfinden, wenn ihr euch aneinander gewöhnt habt.»

Miranda und Tuomas gingen zurück in die Bibliothek, wo Olli Arkko bereits die alten Grundrisse des Gutshauses ausgegraben hatte.

«Anneli hat vorgeschlagen, dass wir den Flügel mit der Bibliothek zu einer Familienwohnung umbauen. Hier ist genug Platz für alle, wenn Seijaliisas Zimmer Miranda zur Verfügung gestellt wird. Es gibt auch Platz für Annelis Eltern, falls sie der portugiesischen Sonne entfliehen wollen. Wir werden eine Tür zwischen dem Flur und der Eingangshalle einbauen, damit die Gäste kommen und gehen können, wie sie wollen. Und die riesige Gasthof-Stube wird wieder für die Gäste geöffnet.»

Vater warf Tuomas einen langen Blick zu und seufzte schwer.

«Das kommt davon, wenn man eine Frau heiratet, die nicht nur im Sessel sitzt. Ich hätte es wissen müssen.»

«Und ich beschaffe wieder Hühner in den Stall. Und vielleicht auch Schafe oder Ziegen. Und natürlich mindestens ein Pony.»

«Natürlich, meine Liebe. Mindestens eins. Außerdem plant Anneli schon Boots- und Kanufahrten auf dem See von unserem Ufer aus. Ich werde wohl auch kleine Rundflüge mit Flugzeug und Hubschrauber anbieten müssen.»

«Sehr gute Idee. Machen wir das!», rief Anneli

58.

Jaska hatte Tuomas einmal die Schwertteile gezeigt, die er unter der Windmühle aufbewahrte. Im Laufe der Jahrzehnte waren an dem Hang, der von der Mühle zum Strand führte, weitere seltsame Scherben aufgetaucht. «Vor ein paar hundert Jahren gab es hier eine Schlacht. Ich glaube, man nannte es den Keulenkrieg. Es war schrecklich. Überall lagen Leichen. Im Frühjahr, wenn der Schnee geschmolzen war, habe ich den meisten Schrott weggeräumt.»

«Du hast in der Vergangenheit so viel gesehen. Es wäre wirklich aufregend, wenn ich das auch könnte.»

«Lieber nicht. Du würdest sehen, wie die Menschen Jahrhundert nach Jahrhundert dieselben Fehler machen. Sie lernen nichts. Man sieht es und kann nichts dagegen tun.»

«Kannst du die Zukunft sehen?»

«Es gibt noch keine Zukunft. Die Zukunft entsteht jeden Tag neu. Aber ich kann dir zumindest sagen, dass ich deiner großen Schwester helfen werde, wenn sie Gäste im Hotel empfängt. Miranda ist ein kluges Mädchen. Auch ein blindes Körnchen findet sein Huhn. Obwohl Miranda blind ist, wird sie sich zurechtfinden.»

«Jaska! Jetzt sagst du wieder alles verkehrt. Heutzutage sagt man nicht mehr blind, sondern sehbehindert.»

«Okay, deine Schwester ist behindertensehend ... das ist so ein komisches Wort für Jaska.»

59.

In Arvola wurde eine breite Palette neuer Aktivitäten geschaffen. Kleine, aber feine Konzerte fanden in der ARKKI statt, denn die Akustik des Kirchensaals war einzigartig. Der Theaterverein trat auf und die Zahl der heiratswilligen Paare war erstaunlich hoch, da sie nun im eigenen Dorf heiraten konnten. Gleichzeitig stieg die Geburtenrate. Abends und oft auch tagsüber war der Jugendraum so überfüllt, dass man befürchtete, Drogenhändler und Drogenabhängige könnten sich unter die Besucher mischen.

Alle regelmäßigen Besucher erhielten einen Mitgliedsausweis, der durch einen Türautomaten registriert wurde. Gelegentliche Besucher von außerhalb bekamen einen «VISITOR»-Aufkleber um den Hals und ihre Daten wurden registriert. So konnte der Computer mit genauen Besucherzahlen, den beliebtesten Zeiten und den beliebtesten Programmangeboten gefüttert werden. Anfangs murrten die Jugendlichen über die polizeilichen Methoden, doch bald stellten sie fest, dass das strenge Kontrollsystem ihnen ein neues Gefühl von Sicherheit gab. Es entwickelte sich sogar ein gewisser Stolz auf die Zugehörigkeit. Auch die Eltern wussten nun, dass ihre Kinder während des Aufenthalts im ARKKI abends überwacht wurden.

Anfangs betraten die Dealer die neuen Märkte mit einem VISITOR-Abzeichen um den Hals. Oft wurden sie jedoch auf dem Parkplatz des Hauses entdeckt. Ein seltsames unsichtbares Warnsystem verriet sie, und schon an der Eingangstür drehten sich die Füße von selbst in Richtung Ausgang.

Auf dem Parkplatz angekommen, stellten sie fest, dass in der Zwischenzeit jemand das Auto aufgebrochen hatte und die darin versteckten Drogen auf der Motorhaube verstreut waren. Oder das Polizeiauto kam überraschend schnell. Auch Jugendliche, die bereits in einer Drogenwolke schwebten, wurden regelmäßig entdeckt und bekamen Hausverbot. Das war erstaunlich effektiv, denn das Jugendhaus ARKKI war die »Nummer eins« - man musste dorthin, um seine Freunde zu sehen.

60.

Obwohl die alte Kirche renoviert war, gab es immer noch viele Goldbarren. Bankdirektor Kovanen bekam wieder einmal fast einen Herzinfarkt, als der Herr der Barren verlangte, dass die alte Kirchenrenovierungsstiftung in die Arvola-Stiftung umgewandelt werden sollte und alle möglichen Projekte zur Förderung von Arvola von ihr finanziert werden sollten. Kovanen sah mit den Augen seiner Seele, wie seine Goldbarren auf einem glitschigen Abhang in Richtung Abgrund glitten.

Aber die Kirchenwesen – die Olevainen – wollten nichts Unnützes finanzieren, und Tuomas wollte sich ihren Schatz nicht mit Gewalt aneignen, auch wenn er jetzt wusste, wo er sich befand. Sie akzeptierten jedoch den Plan, für die Gesundheitsförderung der Dorfbewohner eine Fitnesstreppe und eine lange Rutsche auf dem Kirchenhügel zu bezahlen. Außer Kinder, Mütter und Väter, die mit Freudenschreien hinunter rutschten, überraschte Tuomas einmal spätabends sogar die Kirchenwesen bei einer Abfahrt. Und das Skateboard, das im Skatepark für die Jugendlichen herumlag, setzte sich manchmal von selbst in Bewegung. Rund um den ARKKI herrschte von morgens bis abends ein reges Treiben von Menschen aller Altersgruppen.

Eine junge Fotografin wurde zur Kunstschaffenden des Jahres gewählt. Die 27-jährige Sanni Hukka wohnte in der nach Westen ausgerichteten Wohnung des ARKKI und verbrachte ihre Tage damit, mit ihrer Kamera durch Arvola zu streifen. Obwohl sie einige schöne Orte fand, war Sanni besonders davon fasziniert, die alten Bewohner des Dorfes und die verfallenen Gebäude zu fotografieren. Sie erklärte, dass sie die Spuren des gelebten Lebens in beiden bewundere und die unvermeidliche Entwicklung des Lebens zum Ende hin.

Begleitet wurde die Fotografin von der «Wissensbank» des Dorfes, der pensionierten Lehrerin Maire Happola, die sich freute, endlich eine aufmerksame Zuhörerin für ihre Geschichten zu haben. Ziel war es, die Sammlung von Fotos und Texten in einer Ausstellung im ARKKI-Saal zu präsentieren.

Pentti Kovanen, Bankdirektor und Vorsitzender der Stiftung, weinte fast jedes Mal heimlich, wenn der Herr der Barren seine Zustimmung zu einem neuen Projekt verkündete, denn das Geld kam ja von seinem zukünftigen Konto. Da half es auch nicht, dass er als einziges Vorstandsmitglied dagegen war. Es half auch nicht, als beschlossen wurde, die Umweltfreundlichkeit des Dorfes Arvola zu verbessern und jedem Hausbesitzer, der einen Komposter haben wollte, einen Thermokomposter zu schenken. Vor allem die neuen Einwohner warfen ihre Küchenabfälle direkt in gemischte Säcke, die dann verbrannt wurden. In einem Thermokomposter würden die Abfälle schnell und geruchlos zu Erde verrotten – wozu? Schließlich gab es in den neuen Häusern keine Gemüsegärten mehr, sondern nur noch eine gehätschelte Rasenfläche. Also mussten Hochbeete geschaffen werden, die man mit Mulch und Humus füllen würde. Sie mussten auch so hoch sein, dass Kinder und Katzen nicht darauf laufen könnten.

Dann kam die Grüne Jugend des landwirtschaftlichen Vereins des Dorfes zu Hilfe und begann, die Besitzer der Beete zu schulen. Als die ersten Salatblätter und Erbsen reiften, die Tomaten rot wurden, die Gurken sich wölbten, war der letzte Widerstand gebrochen.

Zwischen den Nachbarn entwickelte sich eine neue Art der Zusammenarbeit: Man tauschte Setzlinge aus, verglich die Ernteergebnisse oder bat in den Ferien um Hilfe beim Gießen. Die pfiffigsten Kinder erfanden ein neues Geschäft: Sie stellten einen leeren Bierkorb auf die Straße vor dem Haus und verkauften darauf für einen Groschen Minikarotten, die sie aus vom Hochbeet gestohlen hatten und welche die Mutter der Kinder für den Eigenbedarf noch lange hätten wachsen lassen.

Die Eltern der Kinder hatten noch andere Gemeinsamkeiten. Sie beklagten, dass die Kinder sich weigerten, mit den Eltern einkaufen zu gehen. «Ich brauche nichts Neues», sagten sie, wenn die Mutter Lust auf einen Einkaufsbummel hatte oder der Patenonkel eine neue Spielkonsole schenkte. Diese neue Einstellung der Kinder zum Konsum war fast beängstigend, zumal sie die Eltern zwang, zweimal darüber nachzudenken, was sie für die Familie kaufen wollten.

Arvola wurde zu einem Öko-Dorf, das man schon von weitem besuchte. Man konnte fast stolz darauf sein.

61.

Tuomas lag wach in seinem Bett. Draußen vor dem Fenster dufteten die alten Apfelbäume, die weissen Mittsommerrosen und die mächtig gewachsenen lilafarbigen Fliederbüsche. Tuomas spürte, wie ihm das Blut ins Gehirn schoss, sein Kopf drohte zu platzen, wenn er an seine Situation dachte. Wenn doch nur jemand da wäre, jemand Älterer, Erfahrenerer, der ihn verstehen würde. Der Lava-König, Tuomas' Ururgroßvater, hatte verächtlich von den Menschen gesprochen, von einer minderwertigen Spezies ohne Zukunft. War es überhaupt einen Versuch wert, sie zu retten? Oder war es besser, zu den Lavamenschen zurückzukehren? Das Lava-Volk hatte die Entwicklung des Lebens auf der Erde nur heimlich verfolgt. Es hatte die Herrschaft und das Verschwinden der Dinosaurier miterlebt. Es hatte die Versuche der Steinzeitmenschen beobachtet, Feuer zu machen. Es hatte den Bau der Pyramiden miterlebt. Das Lava-Volk mischte sich in nichts ein. Es brauchte nichts und niemanden, nicht einmal die Menschen und ihre Leistungen und Erfindungen. «Wähle gut, junger Prinz …» Doch was wäre die richtige Wahl?

Der steinerne Anhänger, den Nonna ihm geschenkt hatte, fühlte sich auf seiner Brust unter dem T-Shirt warm an. Er nahm ihn in die Hand und drückte ihn fest an sich, erinnerte sich an ihr weiches, faltiges Gesicht und ihre saphirblauen Augen, die von ewiger Weisheit leuchteten.

«Nonna, Nonna, welchen Sinn hat es, in einer Welt wie dieser zu leben? Warum hast du dein Volk verlassen?» Die Antwort kam ihm augenblicklich:

«Die Liebe, Tommaso, die Liebe ist wichtiger als alles andere. *L'amore, caro Tommaso, solo l'amore…*»

Es war schön und gut, dass Nonna über die Liebe sprach, aber was wusste Tuomas schon davon? Nonnas Antwort half ihm nicht weiter. Seine Mutter hätte ihn besser verstanden.

Tuomas nahm ihr Foto vom Tisch und streichelte es sanft. Dann hörte er sie wieder, ihre leise, weiche Stimme. Ressus Ohren spitzten sich, aber er schwieg.

«Tommaso, mio caro Tommaso, du bist zu jung, fast noch ein Kind. Die Antworten werden kommen, wenn die Zeit reif ist. Wachse, suche, werde weise. Du wirst deinen Weg finden.»

Tuomas küsste das Bild seiner Mutter und stellte es zurück auf den Tisch. Wenn sie nur wieder recht hätte.

Nachwort

Sagt da jemand, dass eine so positive Entwicklung eines Dorfes wie Arvola nur Fantasie sein kann, wie vieles andere in der Geschichte? Wahr aber ist, dass der Ätna immer noch Rauch in den sizilianischen Himmel spuckt.

Ihr könnt die wieder aufgebaute Stadt Mascali besuchen, die von der Lava überflutet wurde. Auf dem Weg dorthin könnt ihr in dem charmanten Städtchen Marradi Halt machen und die Köstlichkeiten des Gasthauses La Colombaia probieren. Das Restaurant befindet sich noch heute im Besitz derselben Familie.

Das Lava-Volk könnt ihr leider nicht sehen, weil es unsichtbar ist. Aber in Finnland, gleich um die Ecke, liegt das Dorf Arvola mit seiner Schule, Kirche, Gutshaus und Windmühle. Und Saga kennt ihr alle sowieso.

Ob sich Jaska euch zeigt, kann ich nicht garantieren…

Orte

ARVOLA (Name geändert) ist eine Seesiedlung mit einigen tausend Einwohnern, die nach der Zwangseingemeindung viele ihrer öffentlichen Einrichtungen verloren hat.

Arko Manor (Name geändert) ist ein historisches Herrenhaus im Dorf Arvola. An der Kreuzung von Straße und Wasserweg gelegen, beherbergte es Ende des 19. Jahrhunderts eine berühmte Kutschenstation.

Personen

Tuomas Arkko: ein Halbwaise und Schuljunge, der sich mit zunehmendem Alter seiner übernatürlichen Kräfte bewusst wird. Der Ursprung dieser Kräfte wird ihm von seiner sizilianischen Großmutter auf dem Sterbebett erklärt. »Bin ich überhaupt ein Mensch?«, fragt sich Tuomas oft.

Olli Arkko: Tuomas' Vater, von Beruf Verkehrspilot, sieht sich gezwungen, seinen Sohn nach dem Tod der Mutter aus Helsinki zu seiner Großmutter auf das Familiengut Arno Manor zu bringen.

Angela Arkko (geb. Costa): Tuomas' italienische Mutter, die zusammen mit ihrem Bruder Carlo Costa bei einem Autounfall ums Leben kommt.

Irma Arkko: die Herrin des Arkko-Gutes und Großmutter von Tuomas, die von ihrer Rolle als Großmutter nichts wissen will.

Alma: die langjährige Haushälterin auf dem Gut Arkko und Tuomas' mütterliche Stütze.

Jaska: der jahrhundertealte Mühlen-Elf des Gutes Arko, der ein guter Freund von Tuomas wird.

Ressu: ein geheimnisvoller Welpe, der von Tuomas gerettet wurde. Rasse: Ätna-Windhund.

Olevainen: Geisterwesen, die aus Karelien in die Dorfkirche von Arvola eingewandert sind.

Kasperi Rantala: ein pensionierter Küster.

Pentti Kovanen: ein Bankdirektor, der durch Tuomas und seine Freunde unfreiwillig in die Arbeit der Stiftung zur Restaurierung der alten Kirche eingebunden wird.

Saga: ein schwedisches Teenagermädchen, eine weltweit bekannte Umweltaktivistin.

Roy Grant: Präsident eines großen Landes, der nicht an Umweltprobleme glaubt, aber durch Tuomas und Saga gezwungen wird, seine Meinung zu ändern.

Miranda: Tuomas'sehbehinderte Klassenkameradin, die sich als Halbschwester von Tuomas entpuppt.

Anneli Mattila: Olli Arkkos Jugendliebe, Mutter der unehelichen Tochter Miranda.

Riitta Bergström: finnische Umweltforscherin

Tuomas' italienische Familie:

Olivia: Nach dem großen Ausbruch des Ätna in den 1920er Jahren lernt der Sizilianer Maurizio Costa die geheimnisvolle, schöne, rothaarige Olivia kennen und heiratet sie. Erst auf dem Sterbebett wagt Nonna Olivia (nonna = italienisch für Großmutter) ihrem Enkel zu offenbaren, dass sie wie Tuomas zum unsichtbaren Lava-Volk gehört.

Carlo Costa: Bruder von Angela Arkko und Onkel von Tuomas.

Sofia Costa: Ehefrau von Carlo Costa und Mutter von Chiara, der Cousine von Tuomas. Seit dem Tod ihres Mannes leitet Sofia das Restaurant La Colombaia.

Chiara Costa: Italienische Cousine von Tuomas.

Kurz erklärt

Laavu: Finnische Bezeichnung für einen Unterstand, an Wanderrouten oder nahe Seeufern. Meist errichtet aus Holz im Blockhausstil mit einer offenen Vorderwand. Das Laavu kann als einfache Unterkunft genutzt werden, oft verbunden mit einer Feuerstelle.

Potkuri (potkukelkka): Finnische Bezeichnung für Tretschlitten, ein beliebtes Fortbewegungsmittel mit Kufen im Winter. Für den Sommer gibt es den Potkuri mit Rädern.

Über die Autorin

Leena-Marjatta Pulfer-Korhonen wurde am 10. Februar 1942 im finnischen Dorf Otava geboren. Nach dem Abitur am Mädchengymnasium in Mikkeli studierte Leena finnische Sprache und Literatur an der Universität Helsinki und schloss mit einem Magister in Philosophie ab. 1989 heiratete sie in Zürich den Journalisten Fritz Pulfer. Leena lebte von da an in der Schweiz.

Am Ende einer arbeitsreichen Lebensphase zog es das Ehepaar wieder nach Finnland in Leenas Heimatdorf Otava. Hier fand sie Musse und Zeit, sich wieder ihrer Lieblingsbeschäftigung, dem Schreiben, zu widmen. Sie vollendete die phantasievolle Geschichte des Lavaprinzen Tuomas. Die beiden Bücher sind Leenas Geschenk an ihre Heimatgemeinde, denn in ihnen konnte sie vieles verwirklichen, was dem heutigen Vorort von Mikkeli in der Realität verwehrt bleibt.

Leena konnte ihr Werk noch vollenden. Leider verhinderte eine unheilbare Krebserkrankung, dass sie die gedruckten Bücher in den Händen halten konnte. Leena starb am 17. Juni 2023.

»Waldemar – Die Kuckuckskrähe«

Eine aussergewöhnliche Tierfabel

Mit «Waldemar – Die Kuckuckskrähe», (ISBN 9783769306132) gelingt es der Autorin Leena Pulfer, eine aussergewöhnliche Tierfabel zu erzählen, die berührt, inspiriert und zugleich wichtige gesellschaftliche Themen anspricht. Der junge Krähenheld Waldemar wächst unter schwierigen Bedingungen auf – als schwächstes Küken eines Krähen-Nestes und später als Aussenseiter, der weder in seine Familie noch in die Gemeinschaft der Krähen richtig hineinzupassen scheint. Seine außergewöhnliche Fähigkeit, die Stimmen anderer Tiere und sogar Geräusche der Menschenwelt nachzuahmen, wird zunächst als Schwäche und Kuriosität abgetan, entwickelt sich jedoch zu seiner grössten Stärke.

Das Buch bietet eine feinfühlige Erzählung über Selbstfindung und Akzeptanz. Waldemars Reise von Ausgrenzung und Einsamkeit zu einer Rolle als Friedensstifter und König zeigt auf, wie Anderssein nicht nur akzeptiert, sondern geschätzt werden kann. Die Geschichte ist gleichzeitig ein Abenteuerroman und eine universelle Botschaft über Identität, Vielfalt und den Wert der Individualität.

Die Autorin erschafft mit viel Liebe zum Detail eine lebendige Tierwelt und nutzt Vogelarten und ihre Eigenschaften als symbolische Spiegel für menschliche Gesellschaften. Dabei bleibt die Handlung spannend und abwechslungsreich, ohne die emotionalen Zwischentöne zu vernachlässigen. Besonders Waldemars Entwicklung vom stummen Einzelkind zum charismatischen Diplomaten und König ist ein Highlight der Erzählung.

Mit «Waldemar – Die Kuckuckskrähe» ist ein modernes Märchen entstanden, das sowohl Kinder als auch Erwachsene mit seinen tiefgründigen Botschaften und seiner fantasievollen Erzählkunst anspricht. Eine klare Empfehlung für Leser, die Geschichten über Mut, Selbstvertrauen und die Suche nach dem eigenen Platz in der Welt lieben.

Waldemar – Die Kuckuckskrähe»
(ISBN 9783769306132)